ASSIM NÃO, SENHOR PRESIDENTE!

VOZES DA ÁFRICA

UNGULANI BA KA KHOSA

ASSIM NÃO, SENHOR PRESIDENTE!

kapulana

São Paulo

2025

A Editora optou por adaptar o texto para a grafia da língua portuguesa de expressão brasileira.

Direção editorial: Rosana Morais Weg
Projeto gráfico: Daniela Miwa Taira
Capa: Mariana Fujisawa

Dados Internacionais de Catalogação na Publicação (CIP)
(Câmara Brasileira do Livro, SP, Brasil)

Khosa, Ungulani Ba Ka
Assim não, senhor presidente! / Ungulani Ba Ka Khosa. -- São Paulo : Kapulana Publicações, 2025.

ISBN 978-65-87231-37-2

1. Romance moçambicano (Português) I. Título.

25-248293 CDD-M869.3

Índices para catálogo sistemático:
1. Romances : Literatura moçambicana em português M869.3

Cibele Maria Dias - Bibliotecária - CRB-8/9427

2025

editora@kapulana.com.br — www.kapulana.com.br

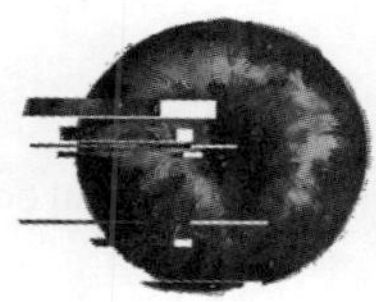

REPÚBLICA
PORTUGUESA
CULTURA

DIREÇÃO-GERAL DO LIVRO,
DOS ARQUIVOS E DAS BIBLIOTECAS

Edição apoiada pela
DBLAB - Direção-Geral do Livro, dos Arquivos e das Bibliotecas / Cultura - Portugal

Ficção é o termo usado para designar uma narrativa imaginária, irreal, ou para redefinir obras (de arte) criadas a partir da imaginação.

Toda a narrativa e nome usados nesta obra são pura ficção, nada relacionado com a realidade.

Não sai nenhuma lei
A autorizar o meu sorriso
Por isso
Quando os meus lábios se descerram esquecidos do interdito
Entro na ilegalidade

José Craveirinha. *O Plebiscito.*

Vivemos imersos num imenso esquecimento e não nos preocupamos com isso.

Milan Kundera. *A ignorância.*

À geração 8 de Março.

MEMÓRIAS POSSÍVEIS

1

Foi ali, na festa de fim de ano, durante os minutos que intermedeiam o término de um ano e a entrada de outro, num dos primeiros fins de ano do país recém-independente, naquele enorme salão colonial com grandiosos e brilhantes lustres pendendo sob o abobadado teto coberto de madeira trabalhada pelas milenares castas de marceneiros indianos que serviram, na longínqua Goa portuguesa, os perdulários caprichos da elite colonial portuguesa, que os convivas se entreolharam, incrédulos, ante a sentença do presidente da pátria independente, do insigne cidadão da nova nação, do ilustre e inquestionável prócere do país nascente.

Até então, na euforia de um país libertado, os cânticos à pátria e aos heróis, estridulando pelas casas, escritórios, restaurantes, supermercados, mercearias, lojas, becos, ruas, estradas, avenidas e outros locais sem nomeação precisa, pelo país inteiro, secundarizavam a pessoa, o indivíduo, o singular. O que se conclamava era o coletivo, o nós, o novo conceito de povo glorioso, inquebrantável, único no concerto das nações, a estrela mais brilhante no universo das nações. O eu, a família, os laços sanguíneos, as amizades, as memórias de infância, os tempos da juventude, os casamentos de ontem (os do presente eram coletivos e sem as bíblias tristemente queimadas em fogueiras de inconsistente intolerância, ou apressadamente escondidas à vigilância familiar e coletiva), os costumes seculares, foram, na emoção do momento que se arrastava no tempo, postergados da agenda da nação. O indivíduo esfumara-se na multidão. Não havia pessoa. O nome, essa marca socialmente aceite como distintivo, como pertença, como exteriorização do ADN diferenciador, esvaziava-se no coletivo, nos grupos de vigilância, nas células de base. O singular a destacar-se era o chefe, nas várias instâncias: o chefe da célula, do bairro, do distrito, da província e da nação. Não interessava o nome, bastava ser chefe de qualquer coisa, pois representava um coletivo, um grupo que se queria homogêneo, como as algas espalhando-se pela superfície das águas, sufocando outros organismos manifestamente perdidos na sua individualidade.

E ali, ainda boquiabertos, os eminentes da nação, vestidos a rigor colonial (as mulheres com saias e vestidos a transpor os joelhos, e os homens com fatos e gravatas de cores garridas, a uma temperatura acima dos vinte e nove graus), acompanhavam os exuberantes gestos do presidente que em discurso triunfalista proibiu, em palavras ensurdecedoras, os dirigentes da nação, de dançarem o ritmo das músicas modernas, pois queria-os exemplares na conduta, nos gestos e na fala! E, por isso! Voltou a repetir o que dissera, em tom vibrante, no princípio do discurso:

— Não quero mais essas danças e músicas!... Chamem a banda militar! Quero cânticos revolucionários! Não mais a alienação burguesa, capitalista!...

O silêncio imperou na enorme sala de recepções. De longe a longe, ouvia-se o descuidado som de uma baqueta batendo num prato, uma nota desafinada da guitarra a ser arrumada, pequenos soluços, tosses avulsas, um bater de portas. A banda ia, com desmesurada cautela, arrumando os instrumentos da música que se queria alegre naquele fim de ano do país independente. Com as guitarras pendendo, já mortas, nas mãos meio trêmulas, os instrumentistas entreolhavam-se, interrogando-se, em silêncio, como meninos de coro em descuidada falta, da validade da palavra de ordem em voga, clamando a Cultura como o Sol que nunca desce! O baterista, com barbas cansadas, rugas enegrecidas no rosto mulato, revelando uma idade precocemente desgastada nas noites, em boates e cabarés que fecharam com o içar da nova bandeira, murmurava entre dentes: política, política... Sempre a mesma porra!...

Os pares recolhiam às mesas. As cadeiras chiavam no soalho de madeira reluzente. Os empregados, todos pretos vestidos de branco, sob o comando de um branco todo janota no seu impecável fato negro, revezavam-se pelas mesas com bandejas repletas de toda a espécie de bebidas que os mais de oitocentos convivas sorviam em silêncio, conversando em surdina, tal como o marulhar das águas em baixa-mar, ao findar das manhãs na baía, agora com o nome de Maputo, conjugando harmoniosamente a diversidade de cores e trajes e modos de estar que outrora, quando a baía fora apelidade de Delagoa Bay, depois Espírito Santo e, mais tarde, de Lourenço Marques, não se vislumbrava na longa marginal, porque os ocupantes reservavam para si os grandes e acolhedores achados da natureza tropical que em latitudes elevadas eram impossíveis de desfrutar. O cenário era branco em terras pretas.

O salão continuava em silêncio. Os membros do conjunto musical saíram, aterrados e cabisbaixos e atônitos, por uma das portas dos fundos. A música moderna entrava em declínio. Novos tempos começavam. As palavras ditas viravam lei. A oralidade pontificava. Passados minutos tornados eternidade, o presidente, ante a demora da banda militar que fora apanhada desprevenida, e a conselho de um dos próximos que dissera ser mais aprazível a banda exibir-se nos jardins do palácio, ordenou aos convivas que abandonassem a sala. Foi o alívio coletivo. Com o arrastar apressado das cadeiras, os convidados foram-se retirando, em fila e em silêncio, do grandioso salão colonial. Todos queriam, de fato, estar ao ar livre, longe do olhar perscrutador do herói da nação e, para muitos, usufruírem, a seu belo prazer, o letal vício do tabaco.

A noite abriu-se-lhes em toda a plenitude. O vento, teimosamente ausente, deixava as copas das frondosas árvores, calculadamente distribuídas pelo vasto jardim do palácio presidencial, em relaxamento total. Os insetos, com incidência para os mosquitos, esvoaçavam livremente, importunando as altas autoridades da nação nascente. Não pediam licença, não avançavam com mesuras ou salamaleques, assentavam nos decotes, balançavam entre os seios suados, atiravam-se aos lábios a gotejarem de variados tons de batons, repousavam por detrás das orelhas, e faziam das testas suadas pista de aterragem; os homens abanavam as gravatas, coçavam os peitos, mexiam as orelhas, limpavam sem pudor a testa, e sussurravam. Os insetos triunfavam na noite livre. As estrelas fulgiam no céu, e o mar, a estender-se por debaixo do acentuado declive da Ponta Vermelha, zona da casa protocolar do Presidente da República, brilhava sob o luar em crescendo. Minutos depois, já mais relaxados, com os cigarros pendendo entre os dedos, os homens, ligeiramente afastados dos seus pares, abriam, dissimuladamente, alguns botões das camisas, na tentativa de serem bafejados por um pequeno sopro de vento ausente, e de afastarem, com maior liberdade, os mosquitos que teimavam em zanzar sobre as suas cabeças e outras partes do corpo; a bebida fazia-lhes sorrir com ligeira despreocupação; as mulheres, com os olhos a vararem todas direções possíveis, iam abanando os leques importados de Macau, tentando minimizar o sufoco da pele do rosto totalmente subjugado por camadas de creme a ocultarem os poros em luta pela liberdade, enquanto comentavam, com palavras imperceptíveis, a certa distância, entre sorrisos calculadamente interrompidos, os encantos, elogiando, também, como é óbvio, e em tom audível, os desencantos das escassas e privilegiadas noites de recepção na Ponta Vermelha. A hora aproximava-se. O calor mantinha-se. A umidade aumentava. Os minutos aproximavam-se do fim do ano. E a chuva por que tanto se aguardava, mantinha-se distante. Talvez chova lá para o fim da madrugada, disse um dos convivas.

Nas cercanias da cidade, nos eternos subúrbios da miséria, lá onde a luz brilha espaçadamente, e as casas de madeira e zinco estalam com o calor, os homens, na celebração do ano a esquecer, dançavam e cantavam com as camisas abertas, ou com camisetas, ou de tronco nu, de calções ou calças arregaçadas, ao ritmo dos sons tradicionais já urbanizados, longe das regras oralmente ditadas pelo chefe da nação. Bebiam de tudo, do tradicional, o chamado uputsu ou vuputru, dependendo da variante linguística, cerveja feita à base da mapira e milho fresco a servir de fermento com uma generosa dose de açúcar a aumentar o teor alcoólico, entremeado de uns goles de aguardente de caju proveniente das terras dos pais e avós, residentes no interior do país, e a cerveja socialmente aceite por todos, com o nome do general Mac Mahon (a famosa 2M), presidente francês, responsável pela mediação dos limites fronteiriços entre a região sul de Moçambique e a África do Sul, no conflito que opôs ingleses e portugueses, então potências coloniais, no último quartel do século XIX, ou a Laurentina, clara ou preta, marca de cerveja a tipificar os naturais da capital de Moçambique, os chamados laurentinos. Um pouco afastadas da fogueira do churrasco, e tendo como assento privilegiado a esteira, as mulheres, mais resguardadas, tinham em volta do corpo o pano tipicamente moçambicano, aqui designado de capulana, a dar formas concupiscentes às fartas ancas e nádegas dengosas a exibirem-se sem complexos para os maridos e noivos e namorados e pretendentes, estes a refastelarem-se com a carne na brasa no meio do quintal relativamente exíguo, mas aconchegante, para o número de convivas que pouco se preocupavam com o calor que se fazia sentir na noite, mas ansiosos por se embriagarem e poderem dizer o que lhes ia na alma, pois sabiam que na hora da autocrítica a bebedeira lhes safava dos entediantes discursos de mobilização. A cena repetia-se em outras casas de madeira e zinco, majoritariamente coladas umas às outras, e com as mesas pouco abastadas, mas com a alegria do momento a fazer transbordar fartura. Em muitas, a energia elétrica não chegara ainda, pois a mesma terminava nas casas que conjugavam madeira, zinco e cimento, que se perfilavam ao longo das principais artérias asfaltadas que atravessavam os bairros suburbanos. Nelas viveram os pretos assimilados, os pequenos funcionários públicos, enfermeiros, intérpretes, mecânicos, marceneiros, e os poucos comerciantes brancos de baixa renda, em paredes-meias com indianos e goeses, estes oriundos do mesmo subcontinente, mas diferenciados no culto religioso, pois os goeses, fruto da colonização portuguesa, eram essencialmente católicos, e os outros, os chamados baneanes, mantiveram-se na milenar religião hindu.

A independência alterou a geografia humana dos subúrbios. Os brancos abandonaram as suas cantinas; os indianos e os goeses que resistiram ao êxodo, foram ocupando outros espaços vagos e relativamente nobres da cidade; alguns pretos assimilados deixaram um parente próximo ou afastado nas casas de madeira e zinco e cimento, e, muitos deles, já altaneiros, com os filhos a ocuparem posições-chave no governo saído da independência, foram anichar-se nas belas vivendas, outrora pertencentes à elite colonial, localizadas à beira do mar, e próximas das cancelas fortemente vigiadas por militares das novas forças armadas e populares que guarneciam as casas dos novos governantes.

No subúrbio, pós-independência, os pobres pretos de outrora continuavam pobres e comemoravam, à sua maneira, o ano prestes a findar, com o pouco que tinham na mesa de madeira coberta por uma toalha de plástico, e um candeeiro a petróleo no centro da mesma a enterrar-se, de forma desequilibrada, no chão de areia; sentados em pequenos bancos de madeira, passavam de mão em mão a caneca com a cerveja tradicional. Todos ansiavam pelo novo ano, na esperança de outras melhoras na crescente pauperização da sociedade a militarizar-se. Da recente independência só ouviam palavras de ordem e uma disciplina que lhes sufocava. Materialmente pouco ganharam, tirando os que se assumiam como chefes e que, por aquelas alturas do fim do ano, colavam os ouvidos aos pequenos transístores, na esperança de ouvirem mais um discurso, mais uma promessa, uma ilusão, uma palavra de ordem. Era comum, em muitos dos chefes das células, pequenas unidades de base na organização da sociedade, aguardarem pela voz da nação a transformar-se em decreto, não vá acontecer que por distração o chefe perca o prestigioso cargo de responsável das células que agrupam dez famílias. Muitos deles, fruto do prestigioso cargo que detinham, tiveram direito de escolher, entre as abandonadas casas de madeira e zinco e cimento, a que mais lhes convinha e, aos parentes e amigos e amantes, foram distribuindo outras, com água canalizada e eletricidade. Mas a maioria ficou nas mesmas casas sem esgoto e energia e água. As latrinas assentes em baldes transportados ao longo da madrugada, pelos trabalhadores da câmara, tristemente injuriados pelos jovens suburbanos, foram gradualmente substituídas por latrinas fixas em solo pantanoso e não drenado. Durante a época das chuvas, exalava pelo ar suburbano um odor a merda misturado com os aromas das frituras do pequeno peixe de intermináveis espinhas, aqui chamado de magumba, do mahanti, um acepipe à base de farinha de trigo com camarão e muitos temperos, polvilhado com piripiri, das badjias, feitas à base de feijão nhemba, ou com as fragrâncias dos pratos típicos da região, como a mboa, feita de folhas de abóbora, a nyangana, à base de folhas de feijão nhemba, a dledlele, feita da folha de batata doce, ou a matapa, à base da folha de mandioca, todas misturadas com o sumo de amendoim e de coco, adicionado com camarão seco ou fresco e, nalguns casos, com caranguejo, preferencialmente de tamanho pequeno, acompanhados de arroz ou, o que é regra, de farinha de milho cozida, aqui chamado de upsua ou tsima, em se tratando de zonas mais a norte, ou de ugali, pirão ou funge de milho ou phalitxi, em outras latitudes africanas, majoritariamente de origem bantu. Eram os aromas que exalavam dos subúrbios, e dificilmente se fixavam nas paredes de cimento das amplas e arejadas cozinhas dos prédios e vivendas nacionalizadas, nas zonas nobres da cidade. Muitos justificavam a troca do menu pela natureza das casas, impróprias ao pilão e outros instrumentos de cozinha mais adequados ao campo e às casas do subúrbio, e não à zona nobre, como a peneira de palha que vai afastando as impurezas que as galinhas dos quintais muito anseiam por debicar na areia circundante às casas maticadas ou nas de madeira e zinco dos subúrbios das cidades. É só ver-se como estão os apartamentos nos bairros fronteiriços à zona suburbana, todos cheios de rachas provocadas pelo ritmado som do pilão a triturar, em simultâneo, o milho ou amendoim em vários andares dos prédios.

Quando lhes apetecia saborear um prato cafreal, ou típico, para os mais afortunados no manejo do paladar, visitavam um primo ou um tio que por comodidade optara pela vida suburbana; e de lá levavam o amendoim ou a farinha já tratada para as suas vivendas. Havia sempre a ligação com o povo, com os seus hábitos. Não abdicavam das suas raízes! Era a ladainha dos nacionalistas do presente.

A hierarquia, numa sociedade que se queria homogênea, foi-se acentuando. Os que lutaram pela libertação eram os novos donos. Inquestionáveis. Tudo o que diziam era verdade suprema. Ninguém os podia admoestar. Toda a crítica tinha que ser construtiva, ou seja, não se podia negar o dito, tinha que se dar continuidade, aumentando mais uma vírgula, ou mais um pequeno ponto, como Concordo camarada, a sua ideia é genial, Nós vamos concretizar o que disse, chefe, As suas palavras são uma ordem, O senhor é um visionário!

A música revolucionária já se fazia ouvir pelo vasto jardim presidencial. O vento, como que insuflado pela música foi emergindo por entre as árvores, e sob o céu enluarado, o calor abrandava, as folhas das árvores mexiam-se lentamente, as vozes subiam de tom, ouvia-se o chocar de copos, em brindes de pequenos feitos, por entre grupos que teimavam em não dançar. Os pares que dançavam, lutavam por acertar os passos ao ritmo. Os ouvidos não estavam habituados à cadência revolucionária. Sabiam, por aprendizagem rápida, cantar os hinos revolucionários, manter a cadência, mas dançar, nunca! Os sapatos chocavam-se, os corpos desencontravam-se, os braços tremiam, o suor aumentava, mas dançavam, tinham que mostrar ao prócere da nação que eram revolucionários e merecedores da confiança do chefe. E o chefe, o pai da nação, denotando um certo mal-estar, interrompeu a banda e disse, categórico: Vocês aí no fundo, não dançam por quê? Hein?!... Têm medo da música revolucionária?! Hein?!... Dancem! Quero que todos dancem!

E a música revolucionária retomou o ritmo com maior vigor. Os pares, totalmente desencontrados, esforçavam-se por agradar o chefe, sorrindo despropositadamente quando os olhares se cruzavam. A banda militar, de tão pouco repertório, ia repetindo, sem graça e alegria, as mesmas músicas, o mesmo ritmo. O chefe observava e ria-se. Os pares dançavam ou fingiam dançar. E olhavam para o chefe, todo sorridente e vitorioso. O ano estava prestes a findar. E a revolução triunfava!

I

Adriano Marivate, atrasado como sempre, arrumou atabalhoadamente os papéis na descolorida pasta da universidade, despediu-se da esposa, de nome Henriqueta, olhou distraidamente para o quarto dos dois filhos que cedo se fizeram ao liceu Francisco Manyanga, um dos dois maiores liceus que a cidade capital tinha como montra e herança do período colonial, e fez-se às escadas do prédio, envergando, invariavelmente, em três dos cinco dias úteis da semana, uma das dez camisas havaianas que o amigo João Água Cheiro, a doutorar-se numa universidade havaiana, lhe oferecera, ciente das dificuldades em minorar a pobreza coletiva a que os cidadãos comuns estavam ainda sujeitos, apesar da abertura política e econômica, assumida mais por contingências históricas que por opção ideológica, pois o gosto de dirigir um país, a uma só voz, havia se entranhado na mente da elite que tudo fazia para manter as mordomias e acelerar o aburguesamento dos camaradas, dos lutadores pela libertação da pátria, como sempre se argumentava. Vivia no quinto andar de um prédio de doze, erguido, em tempos da outra senhora, como se dizia na gíria, defronte à principal avenida da cidade, rebatizada com o nome do arquiteto da unidade nacional: Eduardo Mondlane.

Quando coincidiam nos horários, o António Furtado, colega a viver na cidade adjacente de Maputo, a Matola, aguardava-o, pacientemente, na frontaria do edifício, logo às primeiras horas da manhã. Comprara recentemente um carro em segunda mão, proveniente de Dubai. A cidade começara já a inundar-se de automóveis de marca japonesa. As autoridades não conseguiam prover a capital e outras cidades, de eficientes serviços públicos de transporte. Os privados tomaram conta do transporte público, definindo horários e trajetos em função do lucro imediato.

Os dois foram colegas de carteira na antiga Escola Primária Paiva Manso, atualmente com o nome de Escola Primária Amílcar Cabral. Viveram, durante a infância e adolescência, em bairros suburbanos limítrofes; um, o Marivate, no bairro do Chamanculo, zona predominantemente de pretos assimilados; outro, o Furtado, no bairro da Mafalala, área residencial bastante miscigenada, contando com descendentes de migrantes provenientes das regiões mais a norte do país, principalmente da etnia macua, e das Maurícias e Comores, os chamados comorianos. De um bairro ao outro são quinze a vinte minutos de caminhada leve e descontraída. Com a nacionalização dos prédios e casas de arrendamento, os pais do Marivate mudaram-se para uma vivenda num bairro da cidade da Matola; o Furtado ficou, por uns tempos, com os pais na Mafalala, porque o pai recusara mudar-se para a zona de cimento, alegando que a sua profissão de mecânico pouco se prestava a zonas residenciais onde os óleos de motor e travão facilmente escorriam pelos passeios, provocando indignação e repúdio de vizinhos totalmente desencontrados em termos culturais; a política não basta para nos unir, filho, esses teus amigos aí ainda pensam que este país só pode avançar com a política, estão fodidos! Esta merda só se enterra cada vez mais com a merda da política que não leva a porto nenhum, Aprende isso, filho! Agora que andas na universidade deves ter o olho aberto, Este país não avança com estes sacanas! Um país não pode ser governado com inveja, mágoa, vingança, Um país deve ser de todos e não de poucos, poucos que se acham os mais inteligentes do mundo, foda-se! Era assim o velho mecânico Furtado que manteve a oficina na Mafalala e, mais tarde, abriu outra na Matola, onde, oficialmente, passou a residir, apesar de passar a maior parte do tempo na sua casa-oficina da Mafalala, à guarda de um sobrinho mecânico.

— É altura de tirares a carta de condução, Marivate, disse António Furtado, em jeito de saudação.

— Basta uma viatura em casa. E esse privilégio ficou para a minha mulher.

— Não me refiro à tua mulher.

— Sei. Mas há muito que sabes da razão.

— Uma carta é sempre uma carta, Marivate.

— Sinto-me bem assim. Vamos.

— Às ordens...

Enquanto conversavam, iam percorrendo, à velocidade moderada, a longa e central avenida Eduardo Mondlane. De tão habituados ao percurso, pouca atenção davam às descoloridas varandas com ferros retorcidos, às margens da avenida, às lascas de tinta sem cor a descolarem-se das enormes paredes dos prédios precocemente envelhecidos, às grades de ferro de cor indistinta nas vivendas sem alegria, às acácias tristes e a desfalecerem, meio moribundas, nos passeios, sob o efeito mortífero da urina que os transeuntes, em total desafeto, despejavam nos troncos feitos urinóis. E já nem se preocupavam com as bancas improvisadas, feitas de palete e ramos de árvores, vendendo tudo e nada, a abarrotarem como termiteiras nervosas e sem rainhas, nos passeios apinhados de pessoas sem destino, sobrando parte do asfalto a servir de passeio às pessoas com objetivos definidos e precisos. A cidade que se queria, desde a gloriosa noite da libertação, colorida pelas acácias amarelas e vermelhas e lilases que a caraterizava, nos prédios e vivendas e casebres e barracas a refulgirem de cor e alegria, nos cidadãos a sorrirem e a cumprimentarem-se e a abraçarem-se, apagava-se, minguava. As diferenças sociais e econômicas ressurgiam em força. Os então dirigentes socialistas abraçavam acriticamente o capitalismo outrora repudiado. A corrida ao registro de propriedades tornou-se endêmico. Todos queriam comprar a vivenda ou apartamento nacionalizados. No subúrbio, os antigos donos das casas de madeira e zinco nacionalizadas tentaram, infrutiferamente, reaver as suas propriedades. O governo recusou. A insatisfação cresceu. Novos-ricos nasciam do leito do partido. A corrida à feira dos cartões de membros tornou-se viral. Todos acenavam o braço ao partido. Alguns, os que defenderam, com unhas e dentes, o partido único e o imortal chefe e o socialismo que nunca existiu, devolveram ou atiraram ao sótão das memórias os cartões de membros, queimaram as balalaicas da hipotética verticalidade, procuraram pelos pais e avós na metrópole rejeitada, e, num jogo de cintura, assumiram duas pátrias. Outros, procurando novos dogmatismos, tornaram-se pastores de igrejas que emergiam como cogumelos pelo país.

— Os semáforos só funcionam quando bem lhes apetece.

— Ou quando a cidade faz anos.

— E nos restantes dias e semanas, ficamos no preto ou no intermitente vermelho ou amarelo, porque o que na verdade nos sinaliza são os buracos nas estradas, Marivate.

— Leste a crônica sobre os buracos cósmicos?

— É o que se tem falado ultimamente. É do poeta e jornalista Leite Vasconcelos. Adoro a voz do homem na rádio.

— Ele é que lançou, numa das rádios portuguesas, o sinal do 25 de Abril.

— Não sabia.

— Se tu não sabes, imagina os tugas.

— É a regra dos que ficam nas margens. Mas os buracos nas avenidas têm, na verdade, dimensões cósmicas. É difícil transitar por estas vias. Esta ainda se safa.

— É o cartão de visita, a marca do país. É a nossa Julius Nyerere. Vai-se safando.

— É a avenida europeia. Marca os novos tempos. Muitos dos pretos da nacionalização emigraram destas bandas. Vivem das rendas.

— Há os que ficaram.

— São os que acumularam apartamentos e vivendas.

— É a zona da elite.

— Espaço sonhado. Terra das grandes alvíssaras. É preciso quebrar a coluna, Furtado!

— Foda-se!...

E, por momentos, calaram-se, observando, com mordaz distanciamento, o movimento ainda matinal da avenida Julius Nyerere. Nos cafés, os que ainda conseguiram ressuscitar da grande noite da carência, os cooperantes (termo a entrar em desuso, muito pelo uso excessivo na cooperação socialista, e, em seu lugar emergir a palavra expatriado) com o hábito europeu de tomar o pequeno-almoço fora de casa, saboreavam o café com torradas simples ou mistas; outros fumavam, conversavam e aguardavam pelo pedido; os ardinas, especados nos passeios, vestidos com roupas visivelmente usadas e compradas nos bairros suburbanos, sob o genérico nome de roupa das calamidades, em alusão às doações ocidentais às calamidades africanas, tentavam vender, com ar de desânimo e ausência, o diário e semanários com as mesmas notícias. Os poucos pretos que pontificavam, aqui e ali, nas mesas, começaram a adquirir o hábito de tomar o pequeno-almoço na zona nobre. Andavam entre os vinte e os trinta anos de idade. Alguns percorriam longas distâncias para se fazerem à hora do matabicho, termo com significação diferente ao consumo de uma bebida alcoólica em jejum, mas de igual significado com o que vulgarmente se designa por pequeno-almoço. Queriam estar à altura dos outros, almejavam alguma visibilidade na zona de ascensão, procuravam outros patamares de fácil promoção, mas de cansativos rapapés ao tempo de Tchaka Zulu, imperador nguni responsável pela grande diáspora de reinos africanos, no primeiro quartel do século XIX. Ficavam largos minutos com o café na xícara, observando os carros a passarem, com um sorriso sempre à espreita.

Os prédios e vivendas, de arquitetura dos anos sessenta e setenta do século findo, apresentavam pinturas novas e coloridas. Nos passeios não havia bancas nem muitos vendedores à solta, com maços de cigarros à ilharga. Defronte ao majestoso hotel Polana, e ao longo do passeio defronte ao muro que delimita o espaço do hotel, próximo de táxis estacionados, perfilavam os vendedores de arte popular africana, com estatuetas de pau-preto, peças de pshikelekedani — esculturas feitas à base do tronco e raízes da mafurreira, uma árvore meliácea, segundo os dicionários em uso, de cujas sementes se extrai um óleo, aqui chamado de munhantsi, muito usado no tempero de alimentos.

Passavam pelos escritórios da presidência, à direita, e, à esquerda, a outra residência do chefe de Estado. Por intuição herdada dos primeiros tempos da independência, as pessoas caminhavam céleres e sem poderem se reter nos pormenores que saltavam à vista, tanto à direita como à esquerda. Os militares seguiam, atentos, os movimentos das pessoas que, por diversas necessidades, tinham inevitavelmente que circular por um dos passeios, o da residência, porque o outro, o dos escritórios, o do símbolo da soberania, era vedado aos transeuntes. Os condutores de veículos com deficiências mecânicas rezavam para que a avaria acontecesse longe da presidência, pois atos humilhantes, como insultos seguidos de coronhadas e flexões e pontapés e bofetadas, em plena via pública, eram motivo de estórias que provocavam risadas e medo e repulsa em bairros aparentemente tranquilos, distantes das zonas reservadas à elite nascente.

— Nesta quinta-feira é no teu bairro, a Mafalala, Furtado.

— Não me esqueço.

— Há muito que não me cruzo com o teu pai.

— Anda muito resmungão. Passa mais tempo na Matola do que na Mafalala. A solidão está-lhe a abraçar.

— É a viuvez. A minha mãe, por razões que conheces, já não fala. É uma mulher magoada. Faz do silêncio o seu grito de repúdio.

— O meu velho é porra pra aqui e pra lá, para não dizer os filhos que tu sabes. É uma geração que se perdeu.

— Não se perdeu, foi vencida. Vencida com a independência que tanto almejou.

— É triste.

— Vê a quantidade de AVCs a afetar a geração dos nossos pais. Tipos que, direta ou indiretamente, foram perseguidos ou vigiados pela polícia política colonial, sonharam com uma independência que fosse para todos. Mas nada aconteceu.

— A frustração derrubou-os.

— O medo, acima de tudo, Furtado. O medo fulminou-os. A pior coisa que pode acontecer a uma pessoa é ter medo da sua própria independência.

— É fodido.

— Tenho dito à malta que está a formar-se em História que procure, nas teses de licenciatura, temas mais criativos, e não a porra de sempre: apartheid aqui e ali. Como se nós não tivéssemos História. Falei-lhes, apesar da curta distância histórica, da avalanche do acidente vascular cerebral (AVC) nos primeiros anos da independência. Devia ser matéria de estudo da Sociologia ou da Antropologia. Mas foram cursos interditos no pós-independência. Só agora é que estão a ser leccionados. É provável que a abordagem da sociedade venha a ter horizontes mais largos. A malta do curso de História foi cooptada à narrativa dos libertadores.

— E tens a Filosofia.

— A Universidade Pedagógica foi pioneira na área. Mas falta-lhes a ousadia. E os historiadores, por razões que sabemos, remetem-se ao silêncio.

— E os putos?

— Os putos?

— Os alunos. Devem ter-te chamado louco.

— Ficaram intrigados.

— No fundo, Marivate, eles não compreenderam o alcance das tuas palavras.

— Não sei... Há grandes dificuldades de se ler o passado recente.

O carro subiu a pequena ladeira em direção ao campus principal que albergava as faculdades de Letras, Educação, Economia, Matemática, Biologia e Agronomia, para além do Centro de Estudos Africanos. A Veterinária e outras engenharias ficavam do outro lado da cidade, ao longo da Estrada Nacional Número 1, a única via aberta ao norte mais profundo do país. Furtado, estacionou o Toyota no local reservado aos professores e desligou o motor.

— Vais querer a minha boleia à tarde?

— Não nos encontraremos à hora do almoço?

— Tens razão. Tinha a cabeça no ar.

— Não duvido.

Até lá, disse, abrindo a porta e, em passo lento, caminhou em direção à faculdade, alheio às nuvens prenunciadoras de chuva a afastarem os cúmulos, nuvens pacificadoras, pois davam tranquilidade ao tumulto urbano, tal como os flocos de algodão esparsos pelos vastos campos da savana herbácea, dão aos camponeses nos exíguos instantes dos cálculos aos parcos lucros da comercialização agrícola.

A faculdade de Letras ficava mais acima, logo depois das instalações do Centro de Estudos Africanos, um centro virado às análises da realidade política sul-africana, projetado pelos militantes antiapartheid que se acotovelavam nos estreitos corredores do centro, antes do acordo de paz entre o governo e o regime do apartheid, acordo que o país já clamava porque a nação já se arrastava, pesadamente, como um elefante em eminente queda, dadas as desastrosas políticas dos guerrilheiros que, inconscientemente, tentaram levar à letra o imaginário do solitário herói à maneira dos westerns americanos (que devem ter levado ao delírio, na adolescência, os futuros jovens urbanos guerrilheiros), ou da banda desenhada, designação que alguns intelectuais preteriam a favor da expressão inglesa que lhes dava seriedade e altura ao pronunciarem *comic book*, sem ao menos puxarem pelo lado criativo dos irmãos brasileiros que à banda chamam quadrinhos porque de quadrinhos ela se faz, quiseram derrubar o regime do apartheid, esquecendo-se que o fim do regime não dependia de uma nação mas do comprometimento de todas as nações.

Ao passar pelo complexo do Centro de Estudos Africanos, Marivate perguntou-se sobre do que será do centro de estudos com a queda do apartheid no vizinho país, com o presidente Mandela em Pretória, sabendo todos que o nefasto regime segregacionista ruíra nos seus alicerces jurídicos, mas que se manteria na mente humana por gerações, pois de desigualdades e segregações o mundo anda feito, e não será com novos postulados jurídicos que o novo edifício estará a salvo desse maligno vírus que acompanhará o homem por todos os seus tempos; e não querendo se alongar por esses devaneios, por não se achar com qualidades para a nigromancia, arte que os pretos bem a sabiam manejar, constituindo até, para sua alegria, o étimo da palavra nigromante, ficou-se pela realidade e o desvario que a classe intelectual teria, ao recusar analisar a realidade do próprio país com a largura e profundidade necessárias, e em procurar outros temas de evasão à realidade ou de sustentação aos novos tempos, como a intransigente defesa do neoliberalismo, na vertente terceiro-mundista, para não dizer selvagem, pois os empedrados socialistas da noite que ainda se mantém na retina são, nos dias do presente, autênticos acumuladores, indivíduos insaciáveis na busca de bens que outrora fingiram combater, novos predadores do final do século. O centro andará à deriva por décadas e morrerá de tédio. O país não tem solução!...

E entrou no edifício da faculdade de Letras.

II

Desde a infância que o nome de Queta mais se lhe afeiçoou que o de Henriqueta, nome de registro e de batismo, no ano que as Índias Portuguesas se separavam do grande império e, a colônia de Moçambique assistia à retaliação do colonizador ao espoliar abruptamente as propriedades dos indianos, aqui conhecidos por baneanes, e os acantonar em espaços reservados à deportação, tudo porque as populações de Goa, Damão e Diu, antigas regiões sob a administração portuguesa, sentiram a necessidade de se agregarem ao grande espaço cultural hindu e não ao mítico império da lusofonia que pouco ou nada conheciam, excetuando os dedicados funcionários públicos e os que à religião católica se converteram, mantendo-se na colônia de transição, Moçambique, à espera da melhor oportunidade para o destino traçado: Portugal continental, como dignos representantes do poder colonial, sempre distantes do sofrimento dos pequenos comerciantes hindus então desapossados das pequenas economias e das propriedades conquistadas com esforço durante dois ou três séculos, sempre com o olhar inquisidor do colono que só os deixava explorar as zonas mais marginais aos grandes interesses da pátria lusitana. Queta nada disso soube e pouco saberia até à idade de namoro com o Marivate, jovem que a cativou mais pelo saber que pelo físico, porque aos seus olhos, na adolescente fase, um jovem com poucos atributos físicos, a tender para o magro, evidenciava, no entendimento comum, má nutrição, fracas posses, classe social inferior, tudo a contradizer com o estatuto de Marivate, jovem de família assimilada, a condizer com então luso-tropicalismo de Gilberto Freyre, a assinalar não só a mestiçagem, mas o acesso restrito de negros à escolaridade superior, não à exclusiva e rudimentar e profissionalizante escolarização da geração anterior, pertencente aos pais. Tirando esse aspecto escanzelado, esse ar desengonçado manifesto no andar meio dolente, Queta apaixonou-se pelo prolongado e enigmático sorriso de Marivate. Na balança dos seus sentimentos, o sorriso de Marivate suplantou as debilidades físicas, e começou, desde então, a aprender que o sorriso freava tudo, as possíveis iras, o incontido desejo de expressar o que lhe ia na alma, a compaixão pelos que se entregavam, inocentemente às momentâneas paixões políticas e aos que, no grande momento da pátria se renderam, genuflexivamente, às insígnias e aos cartões e aos discursos e às comunitárias vestimentas em voga nos empedernidos militantes. Nesses momentos, para o espanto de Queta, o sorriso lento, prolongado, enigmático, mantinha-se no rosto.

Terceira filha de oito irmãos, cinco meninas e três rapazes, coube-lhe a dianteira nos estudos; destacando-se como uma menina aplicada, já no ensino primário, no meio de colegas brancas (eram cinco negras numa turma de brancos e mulatos), com notas no quadro de honra, perfeita, já em classes superiores, em disciplinas como a

Matemática, Física e Química, curiosa mas aplicada nas disciplinas de Português e História, e apaixonada pela Geografia, disciplina que a levava a sonhar com o mundo e a reter-se em capitais como Paris, Londres, Lisboa, Tóquio, e em cidades como Nova Iorque, Rio de Janeiro, ou os departamentos ultramarinos franceses, como Guadalupe e Martinica, movida mais pelo encanto com o bamboleante ritmo musical que lhe enchia os ouvidos e a levava a dançar, sob o olhar sorridente de Marivate, pouco dado ao pé, mas amante das noites de sábado, sempre condimentadas com o semba, vibrante ritmo angolano então em voga. A Geografia é uma disciplina do amor, disse-lhe, Marivate, ao ouvido, quando, enlaçados, dançavam a um ritmo mais pausado, próprio ao momento entre as vibrações caribenhas e angolanas.

O curso de Medicina tornou-se a ambição maior, apesar da faculdade de Medicina se ter tornado famosa no chumbo de pretos, já em período pós-independência, por os professores acharem que as mãos dos pretos, em sentido diferente da história do autor de Nós matamos o Cão Tinhoso, ainda não se adequavam ao trato dos doentes.

Queta saiu-se bem. Foi uma aluna que sempre recusou entrar em polêmicas, pois tinha o curso como meta, aceitando, sem queixumes, ao longo da vida acadêmica, as diatribes dos professores, o altaneiro olhar dos que achavam o conhecimento anatômico privilégio de poucos. Foi por essas alturas que conheceu Marivate e por ele se afeiçoou, encontrando nele o confidente que necessitava, o braço protetor, o amor a reter, Vens de uma etnia propensa ao silêncio quando o objetivo maior está em causa, disse-lhe quando o curso foi tema de conversa, ao que ela, meio intrigada, procurou respostas, tendo Marivate avançado que o fato de descender de um grupo minoritário, sempre acossado, na época pré-colonial, e motivo de chacota na época colonial, muito pelo fato de o trabalho de recolha de fezes na área suburbana, ter a etnia chope como força braçal majoritária, levou a que o grupo se concentrasse em objetivos maiores, tendo os estudos como elemento forte.

— É por isso que achas que eu sou meio sonsa?

— Não diria sonsa, mas com grande capacidade de resignação.

— O que não acontece com a tua etnia.

— Tem outra disciplina, outra vaidade, Queta.

— E acreditas nisso?

— Acreditas quando te dizem que o italiano fala com as mãos?

— São evidências...

— É o mesmo...

Queta nunca se sentiu magoada na sua manifesta incapacidade em ripostar com vigor ao namorado e futuro marido. Sempre sentiu que Marivate lhe dava espaço e não a ridicularizava. E sempre soube aproveitar as aberturas. O seu olhar clínico na fase de estágio tornou-se mais perscrutador, retendo-se nas crescentes desigualdades e no crescente jogo de dinheiro entre médicos, enfermeiros e serventes, e em todas as áreas, em particular as parturientes que abriam a magra bolsa quando a bolsa rebentava e precisavam de um leito hospitalar e condições mínimas no banho posterior

— Não vai atrasar, senhora?

— Não Luísa... Ainda vou passar pela clínica e só depois irei ao hospital central.

— Não me irá encontrar...

— É o trabalho, minha querida.

— Os meninos já sentem a sua falta.

— Temos que ganhar a vida, Luísa.

— É verdade para os que têm emprego, patroa. A vida não está fácil.

— E nunca foi, neste país.

— Saímos das filas do pão e do açúcar e do sal, e agora estamos na fila do dinheiro que nunca aparece. As coisas estão aí, mas o dinheiro escasseia.

— Se fico aqui a conversar contigo, atraso-me mesmo, Luísa.

— O que é que vou cozinhar?

— O prato do teu patrão. Não é terça hoje?

— É, é o dia da mboa.

— Tem camarão na geleira.

— Vi, senhora.

— Até logo.

— Bom trabalho, senhora.

E a porta fechou-se. O apartamento tipo três e com duas casas de banho, apresentava-se amplo para a família de Marivate, e pouco esforço despendia a Luísa no trato com os talheres já limpos, o parquê ainda a reluzir, os quartos sem grandes desarranjos, as casas de banho cuidadas, e a roupa preparada para entrar no grande luxo da casa: a máquina de lavar. É bom trabalhar na casa de doutores, pensava sempre a Luísa quando comparava o seu esforço no trato de coisas domésticas com outras colegas de ofício que se queixavam das patroas não só pelo esforço físico mas acima de tudo pelo manifesto desdém com que encaravam o trabalho doméstico e as empregadas, sempre sujeitas ao minucioso escrutínio dos objetos em falta, mas que a senhora havia colocado em outro lugar, ao açúcar que acabava em tempo recorde e ao peixe e a carne que não chegavam para uma semana, numa família de sete a dez pessoas, Essas senhoras não têm a noção do que é uma casa e os custos na alimentação, comentavam entre si, umas, mas muitas, queixando-se do trato que as senhoras lhes davam, e outras sem grandes razões de queixa, como a Luísa que tratou de meter a roupa na máquina de lavar e se dirigiu aos quartos para a faxina, passando primeiro pela cozinha onde tratou de tirar o camarão para descongelar a fim de tratar a mboa, o prato feito à base de folhas de abóbora que cortadas juntamente com tomate, cebola e alho, se misturam com o camarão miúdo, de preferência, e se põe na panela para uma breve fervura, seguido da mistura do coco e amendoim já líquido. Deixa-se ferver por cerca de quarenta e cinco minutos. E pronto a servir. O segredo, segundo o patrão Adriano, como ela, só ela, o chamava, porque os outros ficavam-se pelo apelido ou simplesmente Mari, como carinhosamente a Queta o chamava, o segredo, como se disse acima e para que a concordância se mantenha, está nas mãos da Luísa, ela sabe tratar das folhas de abóbora, sabe tirar o líquido necessário ao coco e ao amendoim e, em doses bem medidas, fazer a mistura, deixá-la ferver, e ir mexendo com a colher de pau, sempre a colher de pau e não de alumínio ou de outras ligas metálicas, porque a colher de pau interage com a verdura, são da mesma família na natureza, alimentam-se dos mesmos ingredientes do solo, um, como a abóbora, requerendo certos cuidados das mãos humanas, outro, como a colher de pau, mais entregue à mecânica da natureza. E Luísa envaidecia-se quando o patrão a enchia de encômios quando a mboa, acompanhada de arroz ou farinha de milho cozida, aqui chamado de xima, era servida. As preferências de Marivate eram a xima ao almoço e arroz ao jantar.

Luísa não se preocupou de imediato com a mboa, por ser um prato rápido, diferente da matapa que aos sábados o casal fazia questão de levar à casa da avó, em alternância com a feijoada. A matapa requeria outro tempo de cozedura, outras formas de tratar a panela, a começar pelas folhas de mandioca, base do prato, que precisam de ser piladas com alho e, depois, dado importante, vão à panela com a água que serviu para limpar o pilão; deixa-se ferver até que a água termine, em seguida põe-se o tomate, a cebola e o sumo de coco — aqui outro segredo, porque o primeiro sumo de coco fica de lado, entra a segunda leva do sumo de coco —, deixa-se ferver enquanto se prepara o sumo de amendoim que se mistura com a primeira leva do sumo de coco. Nesta fase junta-se o camarão e, caso queira, o caranguejo. Deixa-se cozer por cerca de uma hora e quarenta e cinco minutos, sempre com o olhar atento e a colher de pau mexendo e revirando o caril, deixando que os aromas encham a cozinha, seja ela na forma mais precária, panela sobre pedras, teto de palha e uma pequena porta de acesso à cubata para o efeito, ou a céu aberto, sempre com transeuntes atraídos pelo aroma e a comentarem o prato, ou a moderna cozinha com o fogão e os liquidificadores e extratores que pouco deixavam o odor libertado da panela a espraiar-se pela cozinha, tornando-a impessoal, assética. O casal deixava os liquidificadores para outras modernidades e encomendava à Luísa o amendoim e as folhas de mandioca já piladas e com o respectivo líquido, porque o pilão — de uso extensivo às vastas regiões africanas é, para o moderno e global entendimento, o mesmo que o almofariz ampliado à altura do pneu de uma viatura ligeira — pouco se prestava ao uso em apartamentos pelo desgaste ao cimento que em muitas casas já apresentava rachas visíveis.

O apartamento, amplo e arejado, tinha a sala comum com uma larga janela virada para a grande avenida e, para agrado do casal, só banhada diretamente pela luz solar nas primeiras horas da tarde; durante as manhãs era a claridade natural, a sombra em diferentes tonalidades, ambiente propício à reflexão, à leitura e à escuta de música. Na parte traseira, com uma estreita varanda com estendais de arame e um tanque de lavar a roupa já ressentido com a falta de uso, via-se o famoso bairro da Mafalala, berço de poetas e futebolistas que conquistaram o mundo, e de um toureiro negro a quem Picasso se rendeu aos seus dotes, oferecendo-lhe um quadro que se tornou referência no seu mundo tauromáquico. Estas imagens nunca desfilaram na mente do casal Figueiredo, primeiros proprietários do apartamento há meses da Revolução de Cravos em Portugal, porque o bairro representava desordem, bandidagem, antro de drogas, covil de negros andrajosos. Ele, José Figueiredo, trinta e cinco anos de idade, funcionário da Fazenda, era, como muitos portugueses nas colônias, adepto do Benfica, crente da eternidade do império, cônscio da subalternidade dos pretos aos brancos, probo funcionário das Finanças, filho de colonos que assentaram na colônia por alturas da concordata com a igreja católica; ela, Alda Figueiredo, trinta anos de idade, detentora de uma profissão já extinta e que ao tempo se chamava mecanógrafa, funcionária do Banco Nacional Ultramarino, apaixonada pelos afazeres caseiros em companhia dos três empregados domésticos para toda a serventia da casa; ambos pais de dois garotos de dez e oito anos de idade, em ambiente escolar. O apartamento era-lhes do agrado, muito diferente do outro, onde viviam, em regime de arrendamento, de dois cômodos, totalmente inadequado às ambições do casal à busca ainda de uma menina, apesar das evasivas do marido que ela, com entusiasmo, se prontificava a desanuviar, anunciando as qualidades de vida no ultramar, comparativamente à soturnidade e exiguidade de espaço nas casas da metrópole, três filhos aqui, querido, com o sol e o calor a irmanarem-se durante todo o ano, e os pretos, sempre mansos, a prestarem-se para todas as encomendas, dá para educar e vivermos folgados e viajar duas vezes por ano à metrópole, Não viveremos à míngua, Figueiredo! E a aposta num novo apartamento financiado pelo banco foi do papel à mão; e para a felicidade de ambos, a menstruação não vinha há mês e meio. Inauguraram o apartamento, convidando amigos e colegas para um jantar à base de mariscos e vinho branco da região do Douro, marca a que José não se desgrudava, apesar de assumido benfiquista, Portugal vai do Douro a Timor, amigos, e o Benfica, com a sua máxima latina, E *pluribus unum* — e muitos em um, lema que os

Estados Unidos também adotaram na integração das treze colônias fundadoras de um único Estado —, nos une a todos! Temos o Eusébio no futebol, e o Douro no vinho.

Foram dez meses de felicidade no novo apartamento, antes dos dois grandes abalos na vida do casal. O primeiro foi o golpe de estado, conhecido como a Revolução de Cravos, em Portugal, no mês de Abril. As ruas encheram-se de discursos, os pretos falavam já em liberdade e independência, os que eram pintados de turras (os terroristas), apareciam como parte principal nas negociações rumo a uma futura independência. Os brancos entraram em pânico. Os que se identificavam com o regime colonial, e os que nem sabiam para que lado pender, foram-se revelando nas páginas dos jornais e nas ruas e nos cafés e restaurantes, afirmando a viva voz a sua portugalidade assente nos valores do Estado novo salazarista então em ruínas; os que se identificavam com os valores democráticos, majoritariamente jovens estudantes universitários, apregoavam, em encontros por vezes vulcânicos, a sua vocação de esquerda, manifesta em posições marcadamente maoístas, trotskistas, estalinistas, e outros istas assentes em conhecimentos mais livrescos que práticos. A ideologia dividiu-os entre os que ficavam por uma ideologia de esquerda, e os que partiam, apavorados com o comunismo à porta. Poucos, mas muito poucos, foram os que com lucidez assumiram ficar, assumindo a nacionalidade moçambicana com base em valores não assentes na ideologia. Outros, também poucos, assumidamente democráticos, e com a portugalidade assente em valores da modernidade, democracia, direitos e liberdades, partiram, cientes, alguns, da futura tendência conservadora marxista-leninista que os jovens rebeldes guerrilheiros iriam assumir com o ruidoso apoio da juventude urbana. A maior parte do povo, distante dos valores ideológicos, queria tão só a liberdade de estar, caminhar, sentir e saborear a terra como deles. O segundo abalo, a coincidir com o acordo de cessação de hostilidades, assinado a sete de setembro, o chamado acordo de Lusaka, foi o ato desesperado dos brancos em ocuparem a principal estação de rádio e andarem aos tiros contra os pretos pelas artérias da cidade. A reação não se fez esperar. Durante três dias e três noites, a cidade de Lourenço Marques viveu sob o fogo cego de armas; uns, os brancos, reivindicando a pertença de Moçambique a Portugal, outros, os pretos, anunciando para breve a independência total e completa da colônia. No meio de tanta estupefação e medo, o casal Figueiredo confinou-se, durante quatro ininterruptos dias, no apartamento, assistindo, pelas cortinas entreabertas, o confronto mortal entre brancos e negros, muitos destes baleados em plena via pública, o saque das montras, a queima de pneus, as barricadas nas avenidas e ruas, e, seguindo a regra de talião, o esfaqueamento de alguns, mas muito poucos, brancos incautos que teimaram em fazer-se às ruas e avenidas mais problemáticas. No rádio, as notícias do pequeno grupo de brancos que ocupara a emissora, eram assimétricas à realidade, pois diziam que tinham o apoio incondicional da pátria mãe, que Moçambique seria independente e com um governo de brancos aqui nados e crescidos, e que os pretos em revolta eram lacaios dos terroristas!

A Mafalala, bairro suburbano, tornou-se num quartel general na estratégia de imobilizar os brancos que ainda sonhavam com o grande império. Os dias eram turvos e incertos. O medo levou-os à inanição. O casal já não se preocupava com a casa, aliás a faxina caseira não era matéria para os patrões, mas dos criados miseravelmente pagos. Estes estavam a monte e ao serviço dos nacionalistas, dando a localização exata dos brancos mais fascistas. As crianças, de tão pasmadas com a situação já não faziam perguntas. Todos fintavam a fome com enlatados e água da torneira. O pão escasseava e quase ninguém se atrevia a sair de casa. As lojas estavam trancadas. Os carros já não circulavam. A partir do terceiro dia, as tropas começaram a fazer patrulhas e a serenar as populações. A estação da rádio foi desocupada. Os brancos renderam-se às evidências. E como não quisessem viver sob o governo de pretos, muitos começaram a emigrar para África do Sul e Rodésia, territórios sob o domínio de governos minoritários brancos. As pontes aéreas entre Lourenço Marques e Lisboa aumentaram de número. O tráfego marítimo de retorno à pátria portuguesa aumentou. Os que puderam, venderam os bens ao desbarato, outros, totalmente desorientados, abandonaram tudo e meteram-se no primeiro avião que lhes apareceu. A Alda, desesperada, pedia, nos momentos de grande infortúnio, que tudo cessasse e fossem imediatamente para Lisboa. Acalentava uma rápida reintegração no quadro público em Portugal. O apartamento já não lhe dizia nada. O José andava à deriva. Não tinha um pensamento fixo. Ora acalentava em ficar, pensando nos privilégios que tinha, ora temia o futuro que se lhe reservava se ficasse na colônia. Dizia para si que nunca faltara o respeito aos pretos, que até tinha amigos negros, e recordava alguns antigos colegas do liceu com quem nunca privara mas que o podiam admitir no círculo das novas amizades, bastando para isso assumir os valores que se propalavam pelas ruas, como a independência completa, o poder para o povo, o antirracismo e tudo de avulso que por aí se dizia. Mas este posicionamento o assustava, pois não se sentia seguro. Portugal era-lhe distante, de família próxima havia uns primos, espalhados pelas aldeias do Ribatejo, ou pelas rias de Aveiro. Eram pequenos agricultores e pescadores que ocasionalmente os conhecera nas primeiras férias que fora passar na metrópole. Não tinha amigos e pouco conhecia de Lisboa, tirando os Restauradores, Rossio, Praça do Comércio e a zona dos Jerónimos e outros locais que a memória não guardou. Os pais, já falecidos, pouca informação podiam adiantar caso estivessem vivos. Mas a Alda insistia, barafustava, delirava nos sonhos sempre repetidos de mortes e sangue. Uma, duas semanas. O mesmo cenário, as mesmas palavras, os mesmos berros. A sorte bateu-lhes à porta com uma vaga nos serviços das Finanças em Lisboa. Podiam viajar com alguma segurança. Marcaram a partida para a segunda quinzena de outubro do ano da graça de 1974.

Dois dos três empregados ainda se fizeram ao apartamento, querendo saber da saúde dos patrões e dando conta do que se passava pelas ruas e bairros, sossegando-os e dizendo que a luta se deveu à ira dos brancos ao fazerem das ruas uma carreira de tiro. Não é que os pretos não pudessem conviver com os brancos, eles só querem maior igualdade na vida que já é cara para todos, E imaginem os coitados dos pretos a safarem-se como serviçais de segunda e terceira e quarta categorias nos séculos de presença minoritária branca, aliás, séculos nem tanto, porque de fato os brancos só se tornaram donos efetivos das terras africanas nos últimos quatro a cinco anos do século XIX e, com muita ginástica pelo meio, mantiveram-se por mais setenta e quatro anos do século vinte, para o caso dos portugueses, porque os outros, ingleses e franceses, os de maior expressão colonial, fizeram contas à vida muito cedo e foram, com a cautela que lhes é própria, transferindo a soberania aos pretos e ficando com o domínio das riquezas que era o que mais lhes interessava, pormenor que escapou aos portugueses que a todo o custo quiseram, no alto da sua dignidade de descobridores no minúsculo retângulo da cauda europeia, manter o vasto império que ia do Minho a Timor, nem que fosse à custa das várias concessões à exploração dos que detinham o capital, mas o império, esse, devia manter-se, daí os suntuosos edifícios, cidades com geometria própria, bairros de espantar os africanos de outras latitudes que aportavam à cidade capital. Esta conversa, pela sua dimensão histórica, e como é evidente no horizonte dos personagens, não se desenrolou no apartamento do casal Figueiredo porque as vistas de ambos os lados do diálogo mantinham-se na realidade vivida, e os empregados, na inocência das suas declarações lá iam dizendo que os indianos, em número considerável na colônia moçambicana, não foram molestados, e continuavam com as suas lojas, espalhadas pelos subúrbios, intactas. Havia também o caso de alguns brancos, senhora Alda, que tinham o comércio nos subúrbios e que falavam a língua dos indígenas e que conviviam com os pretos e que garantiram o abastecimento em produtos de primeira necessidade à população suburbana durante a crise. Não era contra o branco, senhora! Mas a Alda não se convenceu com esses paliativos. Queria partir. A imagem do branco esfaqueado em plena avenida Pinheiro Chagas não lhe saía da mente. Os sons dos tiros ainda ecoavam nos seus ouvidos. O medo estava grudado no corpo. E para exorcizar os seus assombramentos, dividiu o recheio da casa pelos dois empregados. Quanto ao cozinheiro, o empregado ausente, souberam, dias antes da partida, que se tornara membro de uma das células de base do movimento de libertação e força dominante, e, mais tarde, já com o país independente, assumiria a cozinha de uma das proeminentes figuras do estado nascente.

O casal embarcou com os dois filhos ainda menores e o que já se adiantava no ventre da Alda. Chegados a Lisboa, instalaram-se, a contragosto do José, no bairro do Lumiar, próximo do estádio José Alvalade, sede do clube rival ao seu. Muitos dos então chamados retornados foram acampando por essa zona, no meio de lamúrias e insultos em todos os tons ao governo que não soube negociar a descolonização e muito menos proteger os brancos que tanto deram às colônias para que o bom nome da pátria lusitana não saísse manchada aos olhos do mundo, Nós é que nos misturamos, nós é que edificamos uma sociedade miscigenada, nós é que demos a riqueza que a metrópole tanto reivindicava, E deixam-nos viver em contentores e tendas como párias, gente sem destino, os mal paridos da pátria lusitana, os eternos portugueses de segunda e terceira, E estes, pretos e mulatos, que tanto se convenceram da sua real cidadania portuguesa, o que será deles, portugueses de quarta e quinta categorias?

José Figueiredo depressa se afastou das lamúrias quando o aviso de retorno imediato aos serviços das finanças o recolocou na rotina burocrática. A imagem do acampamento dos refugiados em contentores e tendas, desesperados e despreparados ao frio que se adensava, começou a distanciar-se do casal, graças ao arrendamento de um apartamento de dois cômodos numa zona próxima do metrô. O desespero e desnorte dos retornados ainda lhes chegava, amiúde, aos ouvidos. Muitos deles viram na mendicidade a tábua de salvação, outros faziam filas enormes nas instituições de emprego, procurando uma vaga mais condigna à sua anterior situação de privilegiados que não lhes permitia descer ao nível de trabalhos precários como o da construção civil, de empregados de mesa ou de recolha de lixo ao serviço da câmara, Isso foi sempre trabalho dos pretos!

Mas a bonança tardava e o frio entrava já pelos ossos, lembrando-lhes de verdade que a história das quatro estações a que os bancos da escola os ensinara era bem real, com o célere andamento do outono e o aviso sempre de que o frio na verdade entraria lá para o solstício de dezembro, e que os agasalhos do frio tropical de junho que pouco se prestavam ao outono europeu de nada serviriam para o inverno rigoroso. Diz-se que a dura realidade verga sempre a coluna, e se não a verga, o estômago encarrega-se de definir o rumo, condicionando à vontade e aumentando a tristeza, fato que os retornados foram obrigados a engolir no meio do desnorte político a que a república portuguesa foi assistindo, com movimentos a puxarem a corda para a direita e outros para a esquerda, com imenso barulho nas ruas repletas de dísticos com todos os dizeres e cartazes nas paredes e colunas e pontes. Perdidas as colônias africanas, o país superlotado de gente de todos os quadrantes e cores e crenças como a islâmica que entrou, via Moçambique, com maior força institucional, e da Guiné com os seus retornados vestidos de boubous, túnicas largas e compridas, tipicamente africanas, a cobrirem o corpo como os vestidos dos tempos vitorianos, a circularem pela baixa dos Restauradores e Rossio, tentando vender as suas mezinhas bantu-islamizadas, ou a rivalizarem com as cartomantes na prestigiação, arte que os africanos muito se orgulhavam de saber e manejar, passou a povoar a geografia humana da capital portuguesa. As mesquitas começaram a florescer sem que a fé católica, base da identidade portuguesa, se abalasse ou extremasse. Souberam, pela secular experiência no mundo afora, acomodar o outro, permitindo que o pequeno comércio indiano se propagasse pelas esquinas das artérias, nas entradas do metrô, em praças autorizadas para o efeito, e o aumento da população de cor, para não dizer pretos, em bairros periféricos.

Dona Alda assim se assumiu, ou a fizeram assumir, ao não conseguir enquadramento na carreira bancária, quis se habituar à vida caseira, suportando a gravidez da futura Joana Acácia — em homenagem às acácias que floriam nas artérias da cidade de Lourenço Marques, onde nascera, e que ora se chama de Maputo —, tentando controlar os dois rapazes que cresciam a olhos vistos e que depressa se adaptaram à vida portuguesa, mas ela não se afeiçoou à cidade. O corpo outrora franzino e esbelto, com os cabelos aos caracóis a descerem pelos ombros e os olhos sempre fugidios nas órbitas, como a não quererem encarar a realidade de frente, tornara-se mais roliço e com um peso avantajado. A saudade dos criados que tinha de sobra, o vasto apartamento ao seu dispor, a comida em qualidade e abundância, o sol a brilhar durante todo o ano, levava-a a encarar com desdém o pequeno apartamento com uma sala comum de pequenas dimensões, os dois quartos à dimensão de um quarto do apartamento na colônia, uma varanda a que o seu corpo mal se podia mexer, uma vista triste e monótona e sempre cinzenta nas tardes de outono e inverno, umas vizinhas com gestos nada delicados e uma linguagem a descarrilar quase sempre para o obsceno. Tudo a deprimia. A cidade não a fascinava. Lisboa não era a mesma das duas vezes que lá fora de férias. A Lisboa sorridente, aberta, com os pregões das senhoras de saias largas em ruas e avenidas, o fumo com o aroma das amêndoas assadas em plena baixa lisboeta, os cafés e as esplanadas sorrindo de gente, o calor dos agasalhos que os trópicos não ofereciam, essa Lisboa estava ausente na mente da Alda. O seu imaginário estava nos filhos já crescidinhos por tratar, na menina a dar os primeiros passos e a desarrumar a casa, na roupa por lavar e estender, na cozinha para o almoço e a janta, tudo tarefas que ela nunca se deu ao trabalho de executar; e era agora, nossa santa Isabel, aos trinta e tal anos, que a vida doméstica se lhe cruzava, aniquilando os seus sonhos, a ambição de ser senhora e sentar-se nas pastelarias, sorvendo o chá com os bolos apropriados! Não suportava isso.

— Eu dou em doida, Zé.

— Não temos alternativa, mulher.

— Disso sei eu. A porcaria da revolução deu nisto.

— Os outros já são independentes.

— Não temos saída. Temos que contar os nossos dias com este Portugal.

— É a tua pátria, Alda.

— Essa pátria toda perde-se na cozinha, na açorda que farta, no lava-louças, na barulheira das crianças, e em toda a merda sem sentido.

— Compreendo.

— Olha como estou. Sem jeito nenhum. Já ninguém me chama de senhora. Agora sou dona.

— Lá para o fim do ano arranjamos um carro nosso e saímos por aí, arejando.

— Não vai alterar nada, Zé. O nosso mundo acabou.

— Vamos construir outro.

— Não terei forças para isso. Estou ferrada como doméstica.

— A vida tem que continuar, querida.

— Para os outros, Zé. Nós não passamos de uns pobres retornados, uns tugas que andaram a maltratar pretos nas colônias. Não é isso que dizem?

— É gente que nada entende. Vamos olhar para as nossas crianças...

— Não sei se terei forças.

Na verdade, não teve forças para encarar o futuro. O passado impregnara-se tanto nela que poucas energias teve para tornear a vida e seguir um novo rumo. A vida de doméstica aumentava-lhe o peso e contraía-lhe o coração que sofria e se queixava, chegando ao ponto de a levar a uma paralisia parcial do corpo. A perna esquerda arrastava-se ao ritmo de um camaleão pela sala e cozinha e casa de banho, tropeçando, por vezes, num e noutro objeto descuidadamente colocado. A mão direita escorava-se numa bengala que equilibrava o corpo em movimento de minhoca e a ajudava a levantar-se e a deitar-se, rejeitando, com veemência, todo o tipo de ajuda, Sou uma desgraçada, mas não sou um trapo, dizia, com clareza, ao marido e aos filhos, agradecendo à nossa senhora de Fátima a compaixão do Senhor por a doença não lhe ter afetado a boca, pois podia se exprimir com toda a clareza o que lhe vinha na alma. O marido, paciente, tentava, ao máximo, criar as condições mínimas de conforto à mulher cada vez mais resmungona e sempre a implicar-se com os hospitais e a fisioterapia e os enfermeiros, esquecendo o grande ganho da nação de ter introduzido um serviço nacional de saúde, uma verdadeira conquista para a maioria dos portugueses. Havia, é claro, pequenas bolsas de renegados, os que militavam no contra os serviços sociais, mas tudo, na linguagem em voga, era democracia, o jogo de pesos e contrapesos, a liberdade de expressão, a liberdade de se filiar em tudo o que pudesse aparecer, desde o partido mais filho da puta até ao que dá uma soneca danada de tanto discurso vazio.

José Figueiredo pouco se preocupava com os partidos e a democracia, porque o que queria, de fato, era o seu pão garantido, o lugar de relevo no estádio da Luz, as cores do Benfica nas paredes do seu apartamento, a fotografia bem moldurada que tirou com o Eusébio, dizendo-lhe, no breve e fugidio contato, que também viveu bem perto da Mafalala, e comeu umas boas badjias que por lá se faziam, e sentia Moçambique como sua terra, ao que o Eusébio, com o seu ar bonacheirão, lhe deu umas palmadas nas costas, dizendo, em ronga, wali kaya, o mesmo que és da terra, expressão que José não entendeu, pois em trinta e tal anos de vida em terras moçambicanas nenhuma palavra soube fixar das línguas africanas faladas na zona do seu nascimento e crescimento, a cidade de Lourenço Marques, limitando-se, em período pós-independência a repetir a palavra que muitos retornados fizeram como elemento de pertença e saudade de um espaço: khanimambo, o mesmo que obrigado.

A alegria maior do Zé deu-se na época futebolística de 1980-1981, por duas razões da sua vida: o título português de futebol ganho pelo Benfica, com prestações excelentes do seu jogador de eleição, o Chainho, e a compra do seu primeiro carro de marca Fiat em solo português. Já se sentia confortável, as amarguras por que passara aquando da partida de Moçambique e à chegada a Portugal, esbatiam-se com o tempo, apesar da memória amargurada da mulher que teimava em invocar a terra de nascimento quando arrastava a perna inerte e o braço meio dolente, pela casa. Sem se dar conta, a Alda assumira já o linguajar popular de Lisboa, sempre acentuado com brejeirices. O marido já a descontava, e, aos fins de semana em que o Benfica se deslocava a outros pontos do país, levava-a a passear pela baixa de Lisboa ou à zona de Sintra, e ela reassumia o seu ar de senhora desatualizada, tentando a todo o custo arrumar o discurso com palavras mais suaves. Foram anos felizes, pese o fato de o primeiro-ministro de então, o Francisco Sá Carneiro, ter morrido num acidente de aviação com causas ainda por explicar. O luto nacional tocou-lhes de leve porque o Zé, em matéria de voto em eleições gerais, inclinava-se para os sociais-democratas. Fora isso, a política estava em grau muito secundário. E a grande emoção veio quando o Benfica tornou-se de novo campeão na época 82-83. A casa, durante a época futebolística, engalanou-se de vermelho. As conversas de café giravam em torno do futebol, o jornal a Bola ganhava mais assinantes, as claques extremavam posições, e o Zé, sem ser fanático, animava-se com a época. Em casa havia paz. Os rapazes já frequentavam, com mérito, o último ano do ensino médio, e ambicionavam os cursos de engenharia e economia. A menina já brincava com a leitura e as aritméticas. As contas caseiras, ainda que apertadas, davam para viver no limite das necessidades.

Nada podia antever, naquele ano vitorioso do Benfica, o abalo que a família Figueiredo viria a sofrer. A Alda, com a sua perna aos solavancos e o braço a refazer-se lentamente, permitindo que os dedos aceitassem o comando do cérebro com pequenos acenos, via a esperança aumentar e a sombra da amargura a fugir-lhe do rosto, quando, por mero acaso, resolveu mudar o canal das novelas, sua paixão nas tardes solitárias e frias de Lisboa, e ver as notícias da terra e do mundo, se deu de caras com o rosto enrugado e a voz tonitruante do primeiro presidente de

Moçambique, o conhecido Samora Machel, a vibrar no pequeno ecrã do televisor acomodado na estante da sala. Os olhos não quiseram acreditar de tanto se arregalarem. O coração apertou-se-lhe de tal forma que a boca, escancarada, não conseguiu absorver o oxigênio vital ao funcionamento do órgão. A mão direita agarrou-se desesperadamente ao braço do sofá que, horas depois, foi necessário serrar para que a mão pudesse, ao menos, repousar, em sinal de respeito pelos preceitos cristãos, junto ao peito sem vida.

Nessa hora do cair da tarde, Zé demorou-se, como em todas as tardes, no café do bairro, bebendo umas imperiais acompanhadas com tremoços, enquanto punha a conversa em dia sobre o futebol e o Benfica campeão. Os rapazes andavam pelas esquinas do namoro, embevecidos com as primeiras carícias e os beijos trêmulos e ardentes. A filha mais nova, a Acácia ainda pequena, em companhia de amigas, brincava no pátio do prédio.

Alda não teve socorro, e nem tempo de balbuciar o que lhe vinha na mente nos segundos fatídicos. O enfarte foi fulminante. Morreu vendo e ouvindo, no pequeno ecrã, Samora Machel, primeiro presidente da República Popular de Moçambique, em pleno solo lusitano.

2

Víamo-lo, aéreo e magro, deambulando pelo mercado da cidade de Quelimane, conversando com esta e aquela vendedeira, o olhar às voltas, saltitante, e um sorriso forçado, como que a querer desculpar-se. Por vezes, e quando só, o que era frequente, o homem soltava a língua e punha-se a falar sozinho, em voz imperceptível aos próximos. Frequentava o bazar às terças, quintas e sábados, sempre com um sorriso arrumado no rosto para quem se acercava dele. Víamo-lo, em regra, aos sábados, à saída do nosso trabalho voluntário no liceu 25 de Setembro, outrora conhecido por João de Azevedo Coutinho, em homenagem ao militar de convicções monárquicas, com papel de relevo aquando do ultimato inglês, e governador geral da colônia de Moçambique logo após a pacificação do território.

Quando o conheci de perto, querendo interessar-me pela sua história, tive um inesquecível encontro, no apartamento do bairro popular, onde o hospedaram. Até então, o homem era, pela singularidade do caso, o centro da nossa curiosidade. Disseram-nos que o senhor, a rondar pelos trinta e cinco anos, fora estudante nos Estados Unidos, graças a uma das bolsas então conseguidas pelo movimento de libertação sob o comando de Eduardo Mondlane, seu primeiro presidente. Tinha no seu currículo, o que então nos espantou, pois desconhecíamos outros graus acadêmicos fora o bacharelato e a licenciatura, um mestrado em Matemática Aplicada e um doutoramento em Filosofia de Ciência Teórica, áreas que davam dores de cabeça de tanta ignorância nossa. Outros diziam que andava pelo pós-doutoramento em matéria que desconhecíamos por completo, quando regressou à pátria após a proclamação da independência. Chamava-se António Desejado Sabonete.

A sua história, soube-a com maiores detalhes mais tarde, confundia-se com a de outros compatriotas que ao sinal da independência pensaram em servir o país, apesar das diferenças políticas com os vencedores da gesta nacionalista. Julgavam que o país tinha lugar para todos. Só não sabiam que o país era de poucos. De muito poucos. E sofreram. Muitos morreram nos campos de reeducação. Outros enlouqueceram. E outros, poucos, enfileiraram-se, em silêncio, nas hostes do partido vencedor e tornaram-se, com os seus elevados graus acadêmicos, em verdadeiros pajens da nova elite. E como muitos, muitos dos que não alinharam no discurso vencedor foram esquecidos e riscados da História, da narrativa dos vencedores.

Logo que aterrou no aeroporto de Mavalane, em Maputo, teve a segurança do Estado ao seu encalço. Encarcerado por cinco meses, e sob constantes interrogatórios e sevícias a que se recusava descrever, Sabonete deixou os calabouços totalmente indocumentado. Tiraram-lhe tudo que o identificava como António Desejado Sabonete. Ficou-lhe o nome para os que acreditavam assim chamar-se. E o apelido a indicar a província de origem.

Para se apresentar às autoridades da Zambézia, sua província de nascimento, deram-lhe uma guia de marcha na qual constava o nome e o setor a que se devia dirigir. De Maputo, capital do país, reteve as acácias em flor e em abundância pelas artérias, o sorriso inocente dos que ainda festejavam a independência, as avenidas limpas e ordenadas, a contrastar com a desordem urbana em muitos países africanos, os militares da frente de libertação sem o aprumo dos soldados de um exército de Estado, o olhar consternado dos brancos com a nova realidade, as paredes a abarrotarem de palavras de ordem em tons vermelho e preto, as vestes a tenderem a uniformizar-se em setores mais militantes, a confusão no check-in dos voos internacionais, o desfazer e refazer de bagagens, as intermináveis discussões com as autoridades, os berros, choros, despedidas, desmaios.

Em Quelimane, cidade que não conhecia (saíra do interior, de um posto administrativo do Ile, para o Malaui, ainda jovem, e depois para a Tanzânia), teve que ser submetido a um novo interrogatório no qual, graças a indulgência de um lómué, pessoa da sua etnia, escapara de uma nova prisão. Arranjaram-lhe uma casa, um apartamento num dos prédios do bairro popular. Era uma flat de dois quartos, sala, cozinha e casa de banho. Da direção ligada ao Ministério de Administração Interna, chegava-lhe uma cesta básica composta por arroz, feijão, óleo, açúcar, sal, e produtos de higiene. O conterrâneo dissera-lhe que estava em observação, e devia ter cuidado com as pessoas que o interpelavam, e que por ordens superiores não podia trabalhar em nenhum setor em Moçambique.

— Eu vim apoiar o meu país, ajudar no desenvolvimento. Sei que há falta de professores.

— Pior aí, doutor, o senhor nem pode entrar numa escola. O senhor é um reacionário, entendeu?!

— Já me dizem isso desde que cheguei, mas não me podem proibir de trabalhar na terra que é tão minha como de todos os que nela têm direito de viver e trabalhar.

— Isso é complicado para a minha cabeça, doutor. Eu sou um simples oficial de segurança, O que sei é que o senhor não é dos nossos, e tenho ordens de não me alongar muito no diálogo!

— Sei.

E foi lá, no apartamento do bairro popular, que eu, com os meus dezessete anos, pude conhecer parte da história de António Desejado Sabonete. Compreendi depois que a sua abertura muito se deveu à minha inocência e à necessidade quase doentia de tudo conhecer. O Sabonete não utilizou subterfúgios e nem se armou de sorriso aparvalhado que vestia nas manhãs em que saía à rua. Viu em mim, talvez, uma testemunha do futuro, alguém a quem pudesse exorcizar os fantasmas acumulados, ou que pudesse, com a sua juventude, afastar a aterradora sombra da morte que o tentava envolver nas noites insones ou de sonhos descontrolados. A presença do jovem com a sua inocência e o seu entusiasmo talvez lhe dessem outro fôlego, outra vitalidade, pois precisava de partilhar outro oxigênio mais puro e não o poluído e tóxico que o perseguia desde que entrara em solo nacional. Mas não foi fácil ter acesso ao Sabonete.

Os meus amigos depressa se esqueceram do drama do António Desejado Sabonete. A euforia dos tempos, as agendas a sobreporem-se entre os encontros amorosos e a ingênua militância política num liceu dividido entre professores ainda conservadores, muito ligados ao regime do Estado novo de Salazar, e os que assumiam, por necessidade de adaptação aos novos tempos, a nova narrativa revolucionária. O professor de Desenho atirava à mesa um título de Aristóteles e dizia, sabendo bem qual o alvo, que nós não passávamos de meros ignorantes, aprendizes da política, e que uma nação é dirigida por gente que sabe e não por maltrapilhos! Não dávamos corda, pois sabíamos do comportamento de alguns canecos que se queriam mais portugueses que os portugueses. E o professor de Desenho pertencia a esse grupo que não tolerava os pretos. O professor de Matemática, no meio das raízes quadradas, lá passava o recado de que iríamos ter saudades dos tempos que ora espezinhávamos. Era mais cauteloso, pouco dado à euforia do momento, e com frases curtas e secas. O de Educação Física, já engajado nos novos tempos, emprestava-nos — éramos um grupo de seis entusiastas — pequenas brochuras copiadas em estêncil, num mimeógrafo, sobre a história da Frelimo. Era uma história tão linear e simples que não nos comoveu, habituados a ler livros de grandes aventuras onde a traição era um ingrediente indispensável. Na história da Frelimo, a maioria das pessoas era santa como das igrejas, imaculadas, pessoas que não fodiam, não bebiam, e nem se traíam. Os que pecavam eram reacionários e imediatamente afastados do seio dos imaculados. Esses gajos não mandavam porras e filhos da puta, entre tiros?! Não se vingavam das traições entre namorados e casados? A história está mal contada, dizíamos, meio a brincar. Estes gajos são uns aldrabões!... Cada um, a nosso ver, tinha uma história oculta. As memórias, os amores e desamores, os ódios recalcados, o racismo não estripado, tudo era reprimido na subserviência ensaiada, no sorriso calculado, e, em conjunto, para sobreviverem ao presente, todos gritavam, desvairados, os vivas e hosanas, o mesmo que graças, ao supremo e idolatrado dirigente!

O país já nasceu fodido!...

Eu vivia no lar da Sagrada Família, lar nacionalizado à igreja católica, bem perto do bairro popular, à saída da cidade em direção aos distritos mais a norte. Sabia que o Sabonete tinha a sua disciplina, marcada pelos anos de estudo das matemáticas que me criavam tonturas só de pensar nelas. E quis segui-lo, primeiro à distância e, depois, com o conhecimento do percurso, fui-me acercando do homem. Notei que o andar dele não revelava vontade, persistência nos passos. Andava como alguém indiferente ao mundo exterior, muito atento às convulsões do seu mundo interior. Por vezes tropeçava, outras recuava uns metros para poder entrar na rua que o levava ao destino. Estava preso a uma realidade que não o permitia abrir-se ao mundo presente. Mas estas ilações tirei-as muito depois, porque ao tempo aquele andar desengonçado, aquela permanente distração, aquele sorriso à toa, liguei-os à Matemática, a essa disciplina de cálculos precisos que condicionam o corpo e os movimentos. Assim pensava na altura.

A minha descoordenada vigilância, muito ao jeito adolescente de imitação dos detetives dos policiais que líamos da colecção vampiro, não passou despercebida ao Sabonete que, após uma semana ao seu encalço, me interpelou:

— Andas a seguir-me.

— Sim.

— Por quê?

— Curiosidade, Dr. Sabonete.

— Não te entendo, retrucou, olhando-me, já sério. O rosto, visto de perto apresentava ligeiras rugas na testa; os olhos, ligeiramente encovados, tinham um ar pálido, mortiço. Ao tocar-me no ombro, senti a mão leve e úmida. Os dedos eram pequenos e ligeiramente grossos. Era, em altura, baixinho, e a condizer com muitos dos seus conterrâneos do interior da Zambézia.

A tarde ia a meio. A chuva ainda esparsa em outubro, deixara pequenos charcos nas estradas esburacadas; as folhas das árvores ainda gotejavam sobre os transeuntes. Estávamos na pequena rua que dava acesso ao belo edifício da Biblioteca Municipal. Havia já saído do Mercado Central. Trazia dois sacos de plásticos com tomate, cebola, couve, cenoura, peixe corvina e uma galinha a espernear num dos sacos, pois vira-o em conversa com a vendedeira de peixe, uma senhora de corpo avantajado que, como as senhoras das verduras, fazia questão de lhe ofertar, duas vezes por semana, o pequeno rancho que também incluía carne de diverso tipo.

As vendedeiras condoeram-se com a história do doutor sem emprego, o doutor formado no estrangeiro, o nosso doutor, Como é possível não arranjarem emprego para o homem? E dizem que não pode trabalhar neste país. Como é que vai viver?!, Doutor, venha sempre às nossas bancas, do pouco que temos, dá para lhe servir, Não se preocupe, leve alface aqui, tomate ali, peixe acolá, carne quando houver, galinha aos sábados, altura em que o Sebastião Formiga, o nosso fornecedor, traz os galináceos, Não é incômodo, doutor, Nós é que nos orgulhamos de si, o senhor honra a nossa província, Qual é mesmo o país onde estudou todas essas coisas grandes? América! Já viu! América! E nós que nunca saímos do Brandão, esse nosso bairro, Eu ainda vim de Mocuba, lá no nosso interior, Pelo menos conheces algumas cidades, como a Isabel que veio da Beira, mas que é de Luabo, zona limítrofe entre as províncias de Sofala e Zambézia, Mas nada disto é mais importante que a América, Não se envergonhe, Doutor, um pouco daqui e dali, dá para o senhor se alimentar, Não vamos deixar o nosso doutor passar fome. Este ato de solidariedade das vendedeiras do mercado terá, sem que ninguém previsse tal desfecho, sido fatal no destino de António Desejado Sabonete.

— O que é que fazes?

— Sou estudante no liceu. Estou no sexto ano.

— Estás em letra ou ciências?

— Letras, Doutor. As matemáticas afugentaram-me das ciências.

O Doutor sorriu. Um sorriso sincero, tal como o que expendia às vendedeiras do bazar quando guardava o sorriso engomado que lançava aos desconhecidos. Era às terças, quintas e sábados que se deslocava ao mercado e por lá ficava, nas manhãs ou nas tardes, em amena conversa com as senhoras; nesses momentos, o Desejado ganhava vida, respirava o ar que sempre desejara respirar em contato com as pessoas vulgares, os anônimos das sociedades, os que fazem a história acontecer sem que tenham legendas, os que nunca levantam voo, permanecendo sempre na pista da vida, ganhando para viver, convivendo com o pouco, partilhando o necessário. As autoridades, de princípio, não se importaram com a liberdade que o Desejado tomava em conversar com as vendedeiras. Pensavam que esse contato tirar-lhe-ia os galões de doutor, complexo que o Desejado não tinha mas que os outros, os que o perseguiam, muito se assustavam com tais títulos, sentindo-se inferiores, apesar do ilimitado poder que detinham. Meses depois, nas vésperas do Natal, o conterrâneo da segurança, visitou-o durante a noite no apartamento com o já decidido recado de que ele sairia da província, dentro de dias. E terá sido por isso, talvez, que o Sabonete tomou a decisão de aceitar a minha companhia.

— Segura este plástico. Vamos dar uma volta e, depois, acompanhas-me à minha casa. Gosto de passar por esta rua da biblioteca. Acho-a linda arquitetonicamente. Recorda-me os meus tempos de estudante. É claro que as bibliotecas de lá não se comparam com estas. Mas o saber não se busca no tamanho.

— É uma honra, Doutor, estar consigo.

Lá tentei entrar na conversa. Senti que havia ganho uma batalha. Não lutara para tanto, mas o fato de ele prontamente me ter aceite, apesar de há uma semana se ter apercebido que o seguia, foi um grande alívio. Notei, caminhando a seu lado, que o cinto das calças não só servia como complemento às calças, mas, acima de tudo, servia para evitar que estas, de tão desajustadas, caíssem cintura abaixo. Os sapatos, outrora pretos e luzidios, tinham o tom pardo do desgaste e apresentavam pequenas fissuras nas pontas. A magreza pouco tinha a ver com a sua constituição física.

Durante o percurso até ao bairro popular, não trocamos palavra. Percorríamos as ruas da cidade como dois desconhecidos à boleia um do outro. Aos sábados, Quelimane fervilhava de gente. Os que iam e vinham dos bairros periféricos, muitos a pé, outros de bicicleta, poucos de motorizada, e quase nenhuns de carro, cruzavam-se com certa alegria à entrada e saída do asfalto. Nessa fronteira, o Chuabo e o lómué, línguas dominantes da população residente, ficavam na terra batida, nas casas maticadas e cobertas de folhas das palmeiras que vicejavam por tudo o que era canto no interior suburbano da cidade, limitando as ruelas de terra solta ou lamacenta que bordejavam as casas; os quelimanenses, por hábitos já antigos, engatilhavam o Português e faziam-se ao asfalto, à zona branca e da elite mestiça, a terra do patrão. Com a revolução, o cenário mudou de feição. Os brancos começaram a ser substituídos por mestiços de uma geração indefinida, pois não faziam conta de quando o antepassado preto se cruzara com o branco, ou caneco, ficando apenas na memória, a difusa entrada do apelido do antepassado branco que percorreu, desde o século XVI, o rio Zambeze da jusante à montante, à procura do ouro, marfim e escravos, dependendo do ciclo em que se encontrava, cruzando-se, em casamentos de ocasião, paixões alucinantes, ou encontros fortuitos, com as pretas do vale do Zambeze.

Muitos fixaram-se ao longo do vale, instalando os chamados prazos da coroa, que mais não eram que uma forma indireta de ocupação da terra por parte da coroa portuguesa; mais tarde, já na segunda metade do século XVIII, apareceram, em substituição dos antigos prazos, os estados militares do vale do Zambeze, muito por força da companhia das índias portuguesas e dos vice-reis de Goa, Damão e Diu — título nobiliárquico criado, de juro e de lei, pelo rei Dom Manuel, em 1505 —, chefiados por goeses, mais tarde apelidados de afro-goeses, porque filhos de goeses com mães africanas, ou mães goesas e pais pretos, como o caso do José Rosário de Andrade (conhecido por Kanyemba, filho de Maria, goesa de nascimento, e de Chowufumbo, famoso chefe tande), um importante chefe de um estado militar do vale do Zambeze. À montante do vale do Zambeze, os mestiços bantunizaram-se, e à jusante, em abono da verdade, não foram capazes de criar uma bolsa de cultura comumente designada crioula, limitando-se, em pleno século XX, a assumir valores brasileiros assentes no samba que norteava o carnaval de que muito se orgulhava de ser o pequeno Brasil em África. Esta ausência de uma base cultural assente na mestiçagem, e a reiterada recusa, da elite do sul do vale, em assumir valores bantu que a vasta comunidade lómué representava, pôs os mestiços à deriva quando o carnaval e o samba, símbolos de alienação aos valores propugnados pela revolução nascente, foram proibidos como festividades. Apenas ficou na culinária, a galinha à zambeziana, que é frango grelhado e untado com leite de coco e algum limão, e a mucapata, uma massa à base de arroz, feijão-soroco (também chamado uloco) e leite de coco, como símbolos de uma cultura crioula que não prosperou. A língua chuabo não era do domínio de parte substancial da elite mestiça de Quelimane. A opção foi a migração para os grandes centros urbanos, zonas mais difusas e porosas a outros valores universais, ou à terra do ascendente distante e desconhecido, em busca de uma ancestralidade europeia, ou a desenfreada procura de empregos ligados a embaixadas e serviços consulares do país no estrangeiro; à montante do vale, nas terras de Sena e Tete, a comunidade mestiça facilmente assumiu valores mais consentâneos com a grande comunidade local, assumindo o nhungué ou sena, línguas locais, como instrumentos vitais à sedimentação da sua cultura bantu.

O sol já se punha quando entramos no pequeno apartamento. Não me preocupei com o lar, com o possível raspanete do responsável, pois sabíamos todos que aos sábados os atrasos e as dormidas fora do lar eram frequentes. Eu queria ouvir o António Desejado Sabonete. Algo me impelia a estar ali com ele, a ajudá-lo a tirar dos plásticos os produtos que as vendedeiras haviam ofertado, a escamar o peixe, a preparar o tomate e a cebola e o alho, e a coser o peixe da forma mais prática e rápida: água e sal. Na outra panela, todas assentes num pequeno fogão elétrico de duas bocas, a água para cozinhar o arroz já fervia. A cozinha era pequena, equipada com uma pequena mesa, com duas cadeiras, o fogão assente num caixote de madeira, uma geleira com a porta presa por um fio de arame, e um pequeno lava-louça. Os poucos pratos e talheres estavam arrumados sobre uma pequena mesa encostada no lado direito do lava-louça.

— A casa é simples, e não é minha. Eu estou de passagem.

— De passagem?

— É provável que parta dentro dias.

— Por quê? Não está na sua terra?

— Eles é que sabem. O meu informador disse que devia estar preparado para partir a qualquer momento.

— Trabalho?

— Nunca, jovem. E quando cresceres descobrirás como é que um governo destes cultiva a ociosidade. Por enquanto, não te preocupes com essas coisas. Tens que viver e abrir os olhos.

A voz era pausada, serena. Pressentia-se pelo timbre e pelos gestos nada apressados que se conformara com o seu destino. Os olhos, por vezes, abriam-se em demasia, como que a interrogarem-se, e depressa voltavam à normalidade do olhar meio ensonado, cansado. Durante o jantar, falamos de banalidades, quis saber da vida nos Estados Unidos, e ele respondia sem muita alegria, falei-lhe das minhas aulas, de um professor de Inglês, um zimbabueano com bigode a Hitler, de nome Robert Mugabe, muito longe de saber que aquele meio franzino e de falas curtas viria a ser o presidente da futura república do Zimbábue. As voltas que o mundo dá! Mas no momento a minha atenção estava virada para o Dr. António Desejado Sabonete. Estávamos na pequena sala de estar com um e único sofá de três lugares, meio gasto. O soalho de madeira ainda estava intacto. A janela da sala tinha um pequeno lençol a servir de cortina. Na porta entreaberta para o quarto divisava-se um colchão estendido sobre uma esteira. Não havia livros. Espantou-me. Tentei, quando me dirigi à casa de banho, entrever pela porta entreaberta do quarto alguma estante, ainda que fosse de pequenas dimensões, uma pequena mesinha, algo que induzisse ao livro, ao Doutor. A casa estava limpa. O doutor não tinha livros. Não podia ter livros. Não podia ter acesso à literatura científica ou de ficção. O mais que pude ver, foram folhas dispersas e desatualizadas dum jornal diário nacional, por um dos cantos da sala de estar.

— Disseram que iriam transferir-me para o norte. Dizem que eu estava a desestabilizar as mentes das vendedeiras do mercado.

— Não entendo, Doutor.

— E quem vai entender, jovem. Eles acham que eu sou um elemento nocivo às vendedeiras. Fiquei pasmado. Nunca na minha vida quis entrar na política ativa. Sempre quis ser professor. Quando a frente de libertação foi fundada, abandonei o College no Malaui, e me entreguei à frente de libertação. O presidente quis que eu continuasse os estudos. Ele defendia os grandes equilíbrios regionais, porque o Sul, fruto das primeiras derrotas durante a resistência pré-colonial, cedo foi pacificado, e as escolas indígenas proliferaram. O Norte, só a partir da segunda quinzena do século vinte é que os colonos conseguiram pacificar. E os desequilíbrios fizeram-se sentir na emergência do movimento de libertação. O Eduardo Mondlane, como dirigente do movimento de libertação, teve essa visão. Muitos de nós, do Centro e Norte, beneficiamos de bolsas. E estas, mais tarde, tornaram-se um veneno. A nossa formação incomodou muita gente.

— Compreendo.

— E vais entender melhor quando o futuro reivindicar alguns fatos. De momento é a euforia, a graça de ter uma independência. Virá o tempo das agruras.

E a conversa desenrolava-se aos solavancos, pois o Dr. Desejado Sabonete fazia longas pausas. E nesses entretantos os olhos abriam-se e olhavam para nada. Eu aguardava silenciosamente. Já noite dentro contei-lhe o dantesco cenário a que fomos obrigados a assistir, no campo do ferroviário, por decisão presumidamente assumida pelo dirigente máximo da província, incrédulos e chocados, ao fuzilamento público de pretensos malfeitores. O campo de futebol estava cheio. Dizia-se que era um comício normal, mas para nossa surpresa, vimos militares a perfilarem dois presumíveis malfeitores, junto à baliza sul. Como em comícios revolucionários, os homens confessaram o crime. Eles assassinaram um padre católico italiano na vila fronteiriça (com o Malaui) de Milange, por suposta discórdia na troca de notas. Correu o boato que o crime se deveu à intolerância do movimento vitorioso em relação à igreja católica. O governo provincial fez questão de dissipar o boato, concentrando as pessoas no julgamento popular. Era, por ironia, um domingo de Páscoa. Os comícios políticos e o trabalho coletivo substituíram os cultos dominicais. A população fez-se em massa ao campo. À medida que os réus confessavam, a população gritava em Chuabo: Apiué!, o que em tradução literal, significa mata! Ouvia-se, por todo o campo, Apiué!... Apiué!... Apiué!... Estava-se em delírio coletivo. E quando as armas foram engatilhadas, quando o som das balas se alinharam no cano, quando a voz altissonante do chefe das tropas fez-se ouvir, o silêncio impôs-se naturalmente. Ninguém esperava coisa boa. As pessoas entreolhavam-se. Não esperavam tal desfecho. Pensaram que o comício fosse só palco de uma acusação que levaria aos tribunais. Pensaram que a pena a ser aplicada fosse executada em outro cenário. Mas tal não aconteceu. E quando as balas expelidas dos kalashnikov troaram, ouviram-se gritos e choros. Muitos desmaiaram. Outros procuraram apressada e desesperadamente os portões de saída. O pânico foi total. Nunca, na história recente, na história de meses e meses de independência, se vira um fuzilamento em público. A população não estava preparada para o ato revolucionário, como se dizia. Ficou a marca, a marca de um espetáculo macabro e gratuito.

— São os julgamentos sumários. E virão mais. É provável que eu esteja na fila. Não sei para onde vou. Sei que não vou a uma estância de férias. Fala-se por aí de campos de reeducação. Deve ser o meu destino. Outros colegas meus devem andar por lá.

Saí da casa do António Desejado Sabonete já noite adiantada. Tinha mais dúvidas que certezas. A única certeza que pairava na minha mente, era a de que o homem tinha o destino traçado: a morte. Era já um homem despojado da honra e vontade de viver. Tiraram-lhe tudo. E o mais grave, o mais angustiante para mim foi tirarem-lhe a identidade. Ele não existia no mapa humano. Podia ser sequestrado, torturado, morto, que ninguém iria reivindicar a sua pessoa. Diriam, havia um tipo que andava pelo mercado e que desapareceu. Quem?... Ninguém sabe. E o que me condoía naquele corpo franzino era o de não haver anticorpos para o que pudesse vir a acontecer. António Desejado Sabonete entregara-se totalmente desarmado ao presente e ao futuro que desconhecia.

Nunca mais soube dele. É provável que tenha tido o trágico destino de muitos bolseiros da frente de libertação: os campos de reeducação. Ou a sorte de poucos, os que tiveram a proteção de antigos colegas, ou de conterrâneos próximos da nomenclatura; ou de outros que tiveram destinos inimagináveis: um doutor em Direito Internacional colocado como diretor de moinhos; outro, formado em Ciências Políticas, a dirigir a inexistente contabilidade de uma empresa estatal de cinco trabalhadores num distrito remoto; outro, sociólogo, área que poucos conheciam da sua existência, coube-lhe chefiar a secretaria de uma escola primária num remoto posto administrativo. E dezenas de outros que obrigatoriamente ficaram sem ocupação, vagando como mortos-vivos pelas ruas de cidades e vilas e localidades.

O que se queria com estes atos era apagar a história individual e coletiva desses homens. Tiraram-lhes a identidade, negaram-lhes o presente. A nação nascente não lhes devia pertencer.

III

A clínica Boa Saúde ocupava as instalações de uma antiga vivenda colonial situada na avenida Amed Sekou Touré, nome do primeiro chefe de Estado da Guiné Conacri, entre o bairro da Polana Cimento e o bairro Central, por entre duas frondosas acácias que não permitiam divisar as placas da clínica. Muitos se enganavam no portão de entrada, o que era também frequente em outras entradas, pois a avenida, mais conhecida pelas acácias que floresciam desalmadamente nos passeios, não só incomodava os carteiros e outros do ofício de entregas, como afastava, durante a noite, centenas de transeuntes, dada a ausência, em longos troços, de iluminação pública e do assustador cenário de passeios encobertos de folhas que não permitiam ver as estrelas. Muitos preferiam as avenidas 24 de Julho e Eduardo Mondlane, por serem mais seguras e com melhor iluminação. Mas à clínica não faltavam doentes; e estes, na sua maioria, não se faziam a pé, mas em luxuosos carros de marcas ocidentais e japonesas que substituíram, rapidamente, os *nivas e ladas*, marcas soviéticas representando um passado que a todo o custo se queria esquecer. E esse apagar de memória, de refazer a história, de ludibriar um passado presente e marcante, estendia-se aos estudantes formados em universidades do leste europeu que, à custa de generosas bolsas do ocidente aberto e ufano pela conquista de um novo mercado, corriam às universidades do odiado capitalista e futuro cemitério da sociedade socialista, à procura de mestrados e doutoramentos que legitimassem saberes sem utilidade prática porque a moda de Mestrados e PHD em cartões de visita à procura do bilhete de entrada na arena da política ativa através do cartão vermelho, era tão fervescente que já sonhavam com cargos presidenciais, ministeriais e espaços de grande visibilidade no comité central. O saber estava para a política, para o bem pessoal, e não para o desenvolvimento de um país a empobrecer. Interessava à nova fauna de intelectuais aliar-se, a todo o custo, às grandes figuras da gesta nacionalista, mimoseá-las com discursos encomiásticos e propostas de livros de memórias de um grandioso e imaculado passado de luta contra o colonialismo. Era importante escrever livros de memórias com letras de ouro para extasiar a geração da luta, embevecida com um presente de crescente acumulação de capital com a privatização de empresas, açambarcamento de terras para criação de gado, ocupação de instâncias turísticas, especulação imobiliária, compra a preços de banana de casas e prédios nacionalizados, criação de condomínios da vergonha e do medo, parcerias estratégicas com o grande capital, enfim, um novo linguajar, outras práticas, outros cenários ao aburguesamento a terceiro mundo. E desde que os novos acólitos soubessem apresentar, com salamaleques à moda dos impérios antigos, o novo cartão vermelho de membro e quadro disposto a servir a nova elite, migalhas cairiam a rodos.

Quando entrou na clínica, Agapito José já se encontrava na sala de espera com outros doentes. Queixava-se de dores nas mãos. Eram frequentes, sobretudo à noite, provocando formigueiro e uma dor persistente mas breve que se estendia ao cotovelo. Tinha a sensação de que o sangue não circulava pelos dedos. E, por vezes, uma dormência na palma da mão

— É uma dor estranha para a tua idade, Agapito.

— Já ando nos trinta, Queta, desculpa, Doutora.

— Trata-me por Queta. Tu és amigo lá de casa.

— Mas aqui sou um doente.

— É verdade. Mas, por outro lado, tens carta branca do maior da casa.

— É uma troca de favores, irmã. Nada se faz de borla nesta terra.

— Eu exerço o meu ofício, Agapito.

— Depende do ângulo da análise. Não é a todos que se dá essa oportunidade.

— Confio na minha competência.

— Isso é para outras latitudes, Queta.

— Voltando às tuas dores. Vou-te recomendar a um ortopedista.

— Mas o que deverá ser, Doutora?

— Presumo que seja a síndrome do túnel do carpo. Mas não posso avançar mais. Terás que fazer algumas radiografias e outras análises. Não temos especialistas nacionais na área, mas recomendo-te um cubano especialista que está afeto ao hospital militar. Ele dirá, com maior propriedade, as causas das dores.

— E terminamos a consulta.

— Tens outras dores?

— De momento nenhumas.

— Vou te passar uma guia.

— Agradeço.

Enquanto a médica redigia a guia de transferência e atendia uma chamada telefônica, Agapito foi passando os olhos pela clínica, observando, de relance, o mobiliário de primeira e os instrumentos médicos de última geração, indispensáveis às consultas. Sabia que havia um ou dois blocos operatórios no edifício, e quartos de primeira na parte traseira da casa, remodelada para servir como clínica privada. Não se quis demorar muito na interrogação que sempre lhe vinha sobre a proveniência de fundos para uma clínica de tal dimensão, mas sabia que o ministro Teodoro Silva circulava com um certo à vontade pelos corredores do poder, coisa rara num ministro ainda distante dos quarenta anos, e com estranhos e reluzentes sinais exteriores de riqueza. Para além da clínica, falava-se da coparticipação majoritária em três hotéis de quatro e cinco estrelas, do gado a perder de vista pela savana tropical, das casas arrendadas ao corpo diplomático; tudo num jovem de origem humilde, com uma formação universitária na área de Engenharia, com um engajamento político mais virado para a representatividade étnica no poder executivo do que para as convicções ideológicas.

As ambições da nova elite tornaram-se transnacionais com a queda do apartheid sul-africano, e a ascensão de Nelson Mandela à presidência, pois ambicionava, tal como crianças insuportáveis numa loja de brinquedos, casas para puro lazer ou o idílico recanto dos filhos que nunca terminavam os cursos médios ou superiores, em Joanesburgo e Cidade do Cabo. A África do Sul era a ambicionada metrópole africana, o destino do dinheiro amealhado, o abençoado espaço para as infidelidades conjugais.

O Agapito, anafado e de olhos rutilantes, com um ar sempre prestável, contentava-se com o tácito acordo de dar o devido e constante destaque no jornal os feitos do ministro, como a cobertura de viagens que fazia com agrado, pois permitia-lhe conhecer o país real e profundo e, de tempos em tempos, dar uma mãozinha a um e outro discurso que o ministro fazia questão que ele colaborasse sem os préstimos dos assessores. Outros ministros pediam-lhe, à socapa, alguns préstimos, como entrevistas previamente elaboradas e algumas reportagens. Estas breves escapadelas eram do agrado do ministro Teodoro porque afastavam, não de todo, algumas especulações sobre o seu marketing na imprensa que ele, do alto do seu cargo, dizia ser verdadeiramente livre, independente e responsável.

Agapito, era bastante zeloso no serviço, apesar de brincalhão com os colegas, antecipando-se sempre a possíveis questionamentos sobre práticas duvidosas. Falava de questões banais, afastando-se sempre das questões políticas. Nunca discutia assuntos sérios com os colegas, preferindo abster-se ou aceitar o veredito do chefe de redação quando os grandes temas de cobertura do jornal eram colocados à mesa. Tinha o seu círculo de amigos fora da redação. O diretor e o chefe de redação, homens de confiança do partido, nunca o questionaram sobre as constantes viagens com o ministro Teodoro e outros. Sabiam que os ministérios encarregavam-se dos honorários das viagens e, para o agrado deles, o pedido de deslocação nunca partia do Agapito. Além disso, nunca mostrou interesse em cargos de chefia no jornal. Assumia-se como um simples jornalista ao serviço dos grandes interesses da nação, apesar da infundada especulação, segundo Agapito, da possível engorda da conta bancária. O que intrigava os colegas, era o fato de Agapito se vestir sempre de forma simples, calças de ganga, camisas de manga comprida ou curta, sempre soltas, sapatos de qualidade — nesta matéria fazia questão de dizer ser o seu grande fetiche. Adorava sapatos. É o meu pecado mortal, sentenciava — e, quando solicitado a cobrir uma conferência de imprensa, apresentava-se sempre com o casaco castanho já surrado e a eterna gravata azul. Orgulhava-se de não ter carta de condução, tal como o seu amigo Marivate. A esposa, de nome Estefânia, professora do ensino secundário, na disciplina de biologia, encarregava-se de o conduzir quando as folgas da escola permitiam, libertando o taxista amigo da praça do Hotel Tivoli, na baixa da cidade, o Chico, que o acompanhava aos discretos encontros com figuras de relevo na política nacional. Punha-lhe ao corrente das histórias de futebol e futebolistas e clubes nacionais e estrangeiros. As histórias muito lhe valiam na redação, porque sustentavam uma conversa de horas, na redação já cansada com textos políticos enfadonhos e repetitivos.

— Tens aí a guia, Agapito. E desculpa este pequeno atraso. Estava a atender a chefe. O termo referia-se à dona da clínica, a esposa do ministro Teodoro, a senhora Anabela Zimba.

— Que tal?

— Que tal o quê?

— A mandona.

— É só o espírito altaneiro do novo-rico. Fora isso, é simpática e acessível.

— O nariz empinado tende a agravar-se.

— Infelizmente. Como diretora clínica faço a minha parte e deixo o lado especulativo para vocês jornalistas, e outros.

— Como o teu marido.

— Esse não escreve para os jornais.

— Mas escreve.

— É do ofício.

— Olha, não te vou roubar mais tempo.

— O teu tempo de consulta já ia expirar, Agapito. Não te preocupes. A tua senhora, como está?

— De saúde, bem, mas a queixar-se constantemente da qualidade dos alunos que lhe chegam às mãos.

— É a massificação do ensino, Agapito. No nosso ensino primário a raridade na sala de aulas era o preto, num país de pretos. Hoje é ao contrário.

— Temos que fazer a longa e penosa travessia pela mediocridade como regra.

— Não temos outra alternativa.

— É o nosso fado.

— Assim quiseram.

— Certo, doutora. Mande os meus cumprimentos ao Marivate.

— Vocês não se encontram às quintas?

— Isso é depois de amanhã.

— Ok. Cumprimentos à Estefânia.

— Serão entregues.

E saiu bamboleando o rabo saliente no rechonchudo corpo repleto de energia. Rondava pelos metro e sessenta de altura. Trazia umas calças jeans, uma camiseta castanha sem estampas e uns sapatos pretos de encaixe todos reluzentes. Queta seguiu-o com olhar até à porta, recordando-se, a sorrir, do que o marido dizia do amigo: é daqueles que se vão safar sempre, nesta sociedade, Queta. O Agapito é daqueles que caminha por entre as costuras, sempre atento, lançando um sorriso aqui, outro ali, nunca enjeitado. Não marca penâltis, como ele gosta de dizer, prefere o meio-campo, porque à defesa é sempre pesado.

O telefone voltou a tocar no momento em que entrava um paciente.

— Diga, doutora Anabela.

— Não te vou roubar mais tempo. É só para te recordar que não precisas de trazer nada para o jantar de sábado. Quero-te a ti e o teu marido, sempre esquivo.

— Acho que o vou convencer desta vez.

— O Teodoro tanto o quer conhecer pessoalmente.

— Hão de se conhecer, Anabela, não te preocupes.

— Ok, bom trabalho.

— Até mais.

— E outra coisa.

— Diz.

— Vamos almoçar juntas.

— Tu é que mandas, Anabela.

— Deixa de gozar.

E desligou o telefone, pedindo desculpas à doente, já sentada ao lado da escrivaninha. Eram assim as primeiras horas da manhã da Queta. Atender cinco a sete doentes, supervisionar, em termos clínicos, o hospital, receber e fazer chamadas. Sabia cronometrar o seu tempo. A sua especialidade em medicina interna, dava-lhe capacidade para fazer a gestão da clínica, orientando sempre que necessário os doentes para os especialistas em serviço na clínica ou fora dela. A sua contratação por recomendação de um antigo professor, próximo do Teodoro, fê-la aproximar-se ao círculo dos poderosos que a queriam como médica pessoal. A afabilidade dela, os modos suaves de se movimentar e falar, o sorriso cativante, não deixavam ninguém indiferente. Os olhos de Teodoro embeiçavam-se pela internista, mas nada avançou, pois a distância afável que ela colocava aos homens afastava-os de qualquer pretensão. E a mulher do ministro, apesar de se conhecerem do tempo do liceu, sentiu, ainda que à distância, umas picadelas de ciúme, mas depressa afastou esse fantasma pelo caráter da médica. Ela seguiu Economia e ela Medicina. O porte físico delas era contrastante. A mulher do ministro tendia para as coxas salientes e as nádegas adiposas, próprias das mulheres mais a sul do continente africano. Já Queta era mais delgada, altura média, clara, de rosto comprido e suave, com lábios carnudos a contrastarem com o resto do corpo, e a induzirem a imaginação a um intenso encontro sexual; já a Anabela tinha o rosto mais redondo, e os lábios finos e úmidos. Os olhos tinham um brilho lacrimejante, como que a pedirem o carinho ausente.

Quando Queta se apresentou na clínica como médica e diretora clínica, não contava encontrar-se com Anabela. Aliás, as duas tinham uma vaga ideia uma da outra.

— Conhecemo-nos algures, não é doutora...?

— Henriqueta.

— Agora recordo-me. Queta!

— Do liceu, nos últimos meses do liceu Salazar, doutora...

— Anabela Zimba.

— Pois... A vida... quanto menos se espera, ela cria um atalho.

— Posso tratá-la por Queta? O nome ainda resiste na minha memória.

— E eu por Bela?

— Quebrado o protocolo só nos resta ir às tripas, como se diz cá no Sul.

— É. Bater as tripas.

— Ir ao fundo. Acredito já saberes ao que vens. Aliás o meu marido fez questão de ir ao hospital central falar contigo...

— Em jeito de consulta.

— Não quis importunar-te e nem dar nas vistas.

— Boa estratégia.

— Vais ser a diretora clínica. E como deves imaginar, eu sou a diretora disto tudo. Na verdade, ocupo-me da parte administrativa e financeira. A outra parte estará a teu cargo. Não exerço outra função senão esta. Pedi ao estado licença sem vencimento. Espero que nos entendamos bem.

— Vou ler o contrato.

— Podes levar uma semana. Mas gostaríamos que começasses a trabalhar já para a próxima semana. Precisamos de ti, Queta.

— Sei disso.

— És das poucas internistas que temos no país. O sucesso da clínica vai depender de ti e da tua proposta de médicos a serem contratados.

— Vou dedicar-me sobre o assunto, Bela.

E já lá vão dois anos, recordou-se. Os preços não são convidativos, o número de doentes em consulta, ou em trânsito para África do Sul, tem aumentado, e os lucros a corresponderem ao investimento. Os médicos pouco se queixam: os salários são contabilizados em dólares, e pagos em moeda nacional, ao câmbio do dia.

Será que o Marivate irá aceitar o convite? A pergunta atordoava-lhe a mente. Sabia que Marivate era infenso a esses ambientes de cera, como lhe dissera quando o ministro a convidou a um jantar em família, num discreto restaurante à beira-mar.

— Quero que esses gajos se lixem com a maquiagem que criaram, Queta. Vai tu! Já tens no teu gene esse jeito para sorrir quando devias corar, se é que o preto cora. Eu não suporto esses canalhas. Vê o que fizeram à minha mãe?

A referência à mãe desarmava-a por completo. Não sabia o que dizer, o que fazer. Era tema tabu. E, depressa, diziam: vamos mudar de assunto.

Às terças e sextas, dias em que mais se demorava na universidade, Marivate almoçava no centro social do Centro de Estudos Africanos, instituição tutelada pela universidade e que desempenhou, durante a vigência do apartheid, um papel de relevo no estudo dos fenômenos da segregação racial e na congregação de personalidades de relevo na luta contra o apartheid. O fundador e diretor do centro, um goês de nascimento, africanista de coração, grande militante dos movimentos de libertação das ex-colônias portuguesas, teve uma trágica morte num acidente de aviação que vitimou o primeiro presidente do país. Outra grande militante do Congresso Nacional Africano (ANC), teve nas mãos uma leve e letal carta bomba que a vitimou no escritório situado no primeiro andar do pequeno edifício erguido entre as faculdades de Letras, de Agronomia e de Biologia.

Com a queda do apartheid, o centro de estudos perdeu o seu grande foco, a sua matriz, e os investigadores, órfãos do grande tema sobre a discriminação, o apartheid, não sabiam, às portas do século XXI, como reencontrar-se em estudos sobre temas candentes ao continente africano. Muitos andaram a leste do continente africano, pouco ou nada conhecendo das culturas africanas, das suas dinâmicas; a África no olhar desses acadêmicos cingia-se entre os que pautavam por uma ideologia marxista-leninista e os que alinhavam pelo bloco ocidental. O resto não lhes interessava. Quando viam negros vestindo o boubou, diziam tratar-se de gente de países neocolonizados que faziam da cultura um pretexto à autenticidade, esquecendo as crescentes desigualdades. O paraíso estava nos países de tendência marxista, países que se situavam acima da cultura porque a ideologia iria uniformizar as nações, tornando-as em espaços sem cor, sem etnia, sem diferenças. O que importava era a militância e o acatamento das ordens do dirigente máximo.

A relva, outrora amarelada, em redor do centro, ganhava o natural tom verde da época das chuvas. O vermelho-ocre das paredes do centro perdia a sua consistência. A memória do que foi esboroava-se no presente, virado para a grande metrópole sul-africana, a cidade de Joanesburgo, e a capital Pretória que o revolucionário da pátria prometera, em comício concorrido de vivas e abaixos, fazer marchar a população esfomeada com picaretas e enxadas e paus e fisgas e catanas, até à capital da discriminação e derrubar o hediondo regime que se fazia passear com os caças *mirage* pela indefesa capital revolucionária, balançando, com macabro prazer, em voo rasante e prepotente, as asas em forma de delta ao longo da baía de Maputo e pela zona do poder: a Ponta Vermelha. Marivate recordava-se desses momentos enquanto esperava pelo amigo para o almoço. Sentia que o país tentava reencontrar-se sem fazer o seu ato de contrição. Os grandes militantes dos áureos tempos da unanimidade, entregavam os cartões da militância, evocando traição aos princípios que ergueram a pátria, como se uma pátria se erigisse por vocações ideológicas. Sentia-se, ao nível epidérmico, uma substancial mudança. Os brancos e canecos foram secundarizados ao nível da esfera do poder. A cor preta, outrora escassa, ocupava lugares-chave na política e administração pública. Por mérito ou demérito, os pretos lutavam por um lugar ao sol na administração e na política, usando, para o efeito, artifícios de toda a ordem: uns, querendo assumir uma liderança não legitimada, evocavam a etnia distante e sem representação no espectro político, outros invocavam o glorioso passado (assistido dos bancos de estudantes nas zonas libertadas) da luta de libertação como cartão de entrada, e muitos, por compadrio, iam alargando a sua influência no poder em crescente matiz negra.

Outros, poucos, querendo fazer valer a competência na administração pública, iam-se desgastando com o elevado nepotismo. E as minorias, sem influência declarada no círculo do poder, fecharam-se em conchas, redefiniram estratégias, readquiriram a nacionalidade dos pais e avós, e começaram, discretamente, a movimentar-se com dois passaportes e, com o respaldo do Ocidente, apostaram na economia, em investimentos bem calculados, e a representar o grande capital. A cor passou a matizar em tons negros e brancos os corruptos e não corruptos. O termo racismo, outrora banido da esfera pública, passou a emparceirar com a incompetência, negritude e etnicidade. O país que a equivocada revolução pensara ter mudado voltara à estaca zero. O que de bom se avizinhava era a assunção pública de que o futuro se construiria no respeito pela diferença.

— O que é que vai comer, doutor?

— O prato do dia. Prepara dois. O meu colega deve estar a chegar. Traz uma 2M e dois copos.

— É para já, doutor.

O centro social dava para umas vinte pessoas. O gerente, querendo alargar o espaço, ocupara parte da varanda que dava para o jardim interior e para os gabinetes do departamento de Sociologia. Os novos docentes apresentavam-se mais informais, com o cabelo em tranças compridas ou despenteado, a condizer com os modelos afro, assumidos em latitudes exteriores, muito ligados aos afrodescendentes norte-americanos, brasileiros, ingleses e franceses, que em cada esquina badalavam na forma e na voz a ancestralidade africana, ficando, amiudadas vezes, atônitos quando viam os pretos desembarcando do continente original, vestidos a rigor, o cabelo à escovinha, e um discurso superficialmente conciliador a denotar um sofrível complexo de inferioridade que a independência dos países não conseguira libertar dos cidadãos.

De princípio, a comunidade conservadora da universidade olhava de soslaio para os novos docentes de tranças compridas e calças jeans e sandálias, incapazes de sustentarem um discurso contrário, pois a moda já pegava e não se vivia no tempo em que o poder se impunha na vestimenta ou no comportamento, tal como fizeram com o compositor e músico de reggae, Bob Marley, impedindo-o de entrar e tocar no país, por se apresentar com os cabelos em jeito rastafári e a advogar o consumo da marijuana, ou ganja, ou suruma, esquecendo eles que tal produto serviu de paliativo na dor da solidão nas matas da guerrilha.

O moçambicano, pensava Marivate, enquanto observava, da vasta janela de vidro do centro social, parte do jardim que ia das instalações da Imprensa Universitária à Faculdade de Educação, não conseguiu libertar-se do complexo de inferioridade em relação ao Ocidente. Negava-se o Oriente tão próximo e a representar o futuro. Tudo o que aterrava dos voos da Europa representava a modernidade, daí que tenham derrubado as construções à base de técnicas básicas de aproveitamento de recursos naturais, o conhecido Tbarn, idealizado pelo arquiteto e poeta Grabato Dias ou Mutimate Barnabé, como ficou conhecido pelo incontornável livro *Eu, o povo*, na Universidade Eduardo Mondlane. No espaço outrora ocupado pelos fornos, moinhos e outros artefatos de tempos idos, havia palmeiras, bancos e relva a ganhar, timidamente, a natural cor verde da época chuvosa.

Ninguém se preocupava com o passado remoto, com os valores de antanho; a história faz-se do presente e com um passado a remontar ao tempo da vitoriosa luta de libertação nacional. Todos os bons exemplos foram colhidos nas zonas libertadas durante o tempo da guerra. Nada é valorizado fora dessas experiências. O sofrimento, a dor e a resistência dos presos políticos, a memória de centenas e centenas de patriotas que morreram e outros que resistiram às mãos dos algozes da polícia e da política do governo fascista português, foram deitados no caixote de lixo. Nada à posteridade ficou dessa resistência. Os presos políticos que sobreviveram às inimagináveis torturas foram desvalorizados e tornados empregados dos que estiveram nas matas e na cidade de Dar es Salaam, como intelectuais e burocratas da luta de libertação. E veio-lhe à memória o hediondo teatro montado para os presos políticos, misturados com os que estiveram nas forças especiais do exército, e os que militaram nas assembleias abertas aos pretos do ultramar. Escolhidos a dedo, os presos políticos desfiaram, em sessões presididas pelo chefe de estado, os seus pecados, as suas fraquezas, desvalorizando a estoicidade, o amor à futura pátria, e o seu papel no movimento de resistência. Daí em diante, os presos políticos foram subalternizados, colocados em degraus inferiores aos dos que entravam na pauta heróica da resistência e na luta contra o colonialismo. Muitos foram recolocados em áreas que pouco tinham a ver com a sua profissão. Um conceituado jornalista e um pintor internacionalmente reconhecido, ambos antigos presos políticos, viram-se em terras recônditas do país, em localidades sem sinais no mapa, como responsáveis de aldeias comunais subordinados a chefes provinciais muito dados a bajulação. O ter sido preso político equivalia, à luz dos novos senhores da terra, a lixo, a um percurso sem valor e dignidade às futuras gerações. As ruas e avenidas foram rebatizadas com nomes dos heróis da luta de libertação e de chefes de estado e dirigentes e teóricos da revolução socialista e marxista. E esses nomes, como anáforas em poemas de terceira categoria, repetiam-se por todas as cidades e vilas e localidades, perdendo, com a iteração, toda a dignidade que deveriam desencadear. Os nomes locais, as figuras que deviam acender na memória o orgulho de pertencer a um espaço, a um bairro ou a uma rua, fora da conotação política, foram apagados. A luta de libertação era o princípio e o fim.

— Chegaste há muito tempo?

— Faz pouco tempo. E fez sinal com os dedos, pedindo mais uma cerveja. E só aí reparou que o amigo, António Furtado, trazia uma camisa de um azul marinho de mangas curtas, pois acabara de tirar o casaco desportivo cor de cinza e o colocara no recosto da cadeira em que sentara, de costas para o balcão e com a vista, do seu lado direito, para o edifício da imprensa universitária e para a pequena livraria com edições nacionais e publicações estrangeiras de há meia dúzia de anos. A larga janela de vidro permitia-lhes ver o movimento dos estudantes, professores e funcionários da universidade àquela hora da refeição. O sol abrasador de novembro augurava uma época chuvosa acima da média. O país ressentia-se do eterno ciclo impetuoso das chuvas e a inclemente seca que se seguia. A mão estendida ao estrangeiro era a regra.

— Já pediste?

— Já. É o prato das terças: arroz e caril de galinha com amendoim. Queres trocar por uma dose de frango ou um bife nacional?

— Não tenho dentes para o bife, Marivate. Vamos ao prato do dia. Cruzei-me há pouco com o nosso filósofo comentador.

— O Tomás Ubisse?!

— Esse, o Tomás Leite, como dizes.

— O apelido é mesmo esse: Leite. E faz jus ao apelido. Ele adocica tudo de um dos lados da balança.

— Tem futuro.

— Ele e outros que têm emergido como cogumelos nestes tempos da constituição multipartidária. Lutam pelo efêmero, pelas luzes da ribalta.

— E pelo dinheiro, Marivate.

— Sim, há esse lado. A riqueza à base da subserviência. É o nosso fado. Estes tipos rebentaram com o que podia ser a pequena burguesia, e, sob o comando do partido, foram promovendo indivíduos incaracterísticos, aliás, a única característica que os une é a invulgar capacidade de adulação. Os gajos até inventam adjetivos que a língua desconhece.

— E o resultado é o que vemos...

— Incultura, Furtado. A escola está a perder o seu valor. As crianças não querem ser professoras ou médicas, engenheiras ou advogadas, querem ser ministras e presidente. A função passa a profissão.

— E daqui a dez anos teremos crianças a saírem do ensino primário sem saber ler nem escrever.

— E do superior sem terem lido um único romance.

— É triste.

— É... Quando uma comunidade é inculta, aliterária, muito se aproxima do animal comum: comer e copular.

— E tratando-se do animal Homem há ainda os bens materiais, a ganância pela propriedade, pelos bens de consumo. É a selvajaria, irmão.

— E agora que as novas tecnologias estão na moda, os tipos da nomenclatura fazem dos computadores de mão um bem de prestígio. A nós, educadores, investigadores, não nos facilitam o acesso; só quando essas tecnologias se popularizarem é que se preocuparão em apetrechar as escolas, as universidades.

— Vamo-nos valendo dos computadores de mesa para três usuários. Não viemos do coletivo?

— Simbolicamente. Na prática, a nova elite, a elite verdadeiramente materialista, foi sendo erguida desde a independência. Eles tornaram-se donos e senhores do país. Na altura não precisaram de títulos de propriedade porque a terra e os homens lhes pertenciam. Fizeram de nós o que quiseram. A minha geração deixou-se levar pelo discurso, pela utopia, minorando sempre os atropelos dos dirigentes. Fomos os peões da partida de xadrez que só os da retaguarda sabiam, se é que sabiam de alguma coisa, do desfecho. Arrancou-se erradamente da grelha de partida. E fodemo-nos a partir daí.

— Não tivemos acesso a outra literatura. As nossas livrarias só tinham edições de Moscou.

— Mas depressa demo-nos conta do fiasco.

— E calamo-nos.

— Nem todos. O processo foi rápido e violento. E o mais engraçado, é o fato da revolta não ter emergido da classe média, mas do campesinato, dos iletrados. Eles é que abraçaram a guerra. Uma guerra que ceifou, infelizmente, direta e indiretamente, cerca de um milhão de pessoas. É muito. A guerra colonial contabilizou mais ou menos cem mil vítimas.

— E ninguém vai retratar-se, ninguém vai dizer: nós erramos. Recordo-me que quando censuraram a música do Simeão Mazuze, *Xa tima i bodlela*, preta é a garrafa, que clamava pelo cachimbo da paz, pelo cessar das armas, ninguém do burgo se manifestou. Toda a classe média se calou. E a música não mais foi para o ar.

— Essa nova elite sempre se colou ao poder dos vitoriosos. A treta do suicídio da pequena burguesia nunca funcionou. Na primeira oportunidade os tipos mostram a verdadeira face. É só vê-los hoje, com a paz instalada, abocanhando tudo. O tal neoliberalismo caiu-lhes como uma luva. A bandeira em voga é a privatização. Sei de fonte segura que houve uma ordem superior não escrita, a nossa tradição oral, Furtado, para os dirigentes se apropriarem, quanto antes, das empresas e propriedades públicas.

— É só ver a corrida às vivendas nos bairros de luxo.

— E a preço de banana. Já não há residência do Ministro do Interior, dos Negócios Estrangeiros, da Defesa, e outros cargos públicos. Tudo se alienou. As únicas casas, ou palácios, que sobraram são as dos administradores das localidades e distritos e dos governadores. E a presidência, claro.

— E os próximos ministros...

— Cedem-lhes uma vivenda e, à saída, apropriam-se dela.

— E depois?

— Não há depois, Furtado. O presente é que conta.

— Estamos fodidos.

— Isso é pouco.

— Vamos comer, sentenciou Furtado, ao observar os pratos que chegavam à mesa. Desde que fizera o mestrado na África do Sul, e agora a doutorar-se nos Estados Unidos, inclinava-se animadamente aos temas da atualidade. E colava-se ao Marivate, nos meses de regresso à terra. Antes do mestrado na Cidade de Cabo, pouco se afeiçoava aos temas candentes de momento. Acompanhava o seu amigo, anuindo quase sempre. E daí dar razão ao amigo quando sentenciou:

— Foi preciso sair do território para poderes te afastar um pouco dos teus tubérculos. Agora já vês a planta no seu todo, dizia-lhe, a brincar, Marivate.

E isso muito se deveu à estada na Cidade do Cabo, durante o mestrado que fez em Ecologia, na Universidade com o nome da cidade. Até aí nunca se dera conta dessa nefasta construção social das raças. A sua vida na Mafalala, o convívio no liceu com seus colegas do subúrbio, nunca extremou tanto entre a fronteira de macadame e cimento que separava o subúrbio dos pretos e mestiços, da zona de cimento dos brancos, da sua infância e adolescência. Os brancos estavam lá, na sua zona de cimento, na sua zona de conforto. De tempos a tempos, os brancos assustavam-se com notícias alarmantes dos turras da Frelimo que se batiam a dois mil quilômetros de distância. Mas a guerra estava distante. E o movimento hippie, o festival de Woodstock, foi aproximando alguma franja de jovens brancos aos negros e mestiços. Mas cada um na sua zona! E a vida ia andando...

Quando se estabeleceu na África do Sul deu-se conta de que a raça era um elemento vital, apesar da queda do apartheid. Na Cidade do Cabo, o modo de ser do mestiço, o chamado Kleurlinge, mestiço em afrikaans, foi a grande aberração à sua mente de mulato da Mafalala. Os mestiços da zona detestavam de tal modo a sua ascendência negra, que faziam questão em falar afrikaans, em assumir essa língua como língua materna, pouco se preocupando com o xhosa, língua da região do cabo oriental e ocidental. Os Kleurlinge formavam uma comunidade sólida e isolada dos pretos. Preferiam aproximar-se mais dos brancos do que dos pretos na nova República multirracial.

Matriculado na Universidade do Cabo, uma universidade eminentemente branca, apesar de ter sido frequentada, de forma seletiva, por pretos desde 1921 — a universidade foi fundada em 1829 —, Furtado sentiu-se, de princípio, desorientado no curso de mestrado. Os brancos, a maioria, ficaram espantados com a sua escolha. Achavam que o curso não era para pretos e mestiços. Os pretos também estranharam a escolha por desconhecerem a importância que a Ecologia ia ganhando. Formado em Agronomia, Furtado quis inteirar-se com maior acuidade sobre o meio ambiente e o equilíbrio da natureza. O convívio foi difícil na Cidade do Cabo. Não conseguiu ambientar-se ao mundo mestiço e preconceituoso. Evitava ao máximo os cafés frequentados por mestiços; sentia o distanciamento nos cafés majoritariamente de clientela branca, e era aceite com algumas reservas em restaurantes onde pontificavam os pretos. Andava meio à deriva. Mas fez algumas amizades com estudantes da universidade do Cabo ocidental, universidade localizada nos subúrbios da Cidade de Cabo, exclusivamente para os pretos. Havia alguns moçambicanos a graduarem-se lá, com uma bolsa de contar as quinhentas. Da universidade de Stellenbosch, uma universidade virada, desde a criação, à comunidade africâner, poucos contatos tinha, apesar de ter sido a primeira escolha, numa especialidade da Agronomia, por a universidade ter uma classificação mundial de excelência na área da Agronomia. Mas ao inclinar-se para a Ecologia, a escolha recaiu para Universidade do Cabo. Em termos de bolsa de estudo sentia-se confortável, pois tinha uma bolsa bem folgada da Fundação Ford. Podia circular à vontade pelos meios da Cidade do Cabo. A sua condição de mestiço e moçambicano não levantava muitas suspeitas. As pessoas toleravam-lhe. O que lhe fazia mossa, de fato, era a segregação da sociedade. O apartheid, no seu entender, iria levar décadas a desaparecer. E condoía-lhe ver a comunidade de Kleurlinges, a assumir-se como uma comunidade distinta, completamente perdida das suas raízes. Os que tinham cabelo a tender para a carapinha, faziam questão de o alisar com produtos da florescente indústria de cosméticos que tudo vendia em qualquer esquina. Politicamente eram contra o partido majoritário — as eleições no Cabo mostraram a tendência dessa comunidade, socialmente anti-pretos e, identitariamente, à deriva. Ao assumirem a língua afrikaans como língua mãe, não se fizeram rodear de valores identitários. Formaram uma ilha que vai, com o tempo, definhar. Era doloroso vê-los orgulhosos na sua não identidade, na sua não pertença a essa grande comunidade africana.

Estava com sérias dúvidas sobre o impacto do discurso de Mandela acerca da sociedade harmônica, a fazer brilhar o arco-íris. Os indianos fechavam-se nos seus guetos, em total harmonia com a sua cultura milenar; os brancos iam construindo novos bairros à medida que os pretos da elite iam ocupando a cidade de cimento, mostrando o seu total desprezo pelo convívio inter-racial; a maioria dos pretos das Townchips, áreas urbanas reservadas aos negros, mulatos e indianos, iam-se desencantando com as promessas políticas no elevado desemprego e pobreza extrema. As fronteiras da cor ainda se mantêm.

— Na verdade, Marivate, a minha estada na África do Sul, disse, como que a retomar a conversa, abriu-me os olhos.

— Foi a questão da raça.

— É. Doeu-me. Quando me candidatei para o doutoramento em Economia de Alimentos e Recursos, na Universidade de Atlanta, na Geórgia, dei-me conta de uma outra realidade: a inexistência do mestiço. E senti-me bem.

— Mas aqui, meu irmão, as barreiras raciais existem. São silenciosas, malignas, tóxicas.

— Isso sabemos nós. O branco aqui, o caneco ali, o indiano acolá. Mas não há ruído. Com o tempo essas fronteiras perdem o seu valor.

— É um arquipélago que não se assume como tal. E quando estamos no exterior, todos dançamos marrabenta.

— Hipocrisia.

— O racismo nunca foi confrontado como tal. E teima em se agarrar aos costados deste grande barco que é o país.

— O branco manda a filha para o exterior quando se dá conta do namoro com um preto. O caneco não se mistura. O grande paladino do antirracismo nas fileiras do partido não quer ouvir falar do branco metendo-se com a filha preta. E vamos adiando o problema.

— Podes ter alguma razão em dizer que o tempo se encarregará de apagar essas querelas. Mas ficará o pior tumor: o complexo de inferioridade. O complexo de vira-lata, como dizia o dramaturgo brasileiro Nelson Rodrigues.

— É uma doença difícil de se extirpar. Torna-se hereditária.

— E ficamos dependentes.

—Toxicamente dependentes.

— É.

— É fodido.

— Vamos pela zona da catedral.

— Onde é que vamos almoçar?

— No Zambi.

— É, é mais rápido por aí.

— É, anuiu desinteressadamente a Anabela, apertando o cinto de segurança. As coxas transbordavam do assento, levando a mudança à retaguarda a roçar as portentosas carnes em luta com o apertado mas elástico vestido azul que usava. Sentia-se leve naquele corpo dengoso. Os seios fartos a quererem soltar-se do sutiã não a incomodavam. E os homens, nestas latitudes mais a sul, em resultado de uma cultura ancestral, apreciavam as mulheres com traços exagerados nas coxas e ancas e seios, traço genético herdado dos hotentotes, primeiros indígenas das savanas e estepes tropicais, que os cientistas, em palavra difícil de pronunciar, chamavam de esteatopigia. Para Anabela tal palavra não existia no seu dicionário, e nem lhe interessava saber, pois as formas do corpo, tão naturais para ela, herdara-as da mãe e das avós que se vangloriavam de ter sangue nguni e xhosa, muito pelos cruzamentos resultantes da diáspora nguni desencadeada pelo imperador Tchaka Zulu, no primeiro quartel do século dezenove. Para o espanto de muitas outras com traços mais delgados, como a Queta, estas mulheres, sobejamente admiradas e a traçarem um tipo de perfil da beleza feminina, levavam as mais magras a sentirem-se coibidas e a amaldiçoarem o criador, porque no trato diário os homens as achavam famélicas, sem carnes, e criadoras de dores nos joelhos e cotovelos durante o coito porque a esteira lhes incomodava sobremaneira. Com o tempo e atendendo à rápida urbanização, as atitudes discriminatórias foram-se esbatendo, restando, em momentos de humor, os provérbios dos tempos de antanho que eram, em jogos do diz e não diz, facilmente desmontados por outros adágios mais conciliatórios. Daí a convivência sã entre a vastidão de carnes da Bela e a leveza do corpo da Queta, as pernas leves e compridas, os seios meio túrgidos a assemelharem-se a pequenas maçalas verdes, ancas meio salientes e, a fulgurar no rosto, os lábios carnudos, apetitosos, a convidarem os imaginários mais férteis a uma acalorada batalha no leito dos desejos. Os lábios da Queta provocavam um incontrolável calor interior a quem se ativesse por momentos nas curvas concupiscentes dos lábios quando, em repouso, em perfeita comunhão entre o superior e o inferior, salpicados de gotículas que os faziam brilhar ao sol, e obrigavam a língua a sair da zona de conforto e, em movimentos lascivos, a umedecer os lábios que o sol, com os raios trêmulos de ansiedade, teimava em sugar. Esses momentâneos movimentos da língua pelos lábios que ora intumesciam ora repousavam, eram um chamariz aos que diziam, entre dentes, que essa mulher é fogo, frase não muito distante da que Marivate pronunciava com enlevo:

— Tu és um vulcão, Queta!

A Bela fora chefe de gabinete de ministro quando Teodoro, um simples técnico superior, se enamorou dela. Entre os colegas do Teodoro corria o rumor de um velado oportunismo por parte do técnico, recém formado na maior universidade do país, membro do partido dominante; às pressas e a conselho de um tio que das terras altas do centro-norte o aconselhara a aproximar-se às elites do sul do país como forma de se integrar na grande roda da governação que se estendia aos jovens originários de outras etnias que não as do sul. Teodoro sabia que a Bela era sobrinha de um antigo combatente com um apelido sonante na esfera do poder; sabia que ela participava em festas e churrascadas onde ministros e a elite do partido eram a paisagem predominante; sabia que a mão da Bela o alavancava ao posto de Diretor Nacional com um simples toque.

Com um sorriso a disfarçar uma timidez ausente, Teodoro fez-se à Bela já meio cansada das extravagâncias noturnas. Já se via extenuada dos parceiros quarentões, todos a falarem da política como os pastores das novas igrejas a emergirem como cogumelos, salmodiando as mesmas partes da bíblia. Eram parceiros que tinham medo da noite, dos locais abertos, da música ao vivo, do convívio alegre e despretensioso, da vida urbana. Eles fechavam-se em vivendas ou apartamentos de luxo, com uma vigilância forçada, curtindo sem sabor e alegria a vida. Adoravam emborcar os envelhecidos uísques que lhes intumescia os rostos rugosos. As conversas, quando as questões do partido não vinham à baila, reduziam-se, quase sempre, à má língua. Regozijavam-se e bebiam a rodos, quando um companheiro não alinhado caía em desgraça. O coletivo, que já era uma quimera, ficou no discurso onde primeiro pontificava o indivíduo. Eles preocupavam-se com o mundo exterior quando o indicador virava-se para eles. Bela sentia que a juventude lhe fugia naquele ambiente cadavérico, moribundo. Queria estabilizar. Queria alegrar a sua vida, viver os tempos da democracia conquistada, ouvir outras vozes, outros ritmos. As vozes da luta já lhe ensurdeciam. Queria coabitar com essas vozes, vivendo alegremente no mundo que crescia à sua volta. Ela viu no Teodoro um parceiro ideal à entrada dos trinta anos de idade. O moço tinha boas maneiras, apesar de não confiar no sorriso matreiro, a seu ver, mas iria moldá-lo. Já tinha experiência. E Teodoro teria que crescer sob as suas mãos. E para tal teria que sair da República onde vivia e mudar um pouco de visual. Casacos de ganga, calças a condizer e sapatos de marca. Nada de jeans ao longo da semana. Sapatilhas só ao fim de semana. Detestava as túnicas africanas, achava-as de mau gosto. No guarda-roupas de Teodoro não podiam entrar essas extravagâncias. Queria-o jovem, moderno, com cores felizes.

— Vamos ao camarão, Queta.

— Com uma salada grega.

— Combinado. Um copo de vinho branco, não te faz mal não?

— Tenho consultas no Hospital Central. E se bebo um copo, o sono invade-me, Bela.

— Como não tenho muita coisa a fazer vou ao vinho.

Estavam sentadas na esplanada do restaurante Zambi, em plena marginal da baixa da cidade. Do outro lado da baía de Maputo ficava a pequena localidade da Catembe, terra que em tempos fora zona privilegiada de famílias de pescadores goeses que, seguindo a tradição, construíram palafitas, num gesto de espalhar uma tradição que os indígenas não acataram, pois estavam convencidos que vivendo em casas sobre estacas e tendo o mar ondulando por entre as estacas, os espíritos protetores das famílias não descortinariam, na confusão de estacas e águas do mar, a porta a proteger e, desnorteadas com tecnologias nunca vistas, flagelados pelo corrosivo sal, fugiriam da zona, entranhando-se em profundidades nunca atingidas, sob as raízes da árvore sagrada. E os que teimaram, na verdade poucos, muito poucos (cerca de cinco famílias), em imitar as novas técnicas de construção, querendo sobrepor-se às águas do mar, a fúria das marés, cientes que os espíritos estariam imunes ao sal que tudo afugenta e corrói, viram-se castigados não só no rendimento da pesca e agricultura, como no infortúnio que se abateu sobre as famílias com a morte das crianças mais novas. Ante a desfortuna, queimaram as palafitas e amaldiçoaram as construções do outro mundo, jurando voltar à seriedade de outros tempos. E para tal fizeram a *mhamba*, cerimônia de evocação aos *tinguluve*, espíritos dos antepassados, os ascendentes das linhagens, através do sacrifício de um animal, geralmente uma vaca ou cabrito, de modo a que os antepassados serenassem e a vida voltasse ao normal e deixassem de imitar os pretos com cabelos corridos que muito rendiam na pesca do camarão e peixes de várias espécies como o peixe-pedra, o vermelho, a garoupa e outras que não sabiam nomear porque as suas redes não os alcançavam, apesar da vontade que lhes impelia de aderir às novas regras da faina marinha.

Rendidos às regras ditadas pelos espíritos ancestrais, os autóctones continuaram com as formas artesanais de pesca, recusando o emprego da madeira como elemento preponderante na construção de casas, pois contentavam-se com o tradicional caniço e adobe, como elementos-chave na edificação de habitações em forma circular num espaço onde não podia faltar, em caso de inexistência de uma árvore de referência, geralmente o canhoeiro, uma pequena palhota, com o nome de gandzelo, a servir de altar aos antepassados, pois lá deixava-se, ao realizar cerimônias familiares, pequenas oferendas, como o tabaco, aguardente, e alimentos à dimensão dos participantes.

O trato entre os pretos de cabelo corrido e os pretos de cabelo crespo, continuou pacífico, uns a viverem à beira do mar, recordando outros oceanos, outras culturas, outros hábitos, outros preferindo o interior, as zonas próximas dos bosques, dos pássaros, das cobras, dos pequenos mamíferos, do contato com a natureza ainda virgem ou meio desflorada, prenhe ainda dos sons que a caracterizam durante as noites estreladas a denunciar um universo harmônico. Nas zonas de cimento, as comunidades afastavam-se, adquiriam valores de qualificação a roçar a discriminação, a superioridade. Eram outros tempos, outras épocas. Agora a Catembe é mais pacata, o peixe tem faltado com frequência, as palafitas desapareceram com a migração dos canecos; os poucos que ficaram, a viverem na grande cidade capital, dedicam-se à pesca mais industrial e à restauração.

— O teu marido é meio esquisito, não é, Queta?

— Por quê?

— Não sei, Queta. Acho que ele tem tudo para subir na vida, mas tem desperdiçado oportunidades.

— Sabes que é a pergunta que ele sempre faz: o que é subir na vida?

— Estás a complicar-me. E não vou por aí.

— Ele é professor universitário. Quer seguir a carreira acadêmica. Está preocupado com as línguas bantu. Advoga o ensino bilíngue. Acha que a não existir tal ensino, o Português vai, naturalmente, assassinar as línguas autóctones.

— É interessante a abordagem. Mas eu pouco entendo disso. Os meus filhos frequentam a escola privada e têm o Inglês como língua de base. Eu ainda lhes ensino algumas coisas em Changana. Mas o pai, como sabes, é do Norte. Tem outra língua.

— Isso impede que eles aprendam uma língua nacional?

— Não, claro que não. Só que estas gerações vão ser bilíngues, ou seja terão o Inglês como segunda língua.

— É um fenômeno mundial. Mas nós precisamos de salvar as nossas línguas. É uma questão de sobrevivência cultural.

— Vamos saborear o camarão.

— Está com bom aspecto.

Era uma dose de camarão grelhado, acompanhado de batatas cozidas e legumes. Disposta em semicírculo, a esplanada do Zambi, à hora do almoço, apresentava-se sempre cheia. Foi dos poucos restaurantes que sobreviveu aos solavancos do conturbado período da sociedade política que se queria socialista. Pelas mesas viam-se funcionários seniores de bancos estrangeiros com sucursais no país, empresários nacionais ostentando cartões de visita de empresas import-export de todo o tipo, funcionando nas próprias residências com um empregado sem salário fixo, funcionários públicos do mais alto escalão, mulheres de duvidosa profissão, vestidas de jeito chamativo, espalhadas pelas mesas dos expatriados, candidatos a políticos, dirigentes de pequenos partidos sem expressão nacional, empregados das multinacionais, e outros que se prestavam a servir num esforçado Inglês. A geografia humana mudara substancialmente. A monotonia dos tempos passados esfumava-se da memória. Pouco frequentadora desses ambientes, mas com um misto de admiração e repulsa, Queta ia se adaptando aos novos tempos, ressalvando sempre que na equação do desenvolvimento, o denominador a que todos se socorriam era colocado fora da equação porque a pobreza, as desigualdades sociais, as iniquidades de diverso tipo, recaíam pesadamente sobre essa enorme massa de excluídos a que chamam de Povo.

— O ambiente é sempre este, Queta.

— E pouco irá mudar, Bela. Vocês, do aparelho de estado, querem-se à frente disto a todo o custo.

— As oportunidades chegam-nos às mãos, Queta.

— Utilizando a cartada do público para o privado.

— Queres que eu, o meu marido e outros, descartemos tudo e abracemos de novo a utopia daqueles que ignorando a pobreza da população fechavam-se nos supermercados reservados aos dirigentes, consumindo uísque e saboreando caviar gentilmente oferecido pelos camaradas do Leste? Queres que a malta volte a abraçar esses tempos de centralização, de verdades cozinhadas em gabinetes ideológicos? Eu vivi na pela mentira desses fulanos, convivi com eles, conheço a podridão que os alimenta!

— Não te recrimino, Bela. Tu podes alinhar nesta cartada neoliberal. És livre de o fazer. O que me repugna é a elevada perversão no setor público. Uma administração que não sabe separar as águas entre o público e o privado, caminha para a ruína, para o descrédito.

— O teu marido anda a inocular-te o veneno das ideias incendiárias! Precisamos de gente assim. A democracia é isso.

— Eu assumo o que digo, querida. E estou tranquila nas escolhas que fiz. Controlo a parte clínica da tua clínica, trabalho no hospital público e cuido das minhas crianças.

— Não te quis ofender. Sei que nem todos têm vocação empresarial. O meu marido adora a vida faustosa, mas não entende nada de gestão. Os negócios, minha querida, tenho-os eu sob controle. Ele que fique com os charutos e o sorriso de mulherengo.

— Mas sempre tiveste tudo sob o teu domínio: o teu casamento, os negócios do teu marido, a carreira dele.

— Eu dei-lhe tudo, Queta. Ele queria estar no círculo dos homens do poder. Coloquei-o lá. Queria charutos e vinho verde, dei-lhe. E em contrapartida, eu assumi aquilo que sempre quis: um homem que não sai às pressas da cama, desculpando-se da mulher e dos filhos.

— Quiseste estabilidade.

— Dói ser amante, Queta, principalmente quando tens os bens materiais com que tanta mulher sonha. O Teodoro dá-me essa estabilidade.

— E o amor que buscavas...

— Isso já é discutível. Tu e o teu marido foram construindo o vosso lar, a vossa casa. Partilham sonhos, alegrias e desgraças. No meu caso, a bandeja já estava cheia de fruta quando o meu homem saiu da república em que vivia e foi para a minha vivenda. Depois fiz-lhe o jeitinho de ser diretor nacional. E daí a ministro foi um pequeno passo. E agora é ministro, empresário e outras coisas. Já faz investimentos por sua conta e risco. Andamos na onda da separação de bens.

— Desde que seja de mútuo acordo.

— Eu não me oponho. Aliás já tenho os meus investimentos no campo imobiliário, em salões de beleza e na clínica. Sei cuidar de mim.

— Mas vocês dão-se bem.

— Somos amigos. Aprendi, na minha vida de funcionária, que quando a visibilidade social é fruto da política, dum percurso sinuoso, as relações sociais que se estabelecem são muito frágeis. Elas baseiam-se no interesse e na desconfiança. O Teodoro cresceu nas minhas mãos. E com este regime mais aberto ele tende a emancipar-se, a ter um discurso próprio.

— Queres dizer: os seus próprios negócios.

— Isso e mais...

— Mas tu sempre o tiveste sob rédea curta!

— Mostrei-lhe o outro lado do espelho, Queta! No mundo da política não há amizades. Na mínima oportunidade espetam-te uma faca pelas costas. E neste país onde não há escrutínio nenhum da coisa pública, é só imaginares. Tens que ter padrinhos, indivíduos a quem tens que prestar vassalagem.

— Tens lábia de político dos novos tempos.

— Cresci com eles, mas o meu jeito, de fato, é na contabilidade, querida. Mas o nosso almoço tinha outro objetivo.

— Surpresa para mim.

— Nem tanto. Quero falar sobre o teu marido.

O tom de voz baixou. A distância entre as mesas não permitia que as conversas, em tom normal chegassem às mesas vizinhas. A protegê-las tinham um guarda-sol que as cobria de olhares curiosos. O servente de mesa, sempre solícito, ajeitava sempre o guarda-sol. Mulher de ministro é sempre mulher de ministro. E a Bela tinha o Zambi como o seu restaurante de referência. Sentia-se bem com a brisa que soprava da baía, o sol a cair para os lados da cordilheira dos Libombo, e os transeuntes a espalharem-se pelos bancos de cimento a precisarem de renovação em pintura e cimento e ferro.

Ao cair do dia, a marginal do Zambi era a zona privilegiada da comunidade indiana que perfilava os carros e, os empregados domésticos a cuidarem das crianças e adultos a necessitarem de cuidados especiais. Era uma comunidade, como as outras, que não se misturava com os pretos. Tinham a sua língua franca, as suas músicas, os seus hábitos. Raros eram os casamentos mistos nesta comunidade que em tempos, nos séculos XVIII e XIX, fora responsável pelo traço colorido das mulheres da costa de Inhambane, Nampula e Cabo Delgado. Algumas zonas de interior, como Tete, também tiveram um intenso contato com comunidades provenientes da Índia, em busca de negócio e de uma vida melhor. Noutras zonas, como Marracuene e a cidade da Beira, a comunidade chinesa foi responsável pelo elevado número de mestiços com olhos amendoados. Mas a segunda metade do século XX trouxe mudanças na configuração social da população moçambicana. As comunidades indiana, chinesa e branca foram-se enclausurando. Dos casamentos mistos, os pais foram rejeitando os filhos que passaram a viver com as mães nas zonas suburbanas das cidades, aculturando-se aos valores bantu. Com a independência e, passada a euforia da revolução, as comunidades voltaram a fechar-se, formando pequenas ilhas onde selecionavam os convidados pretos, excetuando, óbvio, os empregados domésticos, muito úteis à aprendizagem desta e daquela palavra bantu.

— Do meu marido?

— Sim. Do teu marido.

— Estás a intrigar-me.

— Nada de especial. Peço-te, encarecidamente, que convenças o teu marido a ir ao jantar. Na verdade, Queta, o jantar é organizado por mim, para comemorar o sucesso da clínica. E isso, devo confessar, devo muito a ti, como diretora da clínica. A presença do teu marido é essencial porque estará lá uma pessoa do topo que faz questão em o conhecer pessoalmente.

— Deve ser uma pessoa muito importante.

— Já o assististes clinicamente.

— Posso saber quem é?

— A surpresa deixa de ter graça.

— Mas o que ele quer com o Marivate?

— A minha experiência diz-me que quando pessoas bem colocadas no xadrez político querem conhecer um indivíduo, há um posto no horizonte.

— Um lugar na política?

— Por que não, Queta?

— O meu marido?! Duvido que aceite qualquer cargo. Basta-lhe o Doutoramento e as investigações que vai, a muito custo, fazendo. Aquele homem não tem outras ambições que não sejam o seu trabalho.

— E se for para Reitor? Não é um cargo a condizer com a academia?

— De forma indireta. Mas neste país é cargo político. Tens que entrar no ritual das genuflexões...

— Genu quê?!

— Salamaleques.

— Ah! Habitua-se. É só uma questão de protocolo.

— Não respondo por ele, Bela. Faço-lhe chegar o recado, mas duvido que aceite cargos.

— Pede-lhe em meu nome, por favor. Não é o meu marido que está por detrás disto. Sou eu. O teu marido, mais do que ninguém, sabe que os ventos do poder estão a mudar. Eles precisam de outras vozes.

— Para mudar a carcaça.

— Não vamos discutir esses detalhes. A conta, por favor.

Os clientes afastavam-se das mesas. O horário da tarde aproximava-se. Os empregados recompunham os talheres e mudavam de turno. Depois da conta paga dirigiram-se para o carro, estacionado do lado do passeio da marginal. A Queta que em serviço usava invariavelmente calças que a bata de médica em parte encobria, trazia umas de um tom castanho, com uma blusa de um azul-marinho, a deixar transparecer o sutiã branco a amparar os seios ainda eretos, colocou-se ao lado da Bela. Os sapatos rasos e castanhos, davam-lhe uma certa agilidade no andar que a Bela, com os seus saltos altos, sentia uma leve inveja, pois o seu andar, ainda que descontraído, ressentia-se do enorme peso das ancas em desassossego sob o vestido azul de uma elasticidade a desenhar, em pormenor, os voluptuosos contornos das coxas, da cintura fina e dos seios túrgidos à medida do corpo.

— Quando olho para ti, Queta, vem-me à memória a dieta que não consigo cumprir.

— O teu corpo está à tua medida, Bela. É só comeres com frequência comida saudável e, de tempos em tempos, dares voz à tua ancestralidade: carne de churrasco com uma boa massa de milho.

— É o que tenho feito, mas invejo o teu corpo, a tua agilidade.

— Os homens dirigem-se mais às tuas curvas, mulher.

— Sexo, só sexo, Queta. Não há outro sentimento. É só cama!

— Não exageres.

— Foi sempre assim. Olham para mim como objeto de prazer. Não há espaço para troca de ideias. Provoco nos homens o seu instinto primitivo: copular, querida. Querem-me borrada de esperma e em gritos primitivos.

— Não sejas pornográfica.

— É o que os homens querem. A ti, só com um olhar demorado é que o instinto animal vem à superfície. Os teus lábios são convidativos. Ao olhar masculino, eles são proporcionais à vagina.

— Vamos mudar de conversa.

— Deixo-te na clínica e sigo para a Matola. Tenho que inspecionar as obras das vivendas geminadas. Se não estás próximo, minha querida, fazem das suas com o cimento e outro material de construção.

— Estás apostada no negócio das casas!

— É o ramo que vai dar. O governo não investe na habitação.

— Mas tu apostas no ramo imobiliário virado à elite.

— Habitações sociais não são o meu gênero. Eles que construam, que requalifiquem os subúrbios. Eu não vou por aí. Hoje podem ter um plano urbanístico, mas daqui a cinco anos podem mudar tudo. Estão a aprender a ser capitalistas.

— Nem socialistas conseguiram ser.

— Na verdade, minha querida, nós aprendemos a ser nada.

Queta gostou da frase: aprendemos a ser nada. E sorriu ao entrar no carro e recostar-se no assento. Bela foi conduzindo pela Baixa, contornando o majestoso edifício onde funciona o gabinete do primeiro-ministro, um edifício construído ao modelo do estado novo dos anos 50, com tetos largos e enormes, corredores sem fim a darem acesso a salas de grandes dimensões, cimento maciço, revestido em pedra, tudo numa arquitetura de representação, com arcadas em redor de todo o rés do chão, a proteger o edifício da forte insolação dos trópicos, minimizada pela telha a cobrir o imóvel de três pisos e quatro águas. Fora essa grandiosidade do estado novo, a Baixa apresentava prédios modernos de dez a quinze andares a acordarem da ressaca do tempo, com as paredes descoradas, cansadas, sem brilho. O sol já não reverberava nos vidros das janelas quebradas dos apartamentos e escritórios. As varandas estavam apinhadas de roupas em estendais improvisados, geleiras sem vida, fogões a lenha e a gás e todos os trastes possíveis em varandas que já não serviam para o deleite dos arrebóis do crepúsculo. Ao longo dos passeios, pequenos lagos de água inquinada a sair dos esgotos nunca tratados, obrigando os transeuntes a fazerem-se ao asfalto, desafiando os carros a buzinarem ante a distração dos pedestres pouco preocupados com os automóveis, mas atentos à sua vida, ao emprego que rareava e ao salário de miséria.

A aliviar o envelhecimento precoce dos prédios, estava a biblioteca nacional e os correios de Maputo, erigidos ao longo da grande avenida 25 de Setembro, distando uma da outra, uns 100 metros aproximadamente, edifícios imponentes, construídos entre 1903 e 1904, ambos tomados como patrimônio nacional, com arcadas no andar térreo, a marcar o estilo arquitetônico da época. Mais adiante, fora do trajeto da Bela, estava o mercado de Maputo e a estação de caminho de ferro. Bela saiu da avenida 25 de Setembro e seguiu pela avenida Samora Machel, uma avenida encimada pelo portentoso edifício da Câmara Municipal. A meio da avenida, para quem subia, estava, à esquerda, o cinema Gil Vicente, com filmes em cartaz que ninguém assistia de tanto estarem em reprise; à direita, o Jardim Botânico a necessitar de cuidados que ninguém ligava, pois de plantas de ornamentação e animais de estimação, os cidadãos pouco se preocupavam, argumentando que cada um tem seu ciclo de vida e que os homens e mulheres deviam preocupar-se com a educação e a saúde públicas, tão precárias nesta época de popularização em fim de estrada, porque a privatização já se tornava moda e os remédios sumiam nas farmácias públicas e encareciam nas privadas. Contornaram a Praça da Independência, seguindo pela avenida Olof Palm que delimitava, do lado direito, o passeio que dava à Catedral da Nossa Senhora da Conceição, agora com crentes a emergir das catacumbas da perseguição a abarrotar a igreja.

Queta e Bela pouco se preocupavam com os edifícios e as histórias que os entranhavam. O presente era o de enxugar as vestes do tempo das palavras de ordem e da pobreza institucionalizada, de preparo aos embates do sempre contestado neoliberalismo, mas assumido, de forma selvática, no tempo presente.

Bela estacionou o carro em frente à clínica.

— Está tudo acordado, Queta.

— Sou uma simples moça de recados.

— Vemo-nos amanhã.

Bela arrancou em direção à Matola, cidade-satélite a autonomizar-se administrativamente da capital. Novos bairros da classe média nascente, majoritariamente agregada ao partido no poder pelo sinecurismo em vigor, nasciam em terrenos outrora pertencentes à população a afastar-se, aos poucos, das escolas e centros de saúde, entranhando-se, como no antigamente, no tempo em que não se sabia o que era a independência, em zonas de grande carência de água, luz, vias de comunicação e outras condições básicas a um cidadão que se devia orgulhar da independência conquistada e que dela anseia por dias melhores e não a paulatina exclusão das conquistas que deviam ser partilhadas como reza a carta-mãe, a constituição a que são obrigados a recitar em dias festivos, os artigos da igualdade e dos direitos protegidos.

Mansões de luxo, resultantes de sonhos tresloucados que o pequeno ecrã incutia nas mentes desta era da civilização do espetáculo, como aludiu um escritor, adornavam a paisagem urbana dos novos bairros em expansão; casas precárias, majoritariamente de blocos de cimento e caniço, esperavam pela melhor proposta financeira para serem reconstruídas em outros espaços longínquos. O estado demitia-se da sua função reguladora na urbanização do território. As mansões nasciam como cogumelos em zonas sem arruamentos e eletrificação públicas. Bela erigia, na zona em expansão, as suas mansões. Os três filhos menores tinham já, em seus nomes, apartamentos na zona nobre da cidade. O marido contava com vivendas arrendadas ao corpo diplomático, para além do escritório para todos os serviços ligados à imobiliária, à importação e exportação. Os interesses estendiam-se à zona turística, tendo, em sociedade, duas estâncias turísticas na região continental adjacente ao arquipélago de Bazaruto. O império empresarial do casal crescia a olhos vistos. Na Cidade do Cabo, cidade na zona mais austral da República da África do Sul, tinham uma vivenda virada para a montanha de mesa. Como todos colonizados, aspiravam comprar um apartamento na antiga metrópole, precisamente em Lisboa, e na zona de Cascais.

À medida que saía da cidade de Maputo, transpondo a parte superior da pequena circular que separava a Estrada Nacional da que se dirigia à cidade da Matola, evitou fixar o olhar no bairro Luís Cabral – nome dado em homenagem ao presidente do país irmão da Guiné-Bissau —, personalidade totalmente desconhecida no bairro onde os moradores teimavam em designar o bairro pelo nome há muito conhecido por Chinhambanine, dado o elevado número de pessoas provenientes da província de Inhambane. O bairro, constituído majoritariamente por casas precárias, sujeitas ao despenteamento dos telhados de zinco pelo vento, e o chão da sala e do quarto inundados em épocas das chuvas; as casas, pela falta de condições básicas de saneamento, ausência de luz que passava, a escassos 100 metros, pelas torres de transmissão de energia em direção à Matola e de água canalizada, eram conhecidas por xigugos, casebres a lembrarem a precária casa da sua infância, no distante bairro de Micandjuine, nome a recordar a profusão de cajueiros já desaparecidos. Filha de um preso político, morto pelos sucessivos espancamentos na solitária cela onde o encafuaram por teimar em não denunciar os seus camaradas da clandestinidade, Bela teve, como outras centenas de crianças, uma infância a roçar a mendicidade. A mãe, doméstica, esfalfava-se em vender xibubutelas, bolachas caseiras adoçadas com açúcar, e tincarôsse, castanha de caju; na escola primária, dirigida pelos padres católicos na zona da missão de São José, que a apoiavam com um pequeno cabaz mensal e roupas na época natalícia, relevando o fato de ser filha do terrorista morto na cadeia. Em contrapartida obrigavam-nas a assistir a missa dominical, ocupando o banco dos fundos. Bela frequentava a catequese, cumpria os rituais litúrgicos quando solicitada a prestar serviços nas missas de sábado, porque as de domingo eram reservadas aos com vocação para o seminário. Ela teimava em dizer a viva-voz que o seu gosto era a profissão de motorista ou cobrador nos serviços municipais de viação. Deixaram-na sonhar na ingenuidade da sua pré-adolescência. E com o amparo dos padres, foi se beneficiando de ajuda durante o ensino primário e o secundário, até à chegada do governo de transição para a independência. A mãe, de nome Rosália, deixou o trabalho de vendedeira ambulante quando a filha, já com a independência proclamada, foi convidada a exercer funções de secretária de um ministro influente. Mudaram-se do xigugo onde viviam, e instalaram-se num apartamento com vista para o Índico. A mãe era agora chamada de dona Rosália. O epíteto mamana Rosália, o mesmo que mãe Rosália em língua local, deixou de ecoar nos seus ouvidos. Sentia-se estranha com essas mordomias. Os sapatos que a filha a obrigava a calçar feriam-lhe os pés habituados aos chinelos nas andanças pelos subúrbios onde tinha clientes conhecidos e desconhecidos. Os vestidos coloridos, os colares de tons variados e os perfumes que a incomodavam e a faziam espirrar de forma descontrolada, soavam-lhe a falso, a uma personalidade não entranhada no espírito e no corpo que levara anos e anos calcorreando as poeirentas ruas dos subúrbios, sob a inclemência do sol dos trópicos, gritando com voz de uma soprano encanecida: tincarosseeé... Não se enquadrava no ambiente de luxo ofertado sem esforço. Tinha orgulho da filha! Da tenacidade com que encarava a vida, da personalidade vincada que a incutira, pois dizia-lhe bastas vezes: que a vida de uma mulher não deve ser construída para sentar numa casa e esperar pelo homem; tu és uma menina que sabes o que é sacrifício, tens de ter objetivos na tua vida, não esperes pelo homem para te dar a cama e a mesa, luta, constrói a tua vida; e ela está seguindo esse rumo. Por isso queria voltar ao seu xigugo e ouvir dos vizinhos essa carinhosa palavra: mamana. Sentia-se à vontade nesse mundo onde o supérfluo não categorizava as pessoas; e o supérfluo desta independência está na expressão Camarada Chefe, É a mãe da Camarada Chefe, é a dona Rosalina, ela domina como ninguém uma das nossas línguas nacionais, dona Rosalina vai nos ensinar a falar essa língua da nossa cultura, os nossos filhos já nem sabem dizer bom dia na língua dos avós, É uma pena... E mamana Rosalina sorria, evitando expressar-se na língua portuguesa, pois entendia que quem devia estar nesses apartamentos de luxo eram a filha e outros com domínio da língua do colono. Ela queria estar lá, do outro lado, a recordar-se com alegria os tempos da pobreza quando, com esforço, preparava para a filha patas de galinha e arroz de terceira. O sorriso da filha era sincero; o brilho dos olhos dimanava júbilo, alacridade. Agora ali, a trinta metros do solo, vendo o mar ora encrespado ora calmo, vinham-lhe tonturas que escondia da filha, ao dizer sentir-se um pouco cansada. Não se sentia bem com as alturas. A morte levou-lhe dum mundo que nunca sonhara para si, mas para a filha, a filha que assumira ser independente, fazer-se a si própria e a não depender de homens. Morreu sem dores e sem rancores. Morreu a dormir, sonhando com a imagem a desvanecer-se do marido, operário dos caminhos de ferro, especialista na medição de bitolas entre os carris, militante na clandestinidade, nutria uma certa curiosidade em ouvir rádios clandestinas falando de independências africanas; não o moviam ideologias ou interesses de grupo; achava somente que a sua terra também merecia uma independência, e a sua filha de dois anos, um percurso diferente do seu. E passavam já dois anos da independência. O partido acabara de nascer. A frente de libertação morria. Mas a euforia ainda ecoava pelos céus da pátria recente. Meticulosa como sempre, Bela não se desfez do apartamento, mas mudou-se para uma vivenda doada pelo ministério, ante os insistentes e dolorosos sonhos em ouvir a voz da mãe pelas divisões do apartamento, querendo despedir-se das amigas do bairro Mikadjuine, lá onde os seus pés descalços sentiam-se felizes ao caminhar pelo chão de barro do seu xigugo.

O bairro das recordações ficou para trás, e ela concentrou-se no volante. Eram quinze e trinta. O sol caminhava em direção às cordilheiras dos libombos, local do ocaso, na zona fronteiriça com a Suazilândia e a África do Sul. A sensação de mal estar quando se deparava com os bairros suburbanos da capital, ou com a miséria sem designação precisa, quando em visita ministerial percorria as zonas mais degradadas da cidade, pouco tinha a ver com a aversão a esse mundo, mas a impossibilidade que teve em não poder dar a felicidade que sonhara para a mãe, a mãe voluntariosa, orgulhosa de si e da filha, sempre vertical nas suas carências, dona do seu nariz, religiosa moderada, pois dizia que o culto à nossa ancestralidade, a evocação aos espíritos dos pais e avôs, em momentos de felicidade e tristeza, devia permanecer em nós, pesem os benignos valores cristãos incutidos pelos bons padres da nossa missão de S. José, lá no bairro de Lhanguene. Nada tenho contra a igreja, acho que os bons valores, filha, estão acima de qualquer religião, e fazem-nos sentir bem. O que não gosto neles, é chamarem-nos pagãos, gente das trevas, ociosos, e outras palavras que tais, daí que te tenha ensinado com profundidade o conhecimento da nossa língua, ela permite que descarregues tudo o que te vem na alma sem que o branco se aperceba. E aceitaste o desafio, foste exímia na aprendizagem, e não tiveste vergonha da tua língua, apesar das tuas colegas de escola zombarem de ti. E mais não diziam porque dominaste a língua do colono, a preta, a filha da vendedeira, a tal que conhecia algumas coisas da língua de Camões, foi dominando a classe na interpretação e na gramática, graças também ao teu explicador, o nosso querido padre Américo que a política destes novos chefes o fez desaparecer dos nossos olhos. Não fales assim dos camaradas mãe, podemos falar de tudo, mas desses mãe, são libertadores, eles sabem tudo, Mas não são deuses, filha, Está bem, mãe, vamos falar agora em português para não colocares essas tuas dúvidas e certezas aos olhos dos militantes que veem cá a casa. Podemos falar tudo o que quiseres na nossa língua, mas em português, mãe, fala bem dos camaradas. E ela assentiu, apesar de se sentir mal com essa dubiedade. Eram as imagens da mãe distante que a acompanhavam e a faziam sentir-se dorida quando passava pelos bairros degradados. E como forma de aplacar o espírito da mãe, teve que restaurar o xigugo onde viveram, mantendo o traço original, e colocando um sobrinho por afinidade como definitivo morador. Graças à pronta intervenção da Bela, e com razão fundada no argumento que o sobrinho não era locatário, o tugúrio onde viveram por largos anos escapou da nacionalização dos imóveis (prédios e casas de rendimento).

De tempos em tempos deslocava-se à casa de infância e recordava-se da mãe e chorava e sentia a dor de não ter realizado o sonho acalentado na infância. Do pai ficou a esbatida imagem de um homem magro de veias salientes. Tinha dois anos quando ele foi preso. As memórias da mãe reconstruíram o espírito e a tenacidade do pai. A casa, o xigugo encafuado no emaranhado de casas precárias de madeira e zinco, sinalizava a humilde origem da Bela, a mulher do ministro.

3

Foi com indisfarçável sinal de indignação e asco que li e reli a lei ora publicada.

"Lei nº 5/83 de 31 de Março (Chicotadas e pena de morte)
Comissão Permanente da Assembleia Popular

Vivemos, na República Popular de Moçambique, uma fase de luta de classes particularmente aguda. O Povo moçambicano implanta e reforça o poder popular. A contra revolução age com uma crescente agressividade criminosa.

Tomámos o poder político fruto da luta heróica vitoriosa de libertação nacional e iniciámos, com a independência, a edificação em todo o país de uma sociedade livre de opressão e de exploração do homem pelo homem.

Fizemos da tomada do poder político um meio de realizarmos o objectivo supremo da luta armada revolucionária de libertação nacional e da conquista da Independência Nacional: criar a Nação moçambicana, edificar um estado soberano, democrático e popular, vencer o subdesenvolvimento e construir o socialismo, alcançando o bem-estar material e moral para todo o Povo moçambicano.

Perante o avanço firme da nossa Revolução, o inimigo age violentamente e pratica barbaridades, perturba a ordem social e a tranquilidade dos cidadãos, sabota a economia, na tentativa vã de minar os fundamentos do poder popular.

Os bandidos armados massacram, assassinam, mutilam, violam e raptam cidadãos nacionais e estrangeiros, destroem bens materiais, arrasam aldeias comunais, queimam culturas e celeiros, destroem sementes, roubam gado, atacam comboios e machimbombos e assassinam os seus passageiros, destroem escolas e seu material, assaltam centros de saúde, destroem fábricas e lojas, sabotam os centros de abastecimento de água, sabotam as centrais e linhas de transmissão de energia eléctrica, depósitos e condutas de combustível.

Os bandidos armados são preparados e apoiados pelo inimigo externo, actuam como instrumento para causar o terror no seio da população e provocar destruições e gerar a fome. O objectivo é paralisar a produção e desestabilizar o nosso Estado, destruir o poder popular.

No seio da nossa sociedade actuam bandidos não armados: os candongueiros, especuladores e açambarcadores, sabotadores, assaltantes, raptores, malfeitores, violadores de menores, aliciadores e utilizadores de menores na prática de delitos, traficantes de divisas e de estupefacientes, contrabandistas, boateiros, intriguistas e caluniadores, lançadores de panfletos, ladrões e fomentadores de negligência, desorganização e indisciplina.

Esse tipo de bandido actua para provocar a fome, a carência, a baixa de produção, a fuga de divisas e a corrupção, para lançar o caos económico e criar a desordem social, a instabilidade e mal-estar dos cidadãos, particularmente nos centros urbanos.

Todos estes bandidos são o inimigo directo do Povo moçambicano. Estão contra as conquistas populares, contra o nosso Povo que é autor destas conquistas e contra o Estado que é o seu instrumento para o exercício do poder popular. Os bandidos servem os exploradores, a quem impedimos de continuar a humilhar e explorar o nosso povo.

Com a sua acção, todos estes bandidos corroem os valores da sociedade que estamos a construir, o valor do trabalho honesto, o respeito pela propriedade estatal ou pessoal, a ética profissional, o estabelecimento de relações sãs entre os cidadãos, que são a base de qualquer sociedade.

O viver e enriquecer rapidamente, à custa do sofrimento e exploração daqueles que têm fome, passa a ser forma de vida de uma camada de gente sem escrúpulos, sem vergonha e sem moral.

Mais grave ainda, estende-se essa corrupção de valores às próprias crianças e jovens que são envolvidos nas actividades criminais, que podem dar lugar a uma verdadeira casta de marginais, atingindo a própria esperança e o futuro da Nação.

Contra estes criminosos, o Povo moçambicano tem expressado de maneira vigorosa o seu ódio. A Assembleia Popular, na sua 11ª Sessão reafirmou a necessidade de punir severamente todas estas actividades que afectam quotidianamente a vida e tranquilidade de pacíficos cidadãos, ameaçam a Pátria e a Revolução.

O poder duramente conquistado pelo Povo moçambicano deve exercer-se com implacável severidade para com todos os seus inimigos e por todos os meios.

Porque as medidas punitivas até agora praticadas, nomeadamente a prisão, se têm revelado inadequadas para deter a onda de crimes, torna-se necessário introduzir medidas punitivas e educativas que pelo seu significado e carácter reprimam com eficácia os criminosos.

Nestes termos, ao abrigo do artigo 44 da Constituição, a Comissão Permanente da Assembleia Popular, determina:

Artigo 1.

A pena de chicotada será aplicada aos autores, cúmplices e encobridores dos seguintes crimes consumados, frustrados ou tentados:

a. Crimes contra a Segurança do Povo e do Estado Popular;
b. Candonga em todas as suas formas, nomeadamente, especulação e açambarcamento, crime contra o abastecimento público, tráfico ilegal de divisas e contrabando;
c. Assalto à mão armada, pertença a organização, quadrilha ou bando de malfeitores;
d. Roubo;
e. Estupro e violação de menores.

Artigo 2.

Quando à particular gravidade política, económica e social do delito, os antecedentes criminais ou a personalidade do delinquente o exija, os Tribunais poderão decidir aplicar a pena de chicotada aos autores, cúmplices e encobridores dos seguintes crimes:

a. Furto;
b. Homicídio voluntário;
c. Violação;
d. Aliciamento, incitamento e utilização de menores na prática de delitos;
e. Tráfico de estupefacientes;

f. Cobrança de preços manifestamente desproporcionados ao tipo e natureza do serviço prestado.

2.1 A pena referida nos artigos anteriores será aplicada cumulativamente com as penas fixadas nas leis penais em vigor e não pode ser suspensa na sua execução ou substituída por prisão ou multa.

2.2 Se o crime for de pequena gravidade, o Tribunal poderá decidir aplicar autonomamente a pena de chicotada.

Artigo 3.
Não se aplicará a pena de chicotada quando o criminoso tiver sido condenado à pena de morte.

Artigo 4.
A pena de chicotada será de três a trinta chicotadas por série, podendo aplicar-se até ao limite de três séries espaçadas por períodos não inferiores a oito dias. A pena será graduada de acordo com a gravidade social dos delitos.

Artigo 5.
A pena de chicotada será aplicada pelos Tribunais Populares em todos os escalões e pelo Tribunal Militar Revolucionário, de acordo com as respectivas competências definidas na lei.

Artigo 6.
A pena de chicotada será executada em lugar público com leitura prévia da sentença.

Artigo 7.

1. Atendendo à natureza e circunstâncias do crime, os antecedentes criminais ou a personalidade do criminoso, os Tribunais poderão decidir a aplicação da pena de interdição de residência como pena acessória das demais penas que forem aplicadas.

2. A pena de interdição de residência estabelecerá a área ou áreas territoriais em que o criminoso não poderá residir nem frequentar durante um período de seis meses a cinco anos.

3. Quando o julgue mais adequado, o Tribunal poderá fixar residência ao criminoso.

Artigo 8.

A presente lei entra imediatamente em vigor e aplica-se aos casos ainda não julgados.

Aprovada pela Comissão Permanente da Assembleia Popular.

Publique-se

In: Boletim da República, I SÉRIE- nº 13, de Quinta-feira, 31 de Março de 1983."

Regressamos à barbárie...

Um país que há bem pouco tempo definiu a década 80-90 como a década de combate ao subdesenvolvimento, de eliminação da pobreza e das desigualdades econômicas e sociais herdadas do colonialismo, de extermínio do racismo e tribalismo e nepotismo e incúria, e de mais e mais slogans que cobrem, em cores já desbastadas pelo tempo do esquecimento da euforia, as paredes dos edifícios e muros e palanques, nas grandes e pequenas avenidas, nos parques, nas escolas e hospitais, arroga-se a esta baixeza? O que será deste país dentro de quarenta anos, com estes já enfraquecidos heróis da luta, apoiados em bengalas e andarilhos, com lapsos gritantes de memória, dezenas de comprimidos na mão, barrigudos, glutões e flatulentos, falando de boca cheia ao povo faminto e, com os olhos comidos pelo glaucoma e por cataratas, ainda ciosos da imagem de herói que querem perpetuar em tempo de incontroláveis locupletamentos e corrupções de todo o tipo?...

O que este regresso à barbárie põe à luz é a mentalidade ainda anquilosada, apesar dos panegíricos ao homem novo das zonas libertadas, ao princípio colonial de que os pretos só se disciplinam com chicotada, com chamboco. Os indígenas, aqueles que não assimilaram os valores da civilização cristã, regiam-se, no tempo em que a metrópole havia abolido tais práticas, pelos castigos corporais como penas disciplinares e formas de repreensão. Os novos donos da independência, os pretos dirigentes de hoje, resolveram ressuscitar essa prática colonial. Dir-me-ão que estes pretensos iluminados estão livres das amarras coloniais?

Imagino, no meio da legitimação desta crueldade, o destino político do jovem ex-ministro que em plena assembleia popular ousou contrariar a unanimidade na aprovação da lei da chicotada; imagino os pesadelos e as insônias pelas quais ele passa, enquanto aguarda a sentença do chefe maior; imagino o jovem jurista a desenhar no tempo a sua queda e o longo calvário no limbo político; imagino o homem a querer afastar do pensamento o ato rebelde de dizer não à chicotada; imagino-o a dizer aos seus botões por que é que não me calei como os outros? Por que é que não utilizei o silêncio como arma de sobrevivência? Por que é que pensei que a apregoada solidariedade viria em socorro da razão? Esqueci o básico: na política só há interesses. Os que se diziam camaradas e amigos, agora evitam-me, tratam-me como se tivesse uma doença contagiosa; não me passam a palavra, não se aproximam da minha casa ao cair do dia, não telefonam, riscaram-me das suas agendas. Afastaram-se não só pelo temor à segurança do Estado, mas, acima de tudo, pelo medo de também caírem em desgraça, de serem absorvidos pelo redemoinho do esquecimento e da pobreza, de suportarem as longas filas na padaria, no talho e na cooperativa.

A minha mulher chamou-me de infantil, parvo, Achas que essa porcaria de Direito vai dar o chá que os teus filhos precisam? Achas que essa tua pretensa legalidade leva-te a algum lado? Não conseguiste entender por que é que o chefe maior mandou encerrar a faculdade de Direito? Não entendeste que a legalidade e os bons costumes são por ele ditados? Quantos dos teus companheiros ou ex-colegas têm que aturar as mulheres ou os maridos porque a maior recusa foi aprovar o divórcio? Quantos dos teus ex-colegas receberam do chefe maior, homens e mulheres, por ele escolhidos, para esposo e esposa? Achas que esse teu Direito baseado na livre iniciativa se cola aos desígnios do chefe? Achas que esse teu Direito Civil é para esta terra chamado? Quantos homens o teu chefe não libertou da cadeia pela sua livre iniciativa? E quantos não mandou para a cadeia porque não gostou do caráter ou não foi com a cara do coitado? E és tu que vens aí com esse teu Direito estudado em Coimbra a querer pôr em causa o chefe, dizendo que o chamboco é um ato ilegal e que viola os princípios básicos dessa tua merda de livros? Não pensaste na tua família, marido! Os teus irmãos vão perder os postos de chefia, os teus pais já não serão convidados para os jantares do círculo restrito das famílias exemplares. Serás um pária. Reza para que reconsiderem. Vai pedir ao teu pai para que acione os mecanismos da amizade dos tempos dos assimilados. Ou vai pedir desculpas ao chefe. E se não tiveres coragem, irei pessoalmente falar com o chefe, e direi que a tua formação burguesa ainda te atordoa. Não é tempo de deixarmos estes privilégios, marido. Temos uma casa de quatro pisos, loja especial, carros à nossa disposição, viagens garantidas. Queres que a gente volte ao subúrbio, lá para a casa de madeira e zinco que o teu pai já entregou ao sobrinho? Queres voltar à miséria? A minha consciência, mulher, diz-me que esta lei fere tudo o que é humanamente aceitável neste último quartel do século XX! No fundo, amor, estou com a consciência tranquila. Vais comer essa consciência, vais alimentar os teus filhos dessa tua consciência tranquila! E quem vai dar a bolsa que imaginamos para os nossos filhos irem estudar nos Estados Unidos? Vão acabar por ir a essa merda de Cuba e China. Isso é daqui a cinco, dez anos, filha. Mas planificamos agora, traçamos o destino deles neste momento. O teu pai não sonhou com a Universidade de Coimbra para ti? E os nossos, não podem ir mais longe? Vais contentar-te com Cuba e Moscou. Eu não estarei contigo. Não alinho nessas merdas. E quem não concorda que os pretos devem levar as chambocadas para poderem trabalhar e largar as bebedeiras? Não digas isso. Digo sim. O colono tinha razão: o preto selvagem, o cafre bruto, o preto ordinário, o mais preguiçoso do mundo, o gajo das bebedeiras e fodas sem controle, só com chicotada, chamboco, como nós dizemos. E tu, filho de assimilado, estragaste a nossa vida ao defenderes aquelas baboseiras na Assembleia Popular. Eu vou te deixar com esse teu Direito de porcaria. Os meus filhos quando chegarem à idade universitária não terão que ir a Cuba ou Alemanha Democrática, ou Hungria, Checoslováquia ou coisa parecida... Se o pai foi a Portugal, os filhos irão a França ou Estados Unidos! Acabou! E deixa-me em paz!... Outra coisa: viste como o teu presidente deitou ao lixo essa coisa de direito, ao encerrar a faculdade de Direito e mandar os estudantes trabalhadores cumprirem tarefas em cooperativas agrícolas e machambas estatais?! Agora és tu que nem teto tinhas quando vieste do campo de treino de Nachingweia, que queres falar de direitos e garantias? És tu que nunca soubeste o que é trabalho de fato, pois deram-te sempre cargos de chefia, que queres mudar isto? Pensa nos teus filhos, na tua mãe a atulhar-se de medicamentos para a tensão, falta de sono e outras maleitas provocadas pelo teu afastamento do cargo de ministro.

Agora não és nada; já te tiraram o passaporte, o ajudante de campo, a viatura protocolar. Vês a vergonha em que caímos?! E tu ainda a quereres defender essa balela do direito à integridade física e moral e de não se ser sujeito à tortura e aos tratamentos cruéis! Onde é que estavas quando falavas dessas fantasias? Devias estar a pensar que estavas nessas democracias ocidentais, no tal mundo livre que tanto advogas; mas aqui, meu querido, nós obedecemos ao chefe, ele entra nas nossas casas, escolhe as mulheres para o casamento dos seus ministros solteiros, sentencia o divórcio dos quadros mais próximos, enfim, a nossa privacidade está nas mãos dele. E tu, jovem recém graduado, ousas desafiar o pai da nação? Estás louco... Não és o marido que conheci, o pai dos meus filhos, o homem generoso, calmo, obediente, É tortura, mulher!..., fecha essa boca, achas que os pretos não merecem, qual era o matabicho que tinham no tempo do colono, não era a chicotada? E não andavam na linha?... Qual independência, qual quê, essa malta precisa de umas boas chicotadas, marido! Este país só pode andar com chicotada. Tem que haver respeito, disciplina e uma voz de comando. E o nosso pai, o número um, é o predestinado a endireitar tudo isto... Agora vou dormir, e não te esqueças de levar, amanhã, muito cedo, arroz e feijão à tua mãe que deve estar a sofrer com as tuas maluquices. Não temos motorista. E vais ter que comer esse teu direito de merda!

O ex-ministro irá fazer a travessia do deserto. Caso caia nas graças do comandante supremo, voltará às mordomias e esquecerá, enquanto o regime durar, as desviantes incursões pelo mundo da separação de poderes, dos direitos, deveres e liberdades fundamentais. O chamado poder popular norteará toda a vida política. O encerramento da faculdade de Direito, e consequente desencartamento de alguns juristas sob a alegação, segundo o comunicado veiculado pelo matutino Notícias de 26 de Julho de 1983, de incompetência, negligência, indisciplina ou procedimentos incompatíveis com as funções exercidas, nuns casos, e a falta de idoneidade moral ou de se dedicarem ao exercício de advocacia privada, noutros casos, veio dar força à ala mais conservadora que, desesperada com a guerra civil entrando nas vilas, alastrando-se à dimensão do país, pondo o governo em desnorte total, tentava a todo o custo manter o país acima de todas as suspeitas. O socialismo científico está em curso, e vencerá sempre, diziam os mais apaniguados ao regime, em clara queda de confiança.

O chamboco já é prática no país desde a independência. Alguns combatentes confirmam, outros negam, que tal prática era regra nas admoestações aos combatentes na luta de libertação. No rol das penas disciplinares, a chicotada pontificava. Com a independência, e ao som das músicas revolucionárias, assisti, nos primeiros três anos de independência, na minha qualidade de professor, a atos macabros desta natureza em regiões recônditas deste país, em lugares onde se dizia, a viva voz, que o que se passava na capital, na nação, no linguajar dos dirigentes locais, não devia ser comparado com as práticas locais. Aprendemos durante a luta que nós, os combatentes, devemos encontrar soluções locais para os problemas locais. E o chamboco é uma das armas de repreensão a que facilmente temos acesso. Aqui não há tribunais no sentido que você conhece. Aqui funcionam os tribunais populares. E a nossa decisão, baseada na nossa experiência, tem valor de lei.

O que escandaliza neste pseudopoder popular é o fato de a chicotada ou chamboco, antes do respaldo da lei, ter-se dirigido, majoritariamente, às pessoas menos escolarizadas, a maioria das quais sustenta o poder. Pelas andanças nos distritos e localidades, vi, tal como no período colonial, época em que os assimilados, entenda-se pretos convertidos aos valores judaico-cristãos, não se regiam pelas leis do indigenato, estavam a salvo do chamboco; os de pés descalços, ou de uso de chinelos e calções ou calças desgastadas quando se dirigiam às repartições públicas, eram o alvo preferencial. Com a independência, a prática tornou-se rotineira no campo. Na cidade, a salvo dos olhares inquiridores, as chicotadas eram frequentes nas celas das esquadras e cadeias e quartéis. Com a lei, e ao mínimo delito, em nome dos princípios revolucionários, eram sentenciados, no mínimo, a dez chambocos em público. Essa era a transparência: criticar em público, punir em público, exonerar em público. É o novo aparelho de estado, são as novas regras. O anterior, o aparelho de estado colonial estava a ser escangalhado.

É angustiante ouvir, ao ritmo da música revolucionária, os gritos e a soada do chicote sobre os corpos sofridos em razão de uma garrafa de uísque encontrada a metade ou o quilo de arroz em falta na casa do chefe, a piscadela à pretensa namorada do chefe de quarteirão, a recusa, em dia de descanso semanal, de fazer o trabalho voluntário na cooperativa agrícola que nada dava em troca, a involuntária discussão com o responsável da célula do partido, e outros pretensos delitos que o tribunal popular revolucionário decidia em nome do povo sofredor.

Na ordem social africana, é comum a aplicação da pena de interdição de residência aos que são acusados de feitiçaria. O feiticeiro, inloyi ou noyi, em línguas faladas no sul de Moçambique, em sentido estrito do termo, designa os que, na crença popular, têm a capacidade de se metamorfosear em outros seres, empregando, muitas das vezes, os seus escravos, aqueles a quem se apossaram das almas, os chamados swigono, os fantasmas, para espalhar a morte e o terror nas famílias. O noyi, por regra, recebe hereditariamente esse maléfico poder. E a linha de sucessão é por via feminina. A mulher, tal como em outros quadrantes históricos, teve sempre, pela sua condição doméstica, o condão de receber estes malfadados poderes. Há homens que adquirem, não por sucessão, esses poderes, mas, na essência, o mundo dos valoyi é principalmente feminino. Nesta nova ordem social, onde a emancipação da mulher pontifica nos discursos, onde a urbe é o principal laboratório de práticas emancipatórias, é urgente que o discurso libertador da mulher entre na terra ancestral, lá no campo mais profundo, e reverta a ordem social instaurada, e não, como a lei ora promulgada induz, transladar e alargar a remota e campesina normação, decretando a interdição de residência aos que cometeram crimes de tráfico ilegal de divisas e contrabando, especulação e açambarcamento, delitos caseiros, infidelidades, enfim, o que a revolução, através da sua oralidade, vai tipificando como crimes de grande monta. Caminhamos a passos largos para a ruralização das cidades.

O meu vizinho, morador no andar térreo do prédio, teve a interdição de residência decretada, trinta chicotadas em público, com direito a ovação das crianças da escola vizinha, chamadas a propósito para assistirem a cena, acompanhada de cânticos revolucionários e com olhares indignados dos vizinhos e pais das crianças presentes. Eram dez da manhã quando, intimados pelo chefe do grupo dinamizador do bairro, nos concentramos no pátio do prédio de quinze andares. Os alunos da primeira e segunda classes tiveram de interromper as aulas e, acompanhados pelos professores, perfilaram no círculo mais próximo à mesa dos responsáveis do bairro.

O nosso vizinho, já com quarenta anos de idade, traficava peixe e vendia-o aos moradores do prédio ao preço que lhe vinha na gana porque o pescado nacional, tão rico em variedades de peixe, fora substituído pelo famoso carapau pescado na costa atlântica, com meses e meses de congelamento. Todos queriam, ao preço do peixe do vizinho, saborear, de tempos em tempos, uma boa corvina, ou peixe-pedra, ou o peixe vermelho, ou a garoupa; grelhada, em água e sal, ou em molho, com as especiarias que nos chegaram ao longo dos séculos de convívio culinário com a Índia. Não regateávamos o preço, formávamos filas de dez a quinze pessoas, o máximo que o vizinho exigia, pois não queria levantar suspeitas e nem pôr em causa o chefe do quarteirão que muito se beneficiava do negócio. Assim foi durante dois anos. Presume-se que por concorrência de outros vendedores clandestinos, o nosso vizinho foi denunciado e sujeito ao Tribunal Popular. O chefe de quarteirão não constava nos cinco juízes eleitos; mas teve direito a uma cadeira na fila dos poderosos do bairro. O semblante dos juízes era teatralmente carregado, pois tinham não só a tarefa primeira de sentenciar uma pena exemplar ao nosso quarteirão, como deviam emprestar seriedade revolucionária ao ato. E no discurso das últimas considerações, o aviso à navegação foi a tônica dominante. O vizinho encarou a cena com alguma serenidade. Sabia que a mulher havia baixado no hospital com problemas de tensão. Os filhos, já adolescentes, observavam a cena por entre vizinhos solidários, e com comentários em voz baixa em volta da farsa que recaía sempre nos mais indefesos da sociedade, porque a chicotada nunca recairia para os que tornaram o país numa longa e interminável fila de pedintes de pão, açúcar e leite e dinheiro. Todos sabiam que tudo faltava na loja do povo; as prateleiras albergavam baratas e ratos esfomeados; o pequeno negócio clandestino prosperava pela incapacidade dos governantes em suprir as necessidades mais básicas, diziam uns, revoltados em voz baixa; outros, mais militantes, os que carregavam às costas o fardo das palavras de ordem, chamavam o vizinho de sabotador, e que merecia, como ninguém, um castigo exemplar.

E foi o que se decretou: trinta chambocadas e interdição de residência por um ano. O vizinho irá trabalhar no grande projeto responsável pela produção de arroz, na província vizinha. O que se seguiu, levou os vizinhos a abandonarem o local, apesar de terem faseado as chicotadas em três dias. Tiras de sangue nas costas, choro incontido de crianças não suportando o teatro de dor e infâmia, olhares de revolta, cânticos revolucionários entoados por poucos, olhares desnorteados dos responsáveis do quarteirão. E em muitos, o pungido silêncio. O silêncio aterrador, doloroso. O silêncio sofrido que marca o nosso socialismo científico. O silêncio dos novos tempos, da nova república, do homem novo.

O pátio do prédio foi-se esvaziando. Em grupos de três a quatro, os vizinhos dirigiam-se aos apartamentos. As professoras choravam de forma contida enquanto tentavam, em vão, manter as crianças, as continuadoras da revolução, nas filas. As crianças berravam e clamavam pelas mães. As crianças do prédio agarraram-se imediatamente às mães. As dos prédios vizinhos, meio entontecidas, esgueiravam-se por entre o grupo que assistia ao espetáculo e desapareciam. Inquietas, com os olhares desnorteados, as professoras mantinham-se nos lugares. Sabiam que não podiam sair do pátio. Sabiam que seriam punidas se não entoassem, por entre as lágrimas, os cânticos revolucionários. Na sétima chicotada, o pátio ficou reduzido a responsáveis do bairro, a professoras, ao carrasco e ao seviciado.

O sol já incidia com maior brilho sobre o pátio. Salpicos de sangue a coagular viam-se em redor do corpo curvado. Lágrimas de raiva formavam pequenos lagos sobre o chão desnivelado. O vizinho continha a dor no corpo martirizado a tremelicar; as costelas emergiam por entre os sulcos de sangue, mostrando o físico fragilizado. Os raios de sol incidiam sobre o sangue a gotejar no chão, dando-lhe a intensidade vermelho rubi, o vermelho denso, o vermelho da pátria socialista.

O governo já não se dava ao luxo de ocultar e desmentir, à imprensa internacional, os seus atos. A guerra tirou-lhes o sentido de cidadania. A fronteira entre o inimigo e cidadão no gozo dos seus direitos esbatia-se. O cidadão com direitos reduzia-se ao detentor do cartão de membro do partido e acima de toda suspeita. Os camponeses eram dizimados com as bombas da aviação do exército; a população urbana, parte dela rotulada de xiconhoca — cartoon criado pelo departamento do trabalho ideológico para denunciar os males sociais à revolução, como o alcoolismo, o intriguismo, a incúria, a sabotagem, o racismo, o tribalismo, e outros ismos nefastos à criação do homem novo —, era vigiada, perseguida e, sem razões de substância, enviada aos campos de reeducação, numa primeira fase, e às zonas de pretensa produção, numa segunda fase. Ser xiconhoca é ser inimigo. E o inimigo alastrava-se à dimensão nacional e na mesma proporção que a guerra civil.

Esta negação à diferença já se vislumbrara nos primeiros meses da independência. Recordo-me de ter conversado, ainda que de relance, com os primeiros operários, responsáveis pelas greves que eclodiram durante o governo de transição à independência, na região ferroviária do Sul, a saírem dos chamados campos de reeducação, na província mais a norte do país. Dei-me conta do desnorte do país. Mais tarde, um comunicado do governo veio confirmar o que todos sabiam: o fuzilamento dos camaradas da luta por razões insustentáveis neste término do milênio.

"Ordem de Acção nº 5/80, do Ministério da Segurança:

No espírito dos costumes, usos e tradições da luta armada de libertação nacional, o Comité Político Permanente da Frelimo julgou e condenou à morte por fuzilamento os seguintes desertores e traidores do povo e da causa nacional, que foram executados:

Uria Simango
Lázaro Kavandame
Júlio Razão Nihia
Mateus Ngwegere
Joana Simeão
Paulo Gumane

De forma a prevenir possíveis reacções negativas, internas ou internacionais que possam surgir em consequência da execução desses contrarrevolucionários, o Comité Político Permanente decidiu publicar este acto como uma decisão revolucionária do partido Frelimo, e não como um acto jurídico.

É, portanto, necessário compilar um dossier declarando a completa história criminal desses indivíduos, bem como suas confissões aos elementos da DD/SI que os interrogaram, declarações de testemunhas, autos de processo e sentença.

Para além desse dossier, deve-se fazer um comunicado que será lido pelo camarada Comandante-em-Chefe onde ele anunciará a execução dos acima mencionados contra-revolucionários.

Foi decidido nomear um Comité para compilar o dossier e preparar o Comunicado. O camarada Comandante-em-Chefe decidiu que o acima mencionado Comité será encabeçado pelo camarada...

A luta continua

Maputo, 29/7/80

O Ministro da Segurança"

Assim não, senhor Presidente!

IV

Dezenove horas. As luzes dos candeeiros da principal avenida da cidade mostravam-se já cansadas nos postes meio descaídos; em muitos as lâmpadas haviam fundido há anos; nas ruas secundárias os candeeiros acompanhavam a noite, na escuridão que lhe é característica nestes trópicos onde as estrelas, projetadas nas suas constelações, pouco diziam às populações urbanizadas, habituadas aos calendários já uniformizados e às horas pontuadas em Greenwich. As estrelas só valiam no campo profundo, lá onde as horas se guiam por outros impulsos mais naturais, herdados de antepassados desconhecidos nas linhagens perdidas no tempo. A cidade era a zona de esquecimento, do tolhimento da memória ancestral, do apagamento da história oral. As estrelas só tinham significado nos manuais de geografia, na hora das fotografias e desenhos; o céu real estava tão perto, mas distante dos manuais da aprendizagem. Poucos se dirigiam às varandas nas noites austrais para se deslumbrarem com as estrelas a tentarem acender uma luz na memória tolhida pelo asfalto.

— O telefone está a tocar, querida.

— Atende.

— Deve ser para ti, Queta. Estou meio ocupado com um texto.

— Ok, disse, saindo meio apressada da cozinha. Houve um silêncio prolongado, seguido de um ok.

— Tenho que ir ao hospital.

— Algo de grave, perguntou Marivate?

— Mataram o jornalista editor... Mas tenho outros assuntos por tratar.

— O dono do jornal Kweru?

— Esse mesmo.

— Estes gajos são filhos da puta!

— Aguarda por mim, tenho novidades, disse, saindo do apartamento.

Marivate dirigiu-se ao quarto dos rapazes. Os miúdos estavam entretidos a ler a banda desenhada do Asterix e Obelix, parte do conjunto de bandas desenhadas que Marivate recebia, de tempos em tempos, de amigos residentes em Lisboa, antiga metrópole de Moçambique. Observava-os, pensando no país e nas livrarias outrora estatizadas, cheias de edições do leste europeu, a entrarem descontroladamente na esfera do privado. Começavam como papelarias e terminavam em lojas de eletrodomésticos, com uma pequena seção de livros do gênero *Como ser milionário* ou *Como tornar-se um empresário de sucesso*, literatura do agrado de uma grande camada da população urbana. Todos queriam ser milionários na porta da democracia que se abria. A cultura do livro como entidade fundamental na educação há muito deixara de existir. O país carecia de uma política do livro e de leitura. E as crianças da revolução, as flores que não murchavam, não liam, não tinham incentivo à leitura, e cresciam iletradas, sonhando em ser dirigentes da pátria, responsável de uma província, ou deputado da nação. Não lhes cabia na mente uma profissão no futuro porque o futuro fora-lhes desenhado como algo radioso.

— Vou aquecer o vosso jantar. Darei sinal quando tudo estiver pronto, ok?

— E a mãe?

— Teve que ira ao hospital. Um caso urgente.

Deixou-os entretidos na leitura, enquanto dirigia-se à cozinha, tentando concentrar-se no jornalista editor e proprietário do jornal Kweru, termo que em língua ronga designa o pronome possessivo nosso. Já se adivinhava o fim macabro do jornalista editor, pelas acertadas críticas que infligia ao neoliberalismo selvagem imperante no país, à descontrolada acumulação de capital dos outrora revolucionários, a pobreza a acentuar-se desde a independência. A severidade na crítica que o jornal eletrônico veiculava, provocava um generalizado embaraço na classe reinante, levando alguns a vituperarem o jornalista, ameaçando-o de morte ou de extradição à pátria dos avós, na distante terra lusitana. Querendo pormenores, Marivate resolveu telefonar ao amigo e jornalista Agapito que da redação foi rápido a responder.

— Meu irmão, tenho as mesmas dúvidas que tu. A única certeza para todos é que as balas não vieram da população. Há gente graúda metida. Terei notícias frescas dentro de uma ou duas horas.

— Ligas-me?

— Isso é perigoso. Passo por tua casa. Estou a sair do jornal. Vou à minha fonte.

— Estarei à tua espera.

E foi aquecer o jantar. O Agapito arrumou a escrivaninha, conversou com os colegas sobre o tema de momento, resguardando-se, como sempre, de comentários adjetivantes. Ia ao gabinete do ministro amigo. O acontecimento talvez fosse alterar o esquema, mas estava tudo marcado. Sabia que a cidade fervilhava de comentários sobre a morte do jornalista que advogava a verdade, só a verdade, que o jornal veiculava.

Agapito admirava a coragem do homem, num país onde a cultura do medo ainda imperava. O único senão que lhe vinha à memória era o silêncio cúmplice de todos os jornalistas da verdade no tempo de uma única voz, uma só razão. Andavam pelas redações, construindo cenários heróicos do insigne representante da nação numa adolescência heroica onde tivera a coragem única de matar um crocodilo no seu próprio meio e de amestrar uma das cobras mais venenosa da zona e do mundo, a famosa mamba negra. Eram narrativas frequentes nos órgãos da imprensa que dirigiam com desvelo revolucionário. Enfim, ninguém pode atirar ovos aos mortos. E não lhe cabia a ele esgrimir tais argumentos em público porque seria esquartejado e tornar-se-ia no alvo preferencial dos corifeus da ala crítica ao regime em vigor. Ficaria nessa sua posição de levantar poucas ondas, de conversar a sério só com os amigos que pouco tinham a ver com a sua profissão, de observar e sobreviver à história que corre.

O gabinete do ministro situava-se no segundo andar de um edifício recentemente restaurado. O polícia da recepção não se preocupou em o revistar, deixou-o entrar no elevador, depois de acenar com um sorriso respeitoso.

O ajudante de campo indicou-lhe a sala de espera a qual conhecia até ao pormenor, desde os quadros expostos de Malangatana e Chichorro, ícones das artes plásticas moçambicanas, ao lado de artistas em voga como o Ídasse, o Víctor Sousa, entre outros, às poltronas de descanso enquanto aguardava pelo atendimento. O ministro fazia lembrar aos próximos que os quadros eram da sua coleção e que ali estavam para emprestar outro ar ao mundo da burocracia. Mas Agapito sabia terem sido adquiridos por fundos públicos. Sentou-se na confortável poltrona virada para a janela que dava para a baía de Maputo. Os outros dois sofás eram geralmente reservados ao ministro e à secretária quando achavam desnecessário receber o visitante no gabinete de trabalho. O ajudante de campo dirigiu-se ao gabinete da secretária, sorrindo. Trazia o fato cinza que lhe ficava às justas. Não era forte nem magro. Via-se que tinha uma aversão danada à gordura no corpo. No casaco entreaberto despontava a pistola makarov, impondo respeito. Conhecia-lhe como senhor jornalista, o homem próximo do ministro.

— Entra, Agapito, soou a voz do ministro pela porta que se entreabriu depois de um clique. O ministro estava de pé, virado para a janela que dava para a baía. Na porta oposta à janela ficava o gabinete da secretária, a bela Denise, a jovem mestiça zambeziana de ancas exuberantes. Tirando o físico chamativo, estava a beleza estampada nos olhos esverdeados, espalhando a impressão de estarem sempre a marejar. Essa era uma face, pensava Agapito.

— Boa noite, ministro.

— Viva. Mais do que eu, sabes o que aconteceu?

— É o que se tem comentado pela cidade, retrucou, observando o ministro de camisa e gravata. O casaco estava no pequeno guarda-roupas embutido na parede. Era um escritório espaçoso, com uma larga janela virada para a baía. Dois quadros dos pintores Ídasse e Chicane cobriam a parede defronte à escrivaninha. Por trás da escrivaninha estava a fotografia emoldurada do chefe de Estado e vários diplomas de mérito do ministério que dirigia. A barriga já se salientava do corpo relativamente jovem do ministro. Como era de estatura baixa, como muitos da região centro-norte, a precoce obesidade saltava à vista para quem o visse de perto, apesar do ministro preocupar-se em demasia com o seu guarda-roupas. Gostava de vestir-se bem e de se relacionar com intelectuais, querendo demonstrar um certo alheamento à aberta capitalização da nova classe dirigente. Frequentava abertamente os restaurantes mais badalados da capital, em companhia de amigos e conhecidos, aparentemente distante da atividade política ativa. Era o seu modo de estar. O que intrigava Agapito era a grande ausência da esposa Anabela Zimba nesses espaços sociais. Mas nunca o perguntou, aliás, tal prática era frequente nos novos ministros. O tempo da vigilância e da prestação de contas da vida privada fazia parte do passado.

— Quem sai chamuscado desta situação é o nosso Presidente, Agapito. Vocês têm que defender a imagem dele.

— É o que temos tentado fazer, ministro. Mas que informações adicionais existem?

— Fomos todos apanhados de surpresa. Esta não é a nossa prática, Agapito. Este presidente pautou sempre pela discrição, por um sentido de abertura nunca visto. Não foi a mão dele.

— Sei, ministro Teodoro. Os acontecimentos ainda estão quentes. E as especulações avolumam-se. O governo tem que tomar posições.

— Que posições, Agapito?

— Um comunicado, por exemplo, de distanciamento.

— Mas por que carga de água é que teremos de fazer um comunicado? Isto é um caso de polícia, tem que ser a polícia a deslindar o caso.

— As pessoas colam o caso à política.

— Que colem, homem! Mas nós, meu jornalista amigo, não podemos andar atrás do prejuízo. O que seria de nós se a cada caso que aparece na esquina viéssemos a público justificar. Isto não funciona assim.

— Compreendo.

— A propósito. Tenho aqui o teu envelope. E quero que no sábado venhas lá a casa. Temos um jantar de comemoração da clínica. Traz a tua mulher.

— Lá estarei, ministro.

— E põe-me a par dos acontecimentos, por favor. O que me lixa nisto tudo, Agapito, é este extremar de posições. Já o tinham avisado para moderar na linguagem. Mas o homem não largava o osso da economia. E os interesses de muitos não saíam bem na fotografia.

— É a chamada imprensa independente da praça.

— E com respaldo da lei. Ontem esses gajos não piavam e só adulavam. Bastou abrirmos as portas da separação de poderes e emergiram como os donos do saber da democracia real que se quer instalar. A história ainda falará desta geração de troca tintas. Mas hoje é dia de luto. Não dá para falarmos disto neste ângulo.

— Tem razão, ministro.

— Eu vou jantar com uns empresários. Deixem-me chamar a secretária.

— Eu vou caminhando...

— Saímos juntos, Agapito.

— Certo.

— Denise!

E ela entrou, ondulando as partes mais dengosas do corpo. O rosto, em contraste, mantinha-se sereno, sob a batuta dos olhos lacrimantes e verdes, a sustarem os impulsos elétricos que extravasavam das coxas roliças e do traseiro palpitante. As roupas justas, desenhando à medida a anatomia do corpo, não ajudavam a amainar os olhares. Dizem, pensava Agapito, que ela se vestia como executiva, mas o casaco de tom azul marinho deixava emergir, por entre a camisa branca, os seios ameaçadores, tentadores, É um achado da natureza, sentenciou em silêncio, enquanto olhava de soslaio, sabendo que o ministro escrutinava os seus gestos, no alto comando do seu curral privado. Sentia-se no ministro uma alegria latente quando a Denise se aproximava da escrivaninha e deixava a folha A4 roçar-lhe a camisa e encravar-se por entre os botões desassossegados com os seios tesos. Ele adorava-as assim altas, latagonas, autênticas éguas sob o domínio de um potro em altura. Recordou-se do sábado em que o ministro o chamou para um almoço na casa dela, um apartamento situado num andar com vista para o mar, em plena avenida Julius Nyerere, na zona mais nobre da cidade. Ela estava mais solta no vestido transparente, próprio para domínios privados. Os chinelos mostravam os pés delgados a condizerem com as mãos de dedos finos e longos. O ministro tinha uma camiseta desportiva de marca, sapatilhas a condizerem e uma calça jeans que lhe davam a juventude que os fatos e gravatas retiravam. Soltos na linguagem, a secretária e o ministro pareciam conhecer-se há muito e não faziam questão em ocultar. Meio desconfiado, Agapito concluiu, dias depois, que o almoço era o pacto secreto entre eles. Sabiam, secretária e ministro, que Agapito estava preso por compromissos materiais, e este que o ministro e a secretária se estreitavam, levando os três a uma mancomunação em delitos proibidos, pois no casal, apesar de cristãos confessos, assumiam a mancebia como um ato secreto e normal, aceite sem grandes reservas na população urbana porque no campo, ao contrário da urbe, era um compromisso público, ajuramentado e selado pelas autoridades tradicionais sob o nome de poligamia, o que na cidade, em tempos da capitalização selvagem, era a teúda e manteúda, indo aos longevos tempos da língua portuguesa, era sinal de bem-estar e riqueza dos mais favorecidos economicamente, porque os menos dotados financeiramente, mas ávidos de práticas adúlteras, preferiam a palavra mais rasca para designar a mancebia, como esquema, deixando o termo casa dois aos que desconheciam a expressão teúda e manteúda.

— Informa o ajudante de campo que não vou no carro protocolar. E avança até ao restaurante, Denise. Encomenda take aways para o motorista e para o ajudante de campo.

— Certo, disse e saiu, langorosa, pela porta à direita da escrivaninha do ministro. A noite estava por conta dos dois, em dia de luto que tudo justifica.

— Vamos, Agapito. Ainda passo por casa para mudar de roupa. Queres que te deixe em algum sítio?

— Tenho o homem do táxi aguardando.

— Isso é que é vida, jornalista.

— É trabalho, ministro.

Desceram em silêncio pelo elevador que os deixou no andar térreo do prédio do ministério. O brilho trêmulo dos olhos verdes da mulata, Denise, pairava no ar, acompanhando o suave perfume das grandes cidades europeias onde o frio acostumou-os a substituir o banho natural por essas fragrâncias que bem dissimulam o odor das temperaturas negativas no corpo. Denise ostentava o perfume como sinal de modernidade, bem-estar e distanciamento social. Denise e o motorista dirigiram-se à garagem, deixando o ministro e o guarda-costas e o Agapito à entrada do ministério. Aproximava-se das vinte horas. O homem do táxi ligou o carro e aproximou-se do edifício do ministério, parando à distância marcada para os veículos estranhos à instituição. Desligou as luzes e, aguardou pelo Agapito que fez a cortesia de se manter ao lado do ministro até este entrar no veículo, todo-o-terreno, que os ministros usavam como carro não protocolar.

— Vamos, Chico.

— Sempre às ordens, anuiu Chico, pondo o motor a trabalhar e, de seguida, rumando em direção à casa de Marivate, no bairro do Alto-Maé. Apesar da proximidade e do biscate com o Agapito, o taxista, mais outros dois da praça, tinha um contrato com o jornal que lhes dava uma generosa avença mensal para servir os jornalistas em casos de reportagens e coberturas jornalísticas que o parque automóvel da redação não permitia cobrir.

— Hoje não temos futebol, Chico.

— A cidade só fala do assassinato do vosso colega.

— Coisa feia, Chico.

— Os barões não brincam, senhor Agapito. Agora é a mola, o dinheiro, no comando. Esses tipos arrasam tudo. Vocês têm que ter cuidado com o que escrevem. Isto é a lei da bala, senhor Agapito.

— Mas tem que se dizer a verdade.

— Tem razão. Mas têm que pensar nos filhos. Quem vai cuidar das vossas crianças. A merda do socialismo que prometia tudo, foi para a vala do lixo. Agora já ninguém quer ouvir sobre o socialismo, aldeias comunais e essas coisas que trouxeram do outro mundo.

— Vais deixar-me aqui, Chico. Vou visitar um amigo, disse, saindo do carro. Não era dia para grandes conversas com o taxista, o homem do futebol e de outras notícias do dia a dia da cidade. O prédio do Marivate ficava do outro lado da avenida meio às escuras. O movimento de carros diminuíra ligeiramente. Nos passeios, em frente aos prédios e às casas de comércio, os guardas mantinham as suas bancas com variadas marcas de cigarro à venda, avulso e a maço. O movimento de pessoas era no sentido descendente, em direção ao bairro do Chamanculo. Muitos já se encontravam em casa, aguardando pelo noticiário das vinte horas na televisão. O pequeno ecrã era já uma realidade em muitas famílias. E as que não tinham, assistiam as novelas brasileiras em voga em casa dos vizinhos, já depois do jantar.

— Entra, Agapito, disse Marivate, alargando o ângulo da porta entreaberta.

— Tudo bem, família?

— A Queta acaba de sair do banho. Foi chamada de urgência ao hospital.

— Tem a ver com o caso?

— Nem tanto. Houve casos de internamento por tratar. Estes médicos são bombeiros. Senta-te e fica à vontade.

— Obrigado.

Queta havia já posto mais um prato na mesa. Antes de ser chamada ao Hospital Central, havia preparado o arroz que Marivate fazia questão de comer ao jantar com o caril de mboa, acompanhado de peixe frito que deixara preparado. Gostavam que o peixe fosse frito na hora.

— Jantas conosco, Agapito?

— Janto com todo gosto. Hoje é o meu dia de busca. Irei ao Pilão depois.

— É um pretexto para um artigo que fica nas calendas.

— Suposição tua, Queta!

— Estava a brincar. Sentem-se e desfrutem a mboa da Luísa.

— Ela tem mão para estes pratos típicos. O que adoro na mboa é a leveza da verdura, adoçada pelo camarão miúdo. O peixe frito vem dar outra consistência. É o meu prato preferido, Agapito.

— Apesar de cozinhar, não sou apreciador da culinária. Vou comendo tudo.

— Isso não é mau. Soubeste mais alguma coisa?

— Nada de substancial. Todo mundo atira o ônus para as grandes chefias do país.

— É normal. Agir-se com tal à vontade, é sinal de que há gente graúda por trás. Eles não precisavam disso. É certo que a democracia é amarga para os amantes do totalitarismo, os saudosistas dos tempos da voz única e da unanimidade forjada, mas eles não podem parar o vento com as mãos.

— África tem exemplos de transições mal-sucedidas.

— Os ventos do leste transformaram-se em tornados. Não há como voltar aos tempos dos flagelados do vento do leste.

— Bonito. Soa a título de um livro.

— Do cabo-verdiano Manuel Lopes. O fracassado modelo de sociedade que ocupou parte do planeta não voltará.

— Entendi. Mas a alma assassina não tem ideologia, tem interesses. E os interesses sobrepõem-se a tudo. O branco estava a incomodar.

— Achas que o espírito ditatorial mantém-se no lastro deste nosso grande barco?

— As palavras vão ganhando outros contornos. Hoje evita-se a palavra ditadura, mas fala-se em regimes autoritários. Não é a mesma coisa?

— Tudo no mesmo diapasão. Tens razão, Agapito. Querem silenciar-vos.

— A nossa espada de Dâmocles. Na redação, amigo, tens sempre uma espada apontada à cabeça. As palavras perdem o seu peso, ganham outros contornos. Estamos num continente perdido. Todos os governantes viram sátrapas. E, como sempre, com uma corja de aduladores.

— Queres justificar o teu modo de estar no muro, de agradar a gregos e troianos.

— Sabes que eu não arrisco. E nem estou preocupado. Faço como tu, vou anotando. Mas acima de tudo, Marivate, quero viver. Vi, não faz muitos anos, amigos meus feitos farrapos por levantaram o dedo ao chefe. Não arrisco.

— Tens razão. E essa nossa apatia fará com que a nossa história tenha a particularidade de ter os mesmos protagonistas até à demência da velhice.

— Acham que a História lhes pertence por direito.

— E por alheamento nosso. Já não há paixão pela coisa pública. Ninguém hoje entra na política só por paixão ou por superiores interesses. É tudo oportunismo. E esse oportunismo não vem do nada. Há sempre a grelha de partida.

— Daí que seja fácil recrutar assassinos.

— A nossa democracia é só formal, sabemos disso. Mas é um passo, Agapito. Pelo menos conseguimos respirar e sentir que o país é também nosso. Vivi estes anos todos com a sensação de estar no país dos outros como dizia o poeta. Os outros que se achavam donos de tudo.

— Uma imagem medonha.

— Sincera.

— Deixo-vos na conversa. Tenho que acordar cedo. Eu não vivo de palavras, trato da carne, do vosso invólucro, disse Queta. Queria falar com o Mari, mas não vai ser possível com essa vossa conversa sobre a nação à deriva.

— Deve ser do jantar a que estou convidado.

— Como é que sabes?

— Eu é que estou a leste, disse Marivate.

— Foste convidado para o jantar de comemoração da clínica.

— A que propósito?

— Conto-te depois.

— Ok. Mas sabes que eu não estou para essas coisas.

— Falamos depois, Mari. Boa noite, Agapito.

— Vou raptar o teu amigo para o Pilão.

— Tens sempre uma saída. Manda cumprimentos à tua mulher. E que o jantar não sirva de desculpa de atrasos lá em casa.

— Deixa comigo, Queta.

— Jornalistas...

E afastou-se da sala, deixando os dois entregues à conversa.

— Não te acompanho ao Pilão. Tenho um texto por terminar.

— Não há problema. Eu só darei um pequeno salto para a digestão. A mboa estava uma delícia. Tens que ir à festa. A tua mulher dá tudo pela clínica.

— Vou pensar no assunto.

— É a oportunidade de encarares esses tipos. E agora com este escândalo à porta!

— É uma boa ideia.

— Até quinta.

— Até lá.

O Pilão, bar situado na pequena avenida Muhammad Siad Barre, o último presidente de uma Somália ainda com cariz de estado, tinha a configuração de um pub clássico inglês. O balcão em U permitia a visualização de todos os convivas. Os menos assíduos, ou acompanhados por damas de ocasião, sentavam-se nas poucas mesas à disposição dos clientes, entregando-se alegremente ao corrilho das trivialidades a dois ou a quatro. Ao balcão, quando a cerveja, o uísque ou gin, escorria pela noite adentro, as vozes elevavam-se e a conversa não tinha fronteira, quebrava o espaço, e as vozes revezavam-se em tom altissonante. Quando o Agapito entrou, havia dez a doze pessoas, para um espaço ao balcão de vinte clientes. Todos conheciam o jornalista e, movidos pela curiosidade, queriam, em primeira mão, ouvir a versão do escriba sobre o acontecimento do dia. Era assim que as coisas funcionavam, pois ninguém acreditava nas notícias dos jornais e televisão, apesar da abertura ao setor privado. Por outro lado, a informação pelos meios informáticos era de difícil acesso ao grande público. O discurso oficial já enojava. Restava-lhes a palavra, o discurso oral, a informação obtida nas fontes presumivelmente credíveis. Agapito situava-se neste patamar. Jornalista com mais de quinze anos de experiência, autor de reportagens com um caldo literário à mistura, sempre presente em importantes conferências de imprensa, dispensava as dúvidas que pairavam sobre os jornalistas, apesar de todos saberem que eles estavam ainda agrilhoados aos discursos do governo do dia, secundarizando e, por vezes, ridicularizando, as manifestações e discursos da oposição, que nascia num país forçado a mudar por contingências históricas internacionais e o sangue grudado nas estradas e nas pontes destruídas, casas incineradas, centenas de milhar de cadáveres sem sepultura condigna, tudo por causa de uma guerra insana resultante de palavras antônimas, da palavra reinante que não quis abrir as comportas da tolerância, da aceitação da diferença, da inclusão do outro. A palavra dominante quis reinar só no deserto de palavras iguais e sem sabor, de palavras já sem significado coladas às paredes das casas desbotadas, de palavras que retiravam o pão e o açúcar à mesa dos necessitados, de palavras que a população já não escutava, limitando-se a anuir mecanicamente, esperando pelo dia em que a diferença fosse aceite. E esse dia tardava, apesar da abertura, do discurso aparentemente tolerante circulando pelos meios de comunicação públicos; os que tinham paciência de ouvir e ler, não acreditavam porque os agentes da mudança eram os mesmos, apesar de terem mudado de fatos e queimado as balalaicas da intolerância.

Agapito ainda inspirava confiança. O seu alto sentido de humor granjeava imensa simpatia nas noites boêmias. Não se melindrava, como muitos companheiros com cartões do novo partido nascido do movimento de libertação; o cartão era como uma vacina que o protegia das grandes enfermidades da vida. Não o exibia, não se vangloriava de ser um quadro, assumia-se tão só como jornalista. Criticava o que estava à superfície e à vista de todos, evitando grandes elucubrações. A malta do Pilão gostava da sua companhia. Era um bom companheiro da noite, diferente do professor da universidade que por vezes o acompanhava, esse, o doutor Marivate, que se mantinha sempre distante das conversas gerais, preferia dedicar-se ao seu copo e ao pequeno círculo de amigos, observando os perfis das pessoas dos novos tempos de democracia emergente. Parte das pessoas que frequentavam o Pilão eram quadros dirigentes das grandes empresas públicas e privadas; assumiam-se abertamente como técnicos superiores, pouco preocupados com as grandes questões políticas, mas interessados pelos detalhes do dia a dia. Outros, professores das universidades, contentavam-se com o lado caricato da vida política. Interessava-lhes passar os dias e as noites sem chatices. Os funcionários dos bancos só sorriam e emborcavam o uísque da comodidade. Eram assim as noites, as conversas nas noites boêmias, o alheamento gradual à atividade política ativa, Isso é para os engraxadores, os que adulam com a devida mesura, os que lutam por um cartão vermelho, os incompetentes, diziam, em conversa de amigos ou em privado, pois temiam que a palavra mal interpretada ou abusivamente maquiada lhes fosse prejudicial no emprego e na possível ascensão na carreira. Agapito ficou por mais de duas horas bebendo a cerveja 2M, perorando e rebatendo ideias contrárias. O acontecimento do dia, o assassinato do jornalista, não ocupou grande espaço nas conversas. As pessoas já pouco se afligiam com os assassinatos, habituadas às centenas de mortes anunciadas no país com o conflito armado ora findo, a tensão interétnica que provocou as milhares de vidas inocentemente perdidas, a esperança perdida. As mortes encomendadas, seletivas, típicas dos centros urbanos em convulsão ideológica, faziam parte do cardápio da política vigente. Morre-se hoje, comenta-se, discute-se, e esquece-se de seguida. A memória coletiva torna-se rapidamente amnésica.

4

A expressão pegou: a fruta do boer. As crianças aprenderam a frase com as professoras, imaginando o boer como uma raça distinta, altiva, superior, que não gostava dos pretos, os kaffiris, como diziam. As professoras, por total desconhecimento da História do país vizinho, não foram capazes de dizer às crianças que a palavra boer significa agricultor, camponês, na língua afrikaans, a língua que parte dos brancos sul-africanos tem-na como sua, como seu patrimônio, a sua raiz cultural, constituída à base do neerlandês, e com contributos do khoisan, francês, alemão, malaio, xhosa, zulu e outras línguas africanas. Era também do desconhecimento delas, que os brancos detestavam a palavra boer, e os pretos, a palavra kaffir. Queriam a designação de africâners, por ser mais consentânea com a origem da sua cultura enraizada em solo africano há mais de três séculos de coexistência pacífica e conflituosa com os ingleses e as nações africanas que viam as suas terras férteis a serem compulsivamente apropriadas pelos agricultores africâners, e a transformarem-se, na região mais austral, em grandes plantações de videiras e citrinos, e, mais a norte, em extensos canaviais. Mas isso, de fato, não era preocupação das professoras e muito menos dos alunos que durante nove anos de independência nunca haviam visto uma maçã. A independência não lhes deu essa fruta. Quando nasceram, depois da independência, a maçã já havia desaparecido dos mercados, das bancas dos vendedores ambulantes e da dispensa de muitos lares. Os mais velhos teimavam em dizer às crianças e a alguns jovens que a maçã era fruta de rua há dez, onze anos, e deitava-se no lixo quando a viam manchada. Os miúdos, em surdina, chamavam mentirosos os pais. Não tinham na memória maçãs povoando as ruas, e muito menos as mangas, as laranjas e as tangerinas que lhes chegavam, à míngua, do campo distante dos avós carentes de açúcar, sal e óleo. A fruta desaparecera das cidades. A cada ano que os políticos prometiam mercados coloridos de vegetais e frutos, mais estes desapareciam. E o boer, por mãos mágicas, trouxe a fruta, a maçã: a fruta do boer.

As crianças acariciavam, com deleite, a casca dura, verde, amarela, vermelha. Ao trincar e mastigar, as crianças passavam da dureza da casca ao lado macio, suave, saboroso, da fruta. Era a maçã do boer, o boer que trouxe a guerra, como diziam os mais velhos, mas que também trouxe a saborosa maçã, como diziam os mais novos. A fruta, armazenada em caixas com palavras desconhecidas em inglês e afrikaans, espalhava-se pelas escolas primárias e, em dúzias, era gratuitamente distribuída no intervalo maior, aos alunos em respeitosas filas de ansiedade. As professoras, pensando em amealhar mais umas quinhentas, açambarcavam as maçãs, enchiam sacolas de plástico e de pano e de papel e vendiam aos vizinhos e amigos, e guardavam o necessário na dispensa, imaginando a sobremesa de luxo. As crianças, inquietas como sempre, perguntavam incessantemente aos pais:

— Por que é que não temos maçãs na cooperativa?

A resposta tardava. Os pais, fugindo à resposta política, a que constava na cartilha das frases feitas, diziam aos miúdos que era por causa do tempo de dificuldades em que viviam; viriam bons tempos, tempos de fartura.

— Os boers são maus mesmo?

— Não filho. Os boers não são maus. O regime deles é que é mau.

— O que é o regime?

— A política deles, o que eles fazem.

— Se eles fazem coisas más, então são maus.

— É, podes ter razão, filho. Eles são maus.

— Mas têm uma fruta muito saborosa ...

— É, têm uma fruta saborosa...

Estava-se em vésperas de se assinar um acordo de paz com o regime de apartheid. A guerra estava à porta das cidades. Os comandos do apartheid faziam operações cirúrgicas em zonas residenciais, matando os opositores e nacionais quando se enganavam no alvo. No linguajar do povo, dizia-se, sem pejo, que os homens do poder, antes de ameaçarem o poderoso vizinho deviam visitá-lo, deviam conhecer as cidades de Joanesburgo e Cidade do Cabo, verdadeiras metrópoles num continente de palhotas. E aí avaliariam as palavras a proferir, ou, se fossem mais prudentes, seguiriam as sábias palavras do professor presidente suaíli, Julius Nyerere, ao dizer que a luta contra o apartheid não era encargo de uma ou duas nações, mas do continente, do mundo. Os revolucionários não o quiseram ouvir!

V

Caro João Água Cheiro,

Sinto uma enorme alegria em responder às tuas cartas. Dizes que tenho uma obsessão doentia em grafar o teu apelido: Água Cheiro. Não sei ao certo se é obsessão ou não, irmão. O que me vem à memória é o desprezo colonial pelos nomes tradicionais, não cristãos. E a forma de exorcizar isso é habituarmo-nos a esses nomes. Sei que a tua linhagem, ao invocar os espíritos ancestrais, usa o apelido que foi passando, oralmente, de geração em geração. Sabem que os nomes têm significados profundos na cosmogonia bantu, eles emanam do respeito que depositamos nos espíritos ancestrais. E não é à toa que damos um nome e preservamos um apelido. O teu, Água Cheiro, é sonoro, dimana o perfume nele entranhado; é diferente de outros nomes os quais não me habituo: João Merda; António Mata Fome, Caetana Punheta, Francisco Faz Qualquer Coisa, e outros que o administrador, sob o teto da grande varanda da casa colonial, recostado na cadeira de espaldar, expelindo o fumo do cachimbo pendendo entre o polegar e o indicador, com o preto vestido de branco e calçando sapatilhas brancas, abanando um leque de grandes dimensões, vai inventando e ditando ao escrivão encarregue de registrar os recém-nascidos das recônditas terras do interior de Moçambique, esse interior que ainda não se reencontrou com a luz da independência sonhada. E os nomes inventados em momentos de bom e mau humor, vão multiplicando-se pelas gerações vindouras sob a mesma matriz colonial. Aparecem agora jovens com nomes como José Deputado Ministro. As famílias mais urbanizadas fogem deliberadamente dos valores erroneamente chamados tradicionais. Com a chegada dos soviéticos, apareceram na praça nomes como Karina, Sasha, Kira, Raissa, Vladimir, Dimitry, Rodion, Igor, Yuri, Ivan e outros. Com a chegada da televisão e o domínio das telenovelas no pequeno ecrã, a moda passou para Ayla, Zoé, Lyra, Dandara, Jade, Maitê, Tâmara, Yasmin, Caleb, Enzo, Benício e outros que tais. A alienação, meu caro Água Cheiro, entrou pela independência adentro. Não temos os pés assentes na terra. Andamos à deriva em todos os domínios: político, econômico, social e cultural.

No meu campo de estudo, a situação torna-se não só vergonhosa como dramática: reduzimos os estudos das nossas línguas nacionais às universidades. Elas não saem da Universidade. Não há projeto de viabilização do ensino bilíngue — continua em fase experimental —, fundamental na democratização do ensino e nas aspirações da vasta, melhor, da maioria da população falante em línguas nacionais, para o ensino com qualidade e dignidade. Até agora o nosso ensino só vem reproduzindo as pequenas elites urbanas. Quando em tempos se falou do ensino bilíngue, as estruturas do Ministério de Educação ficaram abaladas, e muitos mandaram os queridos filhos à metrópole. Já me basta ser preto, diziam!

Com a introdução do ensino privado, as elites apontam os canos para as escolas francesa, americana, britânica e portuguesa. O nosso ensino público perde em investimento e qualidade.

Mas fala-me dessas terras de Havaí e dessa cultura insular, Água Cheiro.

O abraço dos trópicos

Meu Caro Marivate,

Os teus comentários entusiasmam-me. És um homem das letras, conferes às palavras outros sabores. Eu sou mais cru. E agora que deixei as matemáticas puras e me meti no mundo da informática, vejo o futuro ainda mais sintético, reduzido ao essencial. Teremos saudades desta relação epistolar, Marivate. Por aqui o correio eletrônico já se está a alargar à vasta comunidade. Daqui a dez anos ninguém escreverá a carta no sentido que nós desfrutamos agora. Serão e-mails, meu caro. Traduzindo: correio eletrônico. Tudo será escrito ao ritmo do momento, com palavras secas, cruas. Esse é o nosso futuro, Marivate. A informática vai dominar a nossa vida. Aí em África, nestes anos do fim do século, isto parecerá uma utopia, mas é já uma realidade nos países mais desenvolvidos.

Havaí é um encanto, meu irmão. O que sempre me delicia, já lá vão bons anos nesta Honolulu, é acordar, por volta das cinco da manhã – o sol chega à janela —, e não sentir que estou a ser vigiado e que preciso de uma orientação superior para me fazer à rua e contribuir para a nação. Aqui há uma leveza no estar, um sentido de autonomia, de liberdade, que nunca senti com a independência do meu país. Quando ligo a televisão, não me vem a absurda sensação de esperar por uma orientação superior. A coisa mais bizarra que a nossa terra cultiva é o alto-comando. O maior da nação vai à localidade e determina que a ponte há muito desejada vai ser construída em dois anos. E a cáfila da administração pública, a começar pelo ministro, diretor nacional, governador, diretor provincial, administrador do distrito e da localidade, vai repetindo a ladainha: segundo as orientações do nosso amado pai e dirigente da nação, a nossa ponte vai ser executada. E, em hosanas ao chefe, dirá, em comício obrigatório aos camponeses proibidos de se fazerem à lavoura diária, que a ponte só será utilizada depois de inaugurada pelo chefe da nação. E terão que recordar ao maior da nação a necessidade de inaugurar as pontes em zonas tais e tais, porque a ferrugem tende a invadir a estrutura. É coisa de loucos, Marivate! Aqui ninguém me importuna, física ou espiritualmente. Ando à vontade por esta ilha de Oahu. É certo que o fato de ser preto é sempre um elemento inibidor às mentes conservadoras, mas sinto-me bem como uma minoria a sair-se bem na especialidade que escolhi. Não tenho que justificar a minha atitude, as minhas palavras.

Como adoras conhecer pratos típicos da geografia do mundo, descrevo-te o poke. É como o azeviche peruano: peixe cru em pequenos cubos, molho de soja, óleo de gergelim, limão, sal e cebolinha. Podes usar o atum e salmão no mesmo prato. E por estarmos na zona tropical, a fruta, geralmente o ananás, o abacate e o coco (em lâminas) que abundam por cá, é um ingrediente a entrar na mistura. Podes fazer o poke de camarão ou frango, dependendo do teu gosto. É um prato saboroso, fresco e saudável. A tua esposa, médica que é, vai, com certeza, gostar do prato.

O que me impressiona nestas ilhas perdidas neste imenso pacífico, é a dança Hula, semelhante na voluptuosidade dos movimentos, ao nosso tufo. É uma dança que remonta, segundo os entendidos na matéria, ao tempo da sociedade matriarcal, tal como a nossa dança tufo, característica da zona matrilinear macua. Há outras variantes modernas, com coreografias estilizadas, mas atenho-me à mais tradicional, àquela em que os movimentos do corpo feminino acompanham a suavidade das ondas, o marulhar sereno das águas, o esplendor do azul do vasto oceano, e as noites estreladas destes quentes e úmidos trópicos. Sendo uma ilha essencialmente turística, e com o aloha (saudação ou despedida em língua havaiana) como marca de entrada nas ilhas, a hula é apresentada nas noites, ao ar livre, em momentos de degustação da comida havaiana, ao som da banda onde se destaca um instrumento musical herdado dos portugueses dos sete mares: o ukulele — a pulga saltitante, próximo ao banjo e cavaquinho. A vida é bela, Marivate...

Aqui não se fala de política, não se come, não se mija e nem se caga com política, como aí onde a política, de tão efêmera, quer-se acima de todas as áreas pendulares da sociedade. Chego a pensar que essa doença tem muito a ver com os jovens que vieram das matas sem saberem o que é o trabalho, o estar empregado, o viver com um salário honesto e precário. Eles viraram chefes políticos e querem morrer como chefes políticos. Não sabem fazer outra coisa...

Cumprimentos à malta e, em especial, ao teu sócio Furtado. Por onde anda?

P.S. Fala-me das nossas talácuas — resgataste a palavra às nossas línguas, e deste-lhe a merecida cidadania.

Meu caro Água Cheiro,

Sabes que por estas terras o atum e o salmão não abundam. Substituí os peixes recomendados na receita pelo carapau, o nosso santo peixe nos duros anos da fome. Havia prometido a mim mesmo que nunca iria comer o carapau, mas o teu poke fez-me mudar de ideias. E saí-me bem. Estava delicioso. A Queta sugeriu que fizéssemos com a tilápia. E o tiro foi certeiro. É um prato delicioso. Um dia desses chamo a malta cá para casa.

Sabes que a minha formação passou por Harare e Londres, áreas geográficas distantes dos sabores latinos e tropicais, como é o Havaí. A comida do nosso interland é marcadamente étnica: carne, verdura meio cozida e sadza, nome que leva em chona a farinha de milho cozida. Acresce a esses sabores a herança colonial portuguesa e os ricos pratos típicos da nossa terra. O meu círculo fecha-se. Por isso peço receitas de outras latitudes.

Resgatei a palavra talácua do poema As Talácuas, do nosso vate José Craveirinha:

Nossos mundos/ não se restringem às respirações/ mais aceleradas Isabel boca na boca/ aos golpes de rins fantásticos corpo a corpo/ e à música fósforo das falangetas a crepitar nos / mútuos órgãos contaminando-se os/ doces gasóleos místicos de fogo posto.

Que uma verba esgotada/ de rugas esquartejando-nos as faces/ é o salário mínimo às quinhentas de Judas/ joelho dos joelhos no sangrento coto charrua dos saibros/ sémen dos sémenes nos genitais usinas/ de sacanas-nados--tristes/ as talácuas alucinadas na carcaça dos tédios/ e o mais feroz lobo dos lobos dogmaticamente/ no faro dos capulânicos deuses encastráveis/ de esperanças.

E todos os dias, querida/ a magia do povo exila o rei. / Todos os dias Isabel de terra os meus dedos/ misantrópicos aracnídeos florestais de ternura/ alforriam os piolhos das camisas vício das gangas/ à delatora baba das quizumbas torcionárias/ dos sonhos...

A quizumba é a nossa hiena, o animal oportunista, sempre à espreita, e ao mínimo deslize aproveita-se do esforço alheio. O país está cheio de quizumbas, gente que não quer trabalhar, sempre à espera da melhor oportunidade para se sentir bem na vida. Mas as talácuas são mais perigosas, Água Cheiro. São formigas verdadeiramente vorazes. Elas formam um tapete à medida que devassam a floresta, devorando tudo à sua passagem. É o comportamento deste inseto que reina neste país à deriva. Talácuas, formigas alucinadas, como diz o poeta, pelos bens materiais, pelo desenfreado acúmulo de patrimônio móvel e imóvel à escala nunca vista da ambição humana. Aproveitam-se da privatização dos bens públicos para se apropriarem de tudo ao preço de nada. Põem o patrimônio em nome dos pais, filhos, tios, avós, netos, bisnetos e gerações ainda por vir. Pensam que é o momento de enriquecerem em nome da luta que conduziram, entende, da luta que dirigiram e não da sofrida nas matas infestadas de cobras, leões, leopardos, e outros animais letais com que outros, os anônimos desta pátria, partilharam nas copas das árvores, refugiando-se das bombas napalm e dos sucessivos bombardeamentos aéreos das tropas portuguesas. Os que verdadeiramente lutaram, os que pegaram em armas, os analfabetos da luta, esses, meu caro Água Cheiro, ainda lutam por uma casa com água e luz e uma pensão digna pelo tempo despendido na gesta heroica. E as talácuas, os donos do grande feudo que é o país, sempre insaciáveis, vão exaurindo os poucos recursos. Os índices de pobreza crescem ano a ano, a qualidade de ensino vai decrescendo em razão do pouco ou quase inexistente investimento público. A tresloucada ideia de alargar o ensino geral a todo o país, em detrimento do ensino profissional, do saber fazer, traz à luz as suas consequências: alunos do campo recusando a lavoura, após os primeiros ciclos do ensino geral, argumentando serem intelectuais e não poderem pegar na enxada, pois merecem outros voos, outras altitudes, outros espaços onde as mãos sofrem menos e ganham mais.

As bibliotecas rareiam, caro Água Cheiro. As poucas que ainda existem vão sobrevivendo à base dos clássicos da literatura que poucos ou quase ninguém conhece. Os soviéticos esqueceram o Gogol das Almas Mortas, o Dostoiésvki dos irmãos Karamazov, o grande Tolstói da Guerra e Paz, o Anton Tchekhov dos contos deslumbrantes, o poeta

Pushkin cuja origem africana é ocultada, enfim, toda essa literatura está nas nossas empoeiradas bibliotecas. Mas poucos se aventuram à leitura desses clássicos e da geração perdida: o Hemingway, o Scott Fitzgerald, o John dos Passos, o William Faulkner, e outros como Ezra Pound e o Ulisses do irlandês James Joyce que me obrigaram a ler em Londres. As livrarias desapareceram, mas a fortuna literária ainda está por aí, em bibliotecas empoeiradas e com os poucos leitores atentos surripiando livros e engrandecendo as bibliotecas privadas. Pena que só a capital do país ainda tenha estes acervos ocultos que, em breve, desaparecerão, por conta de leitores que farão melhor proveito. Não terão o destino de outros acervos que serviram para embrulhar peixe nos mercados emergentes, como tive a oportunidade de ver a Tempestade de William Shakespeare a sucumbir aos odores de um peixe morto desnudando as letras da peça. E imaginei a fúria do Próspero e do seu escravo, o disforme e alfabetizado Caliban, reduzidos a nada nos empoeirados e suburbanos bairros das nossas cidades. É provável que Caliban tenha depois compreendido a leveza e a ingenuidade do analfabetismo. A cena chocou-me, Água Cheiro. Uma biblioteca a desfazer-se do seu acervo, dizendo que eram livros coloniais!

Para encerrar o calamitoso ciclo, emerge o profundo alheamento à nossa matriz bantu. Os meus filhos, como outros, muito poucos, diga-se, são motivo de chacota na escola. Tudo pelos nomes eminentemente africanos, nomes não cristãos que não abundam na praça: Magudzo e Khufeni. E quanto a isso, a identidade à deriva, a raiz sem chão, falamos o suficiente em cartas anteriores. Mas acresço o fato de a nossa raiz nem de perto se assemelhar à raiz aérea que estrangula o hospedeiro. Ela é, numa grosseira comparação, bem próxima à da que suga, parcialmente, o albergueiro, tornando-se parasita. Não se alimenta do seu solo, não se preocupa em sorver a própria água e as substâncias minerais de que o solo é fértil. Não. Ela só quer sugar de outra planta. Vive da identidade dos outros. Contenta-se com o que o outro lhe dá. Não questiona. Só absorve. Absorve até a morte. Assim é o parasita.

A propósito do K no abecedário das nossas línguas, agora reintroduzido no nosso abecedário latino, recordo-me da crônica de um jornalista que do alto da sua arrogância, disse, em tom jocoso, que agora África escreve-se com K, esquecendo que a grafia das nossas línguas, por ignorância e desrespeito às culturas locais pelos colonos, seguiu o padrão anglo-saxônico na padronização da escrita que verteu a bíblia às línguas bantu. Foram os protestantes que iniciaram com a alfabetização em línguas africanas às populações indígenas. Os nossos pastores foram alfabetizando os chamados cafres e ignorantes e pretos. E a independência não soube dar continuidade a esse legado. Daí textos completamente descontextualizados nos órgãos de comunicação social, a imporem que as línguas africanas sigam, obrigatoriamente, o padrão português. É risível, para não cair em linguagem menos apropriada...

O Furtado deve regressar a Atlanta, Estado da Geórgia, lá para os meses de março/abril; ele está interessado em passar umas semanas aí em Havaí contigo. Pelo menos está próximo de ti em horas de voo. Há um colega meu que deve estar a partir para o Estado de Califórnia, vai para a universidade do nome do Estado, em Los Angeles, doutorar-se em Sociolinguística. A bolsa é generosa. O país está a abrir-se nesse sentido. Os salvo-condutos de outrora fazem parte da nossa História. As bolsas de estudo estão à disposição desta minoria privilegiada que somos nós. A diversidade de cursos mostra a abertura pela qual o país quer enveredar, apesar da ala conservadora estar atenta e pronta, a qualquer sinal de fraqueza, a voltar atrás. Mas os ventos da história sopram no sentido da mudança. E o dinheiro, Água Cheiro, compra tudo: consciências, identidades, princípios e valores. E agora que se assumiram como verdadeiras talácuas, não há regresso a esse passado centralizador. O que nos espera é a crescente iniquidade, o fosso maior entre os que tudo têm e os que nada têm, e o discurso falacioso do político a querer banha de cobra. Já estávamos no grau zero da pobreza. Agora caminhamos para o escândalo da pobreza

A Queta manda-te um abraço

O apreço de sempre

Marivate.

Caro Marivate,

Há um provérbio macua que diz: *khapá khanihiya eyèttelo awe*; o que traduzido se lê: *o cágado não deixa o seu modo de andar.* Os ocidentais dizem o mesmo, utilizando outra figura: *a raposa muda de pele, mas não muda de manha.* Com isto quero dizer que nunca acreditei que o grosso dos dirigentes entendessem ou quisessem assumir o tal socialismo científico. Para eles interessava-lhes somente o poder. E por esse poder tornam-se as putas mais baratas do mundo. Abrem as pernas à esquerda quando convém, vão à direita quando a oportunidade lhes bate a porta, enfim, é a despersonalização. E para amaciar a população vão mantendo esse discurso da igualdade que em abstrato é dos mais belos do mundo.

É por essas e outras, que vou adiando o meu regresso. Trabalho a tempo parcial para uma multinacional ligada à informática. Os tipos não só secundam a minha bolsa com viagens frequentes à Massachusetts, ao Instituto de Tecnologia, a meca dos novos saberes da era digital, para pequenos estágios, como me dão um salário digno. Dentro de meses irei prescindir da minha bolsa porque assumirei na totalidade do tempo o emprego. A África, meu irmão, está a reduzir-se à esfera do identitário. É o que sinto. Quanto mais me entroso neste mundo multicultural, mais me assumo africano, um africano sem clichês, devo acrescentar. Sou o que sou desde sempre. Aliás, por estes mundos, a tua condição de negro está sempre à tona, quer queiras quer não. És preto, és o outro que tem que lutar o dobro para ocupar um espaço de mínima respeitabilidade. Fora isso, vive-se razoavelmente quando se tem uma ocupação, uma profissão. É diferente da nossa terra. Aí obrigam-nos a pensar na política do amanhecer ao pôr do sol. Faz-se da política uma profissão. É fodido! Esses tipos não têm profissão, fazem da sua ocupação uma profissão, daí agarrarem-se à mama do poder e alargarem até ao inverossímil as benesses advindas de uma ocupação que devia ter como norte servir e não servir-se. E as verdadeiras profissões vão caindo no descrédito; os miúdos pouco se preocupam em ser professores ou enfermeiros ou engenheiros ou médicos. Todos querem ser parlamentares, ministros e quejandos.

Agora que se assumiram como verdadeiras talácuas, a promiscuidade entre o bem público e privado vai ser de tal ordem que a anarquia vai nortear a vida do cidadão. O possuir vai ser o leme, o indicador de uma identidade sem densidade, fluida. Antes, falo dos primeiros anos da independência, a nossa identidade marcava-se por essa matriz que tanto nos encantou, mas que destituída de raízes da nossa cultura: revolução. Recordo-me que no nosso norte islamizado, os responsáveis pela área do comércio abarrotavam as lojas do povo com papel higiênico que tanta falta fazia ao sul católico e protestante. Todos os revolucionários diziam conhecer a nossa cultura, pois aprenderam-na nas zonas libertadas! Autêntica falácia. O país que conheciam resumia-se ao bairro suburbano da capital ou a uma pequena vila do interior. E o outro, aquilo a que vocês chamam de alteridade, passou a não ter importância, pois os valores de uma, duas ou três etnias, passaram a pesar num todo de mais de vinte e três grupos étnicos. Dizia-se que queriam matar a tribo para o nascimento de uma nação. Mas nós sentíamos que umas tribos se sobrepunham às outras nessa fagocitação. Nunca se mata uma tribo, matam-se valores negativos. Uma tribo alicerça-se na língua e na cultura que devem ser preservadas como patrimônio nacional. Essa utopia, a meu ver, foi um truque de ilusionismo por forma a um grupo se manter no poder acima de toda a suspeita. A guerra, meu caro, foi pelo desprezo do outro, o não respeito dos valores do outro. Ainda bem que agora falam da unidade na diversidade. É esta diversidade que deve ser cultivada. Eu sou do Norte, Marivate, tu és do Sul, devemo-nos respeitar nas nossas diferenças, e não nos aniquilarmos. Aqui, neste arquipélago vulcânico, a multiculturalidade é bem visível, apesar da raiz polinésia, base da população original. O havaiano, língua polinésia, é, juntamente com o Inglês, a língua oficial no arquipélago. Encontras outras matrizes culturais, como a europeia, chinesa, japonesa, africana, mas o havaiano, com a sua culinária, os seus trajes, as suas cerimônias tradicionais, os seus mitos, faz-se sentir por todo o arquipélago. Os brancos foram bastante relutantes, dada a matriz oriental da sua cultura, em aceitar o Havaí como o quinquagésimo estado americano; mas acabaram por aceitar, através da emenda assinada em agosto de 1959, pelo então presidente Eisenhower, elevando o Havaí à categoria de Estado, por sinal o último Estado americano a entrar na união.

A cultura havaiana tem as suas singularidades, a começar pelo hibisco amarelo, a flor oficial do Estado havaiano. É uma flor que se desenvolve perfeitamente neste território vulcânico. Temos aí na terra várias espécies de hibisco. Pena que não tenhamos ainda a cultura de nomear e acarinhar as flores. Aqui, há séculos que é considerada uma flor que transmite poder e respeito. Ela é estampada, nestes tempos modernos, em suas várias espécies, em camisas, fatos de banho, calções, vestidos, chapéus e outros adereços. A juntar-se à flor individualizada há o colar de flores que se oferece aos visitantes, simbolizando paz e amizade. E no cumprimento de chegada e de despedida está a palavra aloha, significando afeto, amor, alegria, cumprimento, saudação. E há também a palavra mahalo, com o significado de gratidão, obrigado. É óbvio que por detrás destas palavras haja toda uma narrativa multisecular sustentada na cosmogonia havaiana.

Fico-me pela superfície, pela rama, como se diz, pois queria somente dizer que a cultura que nós celebramos aí, nesse canto do Índico, como um simples introito de dez a quinze minutos em encontros oficiais ou em comícios políticos, aqui ela ganha outros contornos, outra profundidade, entranhando-se na sociedade e granjeando respeito do visitante. Eles contemporizam os valores do passado. E não há vergonha e muito menos epítetos do tipo folclórico, cultura de aeroporto ou expressões parecidas quando se referem aos seus valores ancestrais. A cultura havaiana está por todos os cantos destas ilhas do Pacífico. Esta gente respira a cultura sem complexos de espécie alguma. E o que te disse não é o resultado de aturadas pesquisas, irmão! É informação que está disponível para qualquer cidadão. Quem me dera se eu pudesse ter acesso ao significado dos adereços da misteriosa dança da província de Tete, o nyau. Quem me dera se ao mínimo pedido me facultassem brochuras explicando o significado da máscara nyau ou do mapiko, essa exuberante dança maconde, ou o ritmo, a cadência, a beleza melódica da dança nyanja nganda. Deixamos que os nossos valores definhem; não conferimos a merecida cidadania que esses valores merecem. Ficamo-nos pela superfície, pela epiderme. O que é nosso fica no quarto dos fundos, melhor, na pequena palhota de invocação dos espíritos ancestrais. Tudo porque a independência remeteu parte dos nossos valores à categoria de obscurantismo, um obscurantismo a que todos, ao cair da noite a ele se socorre para melhorar as suas vidas, proteger a família e afastar o mau olhado. Fico-me por aqui.

O abraço de sempre, irmão

Água Cheiro.

Caro Água Cheiro,

Nem pareces o matemático que conheci, o homem das contas, da precisão. Perambulas pelas águas da cultura com tal à vontade que me espantas. Não te contentas com a informação que te chega às mãos, interiorizas, interpretas, cotejas. E sais-te bem. Penso que o modelo curricular americano onde disciplinas de várias ciências se cruzam num ramo nitidamente distinto das humanidades, como é o teu, é sempre benéfico. Ao escolheres uma cadeira da área da Antropologia, outra da Filosofia e da Sociologia, a aliarem-se às tuas matemáticas aplicadas ou não — distinção que pouco adianta à minha endêmica ignorância na matéria —, virou, ao meu olhar, um coquetel bastante explosivo. É uma espécie de big bang, o iniciar de um ciclo que se espera mais harmônico entre as várias disciplinas do saber e não um simples somatório de saberes compartimentados.

Acredito que o fato de estares nesse grande país que lidera a era digital que se apropria do mundo, torna-se mais difícil regressar à terra-mãe e assentar as arraias neste canto do Índico, muito pelas perspectivas de crescimento que se te abrem nessas latitudes, do que pela angústia e a incerteza que te esperam por estas bandas. Nesses termos, de fato, a palavra globalização faz sentido. De outro modo o termo globalização é sempre ambivalente, pois qualquer Estado, qualquer governo, face a uma certa ameaça fecha-se em copas e vira-se para os seus, aqueles a quem as convencionadas fronteiras geográficas definiram como seus cidadãos. Os outros, os mais fracos, os do terceiro mundo como nós, não entram na primeira equação, remetem-nos aos fundos, aos porões dos dejetos. Enquanto servires, enquanto fores um cidadão útil, serás acarinhado à medida do teu saber e da tua cor. Mas depois, caro amigo, és lixo, coisa a ser largada no primeiro porto destes mares do terceiro mundo. Mas curte a tua juventude, a tua áurea, e que o país não te fique só pelo coração. Na desgraça há sempre uma fronteira a ser delimitada.

É provável, Água Cheiro, que eu seja meio dúbio em relação aos sistemas que vão emergindo por cá. Sei que muitos não acreditam já nestes personagens da nossa história recente; para muitos não passam de simples camaleões que no tempo de partido único não foram capazes de contestar o regime; não foram suficientemente corajosos em defender a igreja, protestante ou católica, que lhes deu os primeiros rudimentos da língua portuguesa e da assimilação; estiveram na primeira fila dos gritos da ostracização das igrejas como ópios do povo. Hoje vejo-os na primeira fila das igrejas, confessando e benzendo-se como cristãos que pecaram por engano e não por convicção. Não dá, de fato, para acreditar neles. Mas, no fundo, acho que o regime de partido único também os afetava, ainda que se beneficiassem das prebendas seletivamente dirigidas. O que sei, e acredito, é que o regime atual é, na falta de um outro, o melhor de todos, como dizia Churchill. Acredito que as nossas talácuas terão, no atropelo da lei, as medidas sancionatórias que a modernidade impõe nas suas constituições. O importante agora é o crescimento da sociedade civil, a assunção da cidadania que se requer ao constante escrutínio das atividades dos políticos e outros agentes públicos.

Se me perguntares hoje, se sou da esquerda ou da direita, pouca importância tem; o que importa, nestes tempos de grande pragmatismo, é a assunção e atualização dos valores que a modernidade trouxe à Humanidade: separação real dos poderes, organização política democrática, o respeito e garantia dos direitos e liberdades fundamentais do Homem, o pluralismo de expressão, o reconhecimento de sistemas normativos e de resolução de conflitos que imanam da tradição e não conflituam com a carta-mãe, a participação da sociedade civil nas grandes decisões da nação, o respeito pelas minorias, enfim, a chamada democracia no estado de direito. Se esta máquina funcionar, a sociedade avança, as iniquidades diminuem, o aparelho legislativo sai do mundo dos encômios ao chefe e dos vitupérios ao opositor e assume o seu verdadeiro papel; o aparelho judicial ganha relevância e deixa de ser o pau mandado do executivo, exercendo, com a equidistância que se requer, o seu dever de travar as ilicitudes e as vergonhosas atitudes das talácuas. A corrupção é o inimigo do presente e do futuro. A moralização da sociedade passa por uma justiça célere e eficaz. Se os grandes roubam, os pequenos acham normal os pequenos favores, as gorjetas por um serviço público, o chamado rebuçado, o dinheirinho para remediar algumas carências em casa, e vão achar a corrupção, o que chamam a pequena corrupção, um ato normal, próprio de sociedades pobres. E o cancro alastra-se.

Eu não comparo, nem de perto, esta legislatura com a anterior, Água Cheiro. Agora respira-se meu irmão. Tu acordas, e já podes dizer não! Só este ato de dissentir é uma grande vitória. Espero que os tempos da anuência silenciosa e dos vivas obrigatórios fiquem para o museu dos desastres de uma nação. O que precisamos, agora, é de intervir. Tu já estavas fora quando se colocou a questão das organizações de massas se autonomizarem ou continuarem na mama do partidão. A resposta não foi a esperada. Quiseram continuar como parasitas do partidão. São as mentalidades de alguns dirigentes que entram em pânico quando se acham em situação de órfãos. Querem, a todo custo, que o partido os acarinhe, porque não têm capacidade de dizer não. São gerações que confluem neste afluente poluidor do grande rio. Nos próximos dez, quinze, vinte anos, estes parasitas estarão colados ao partidão. Quererão, na altura, e sem um currículo que os singularize, concorrer às presidenciais, às chefias do parlamento e a outros lugares cimeiros! Acharão que o contínuo e genuflexivo sim constituirá o grande passaporte para a entrada nos lugares ambicionados. Andarão, muitos deles, na classe dos cinquenta, sessenta anos, setenta anos, como autênticos parasitas políticos, indivíduos sem ideias próprias, à espera da boleia do partido que consideram inamovível do cenário vitorioso. Erro histórico. É só olhar as cartas de baralho do leste europeu: caíram em catadupa em menos de sessenta anos, retirando a almofada ao grande sistema que ainda resistiu, apesar da podridão há muito denunciada, uns setenta e dois anos! É provável que me engane, mas os dados estão lançados. Esta nova geração com apetites políticos não se descola com uma narrativa diferente, futurista. Todos ficaram anestesiados com o discurso dos libertadores. É uma pena.

Resta-nos, de fato, a cultura, a nossa cultura que, como bem dizes, ainda não ganhou a cidadania merecida. O problema das talácuas, meu caro Água Cheiro, é que elas acham que podem viver no fausto ilicitamente adquirido sem se preocuparem com a sua cultura, as suas raízes. Basta-lhes, no seu entender, encher a casa com suvenires de outras latitudes do Ocidente e do Oriente para se acharem cidadãos do mundo. Os nossos valores, as nossas tradições, caem na sarjeta. Há, por aqui, a onda da miscigenação, das culturas híbridas, para justificar o alheamento à matriz bantu, a secundarização dos valores que dominam a nossa cultura marcadamente rural, expostos em cerimônias políticas, em festivais culturais étnicos e em cerimônias tradicionais. Fora desse quadro, as manifestações culturais pouco espaço têm na montra pública. Não há estudos consequentes, não se publicam textos, não se expõem fotografias, não se vendem imagens, não se quebram as fronteiras étnicas, conferindo cidadania plena aos valores culturais da nossa matriz bantu. A nossa ancestralidade ainda não usufrui da luz do dia, ela só se liberta à noite, como acontecia na longa noite colonial. E só vem à luz do dia quando solicitada para cerimônias.

Por estes dias andei a deliciar-me com o siri siri, o famoso prato da zona costeira da província nortenha de Nampula, mais precisamente na ilha de Moçambique. Uma médica amiga, em estágio na capital, esteve aqui em casa e fez questão de nos ensinar esse maravilhoso prato nahara, subgrupo linguístico macua, feito à base da alga siri siri, misturada com leite grosso de coco, castanha de caju bem picada, alho e cebola. Adiciona-se também o camarão à mistura. Diferente dos outros, este prato não pede tomate nem a pimenta. Quando bem cozido, ele adquire uma consistência mole, semelhante ao ensopado de espinafres salteados. É uma maravilha, Água Cheiro! Quando cá vieres, vamos dar um salto à ilha de Moçambique e comeremos o siri siri, acompanhado de djampa, arroz de milho. E aproveitaremos a tua estadia para fazermos um pequeno périplo culinário pela zona norte do país. Há sabores que devemos reter.

5

Falta-me a disciplina dos memorialistas, a precisão nas datas, o detalhe na descrição. A mim basta-me o tempo que vou vivendo, e, à base dos impulsos de momento, vou anotando coisas passadas e presentes. Pouco me interessa o que fiz ontem, se discuti com um familiar ou me esqueci de pagar a conta da luz que foi cortada na casa. Interessam-me as dinâmicas, o pulsar de um país novo, os acontecimentos que nos vão espantando, o desnorte na governação, e a intrigante bipolaridade deste povo: por um lado a revolta armada, o apoio aos insurgentes que vão atacando vilas e aldeias com uma fúria devastadora sem memória no horizonte das nossas guerras; por outro, a revolta silenciosa, o anuir de uma decisão a não ser cumprida, o cuspir pelas costas. Estas são as faces de um país que se alegrou com a independência por uns meros dois a três anos.

Há dias aconteceu o inesperado. Um presidente de um país do leste europeu que cooperou num megaprojeto agrícola de mais de quatrocentos mil hectares falido à nascença, veio em visita oficial. Tirando o habitual e horroroso espetáculo a que as crianças das escolas primárias estão sujeitas nessas ocasiões (enfileiram-se, sob o sol cáustico ou debaixo da chuva miúda e persistente, ao longo do trajeto por onde a comitiva vai passar, com bandeiras de papel do país que a geografia curricular não ensinou, gritando o nome difícil de soletrar do ilustre visitante), o dito presidente, e em se tratando de uma visita a um país africano onde no seu imaginário elefantes e leões e leopardos e girafas coabitam com os pretos em cubatas sobre ramos ou em solo enlameado, ou ainda em jangadas ao longo de rios infestados de crocodilos, quis ter, como troféu de caça, presas de elefante e uma cabeça de leão a ser tratado por um taxidermista vindo a propósito da Europa, porque no seu entender eurocentrista e completamente desfasado da realidade, em terras africanas tais profissões não existem. Quando viu o Museu de História Natural não só ficou estupefato, como não acreditou que os pretos pudessem tanto, muito menos terem asfalto nas estradas e cidades com prédios e vivendas e subúrbios no verdadeiro e universal sentido da assimétrica geografia urbana.

O ilustre visitante, querendo ter, a todo custo, esses troféus na sua principal residência foi caçá-los de helicóptero e com armas de grande precisão.

É provável que tenha contado aos próximos e outros visitantes que tal façanha foi em terra firme e à distância permitida no turismo cinegético. Mas a verdade manda dizer que a inexperiência do estadista habituado a mandar executar que a exercer as tarefas por mão própria, terá, depois de cinco tentativas fracassadas, entregue a arma ao oficial da reserva natural e, como é natural nessas ocasiões, passados os breves minutos à reposição normal da respiração, foi indicando, como é da sua incumbência, o elefante a abater e o leão a ser sacrificado.

Consta que ao ser convidado a aterrar no local de abate, o presidente não se mostrou à vontade ao ver dezenas de elandes e impalas pastando livremente na savana; preferiu aterrar no acampamento da reserva e aguardar as presas para a fotografia para a posteridade. E para que a imagem fosse a mais fidedigna, o presidente pediu que o cenário de fundo fosse a deslumbrante vista da savana a perder de vista; ufano, envergando o fato de caqui dos caçadores, acocorou-se com a caçadeira entre o elefante e o leão, abatidos sem a dignidade que a atividade cinegética requer, sorrindo para a câmara.

Sete anos depois da visita que ficou no anedotário popular, o digníssimo estadista e respectiva esposa foram, tal como o leão e o elefante, sumariamente executados por um pelotão de fuzilamento. Os povos do leste europeu queriam traçar outros destinos, reencontrando a sua verdadeira dignidade e outro brilho no olhar. Por cá, ante a estupefação da queda do muro, perguntavam ainda nas células do sim, se queríamos um mundo plural em ideias!

Outro acontecimento que marcou os anos da previsível agonia do regime, foi a visita de um chefe de estado africano, apelidado durante mais de sete anos como a perfeita encarnação do neocolonialismo, o regime abominável a que os vivas e abaixos deitavam abaixo com a estridência fora do comum no grito dos militantes apossados pela litania revolucionária que lhes enganava a fome nos comícios já policiados e obrigatórios. O estadista visitante, famoso pelas vestes e nomes tipicamente africanos, aterrou no seu moderníssimo avião. Foi recebido com pompas nunca vistas. As manchetes do diário de maior circulação falavam de um irmão que nos deu a mão desde os tempos da luta de libertação. E no bojo do avião havia malas e malas com dinheiro vivo e bem americano para ofertar ao país irmão. O que não se soube, durante os dias da visita e no decorrer dos acordos bilaterais, foi a quantidade de dinheiro ofertado e o seu destino.

Estas histórias saltaram à memória ao recordar um dos últimos comícios a que o nosso insigne estadista revolucionário fez meses antes da fatídica morte. Não houve enchentes como nos primeiros anos da independência. As pessoas aglomeravam-se por bairros, empresas, escolas e ministérios. A polícia e o exército barravam as saídas. Os que tinham relógio olhavam incessantemente para as horas. A concentração estava no momento de levantar o braço e dizer Viva ou Abaixo. O ambiente era, de certo modo, soturno. A alegria de outrora fora-se. E, o nosso grande pai apercebeu-se da apatia do seu povo. O comício não levou muitas horas, como era hábito. E de entre as várias coisas que o insigne estadista disse, retive a frase que me apressei em anotar na memória:

Eu não trouxe a fome, eu trouxe a independência.

Frase sincera. Melhor, meio sincera. Senti, na altura, que ele estava magoado. Vi, no semblante do estadista, a dor que carregava e as angústias por que deveria passar ao olhar para a nação que ele, qual Messias, pensou erguer com homens novos tão apregoados na noite da independência, com sonhos de uma pobreza a erradicar em dez anos, com as nações bantu, dolorosamente chamadas etnias, a desaparecerem do mapa que se queria sem cor, raças e etnias. Passados esses poucos anos de sonhos, ele só via à sua volta devastação, guerra, fome, divisões internas, alas demarcadas, país em ruínas, exército desmotivado, generais desencantados, crises regionais, crescimento do racismo, mais de setecentos mil mortos.

Na verdade, ele trouxe a independência. Rejubilamos todos com o içar da bandeira nascente. Cantamos e dançamos todas as canções revolucionárias conhecidas e desconhecidas. E cinco anos depois dos cânticos da vitória, o estômago começou a queixar-se. A comida não chegava para todos. A roupa escasseava no guarda-roupas. As mulheres despiam-se e vestiam-se no segredo dos quartos, longe dos namorados e maridos com vergonha do sutiã esburacado e da calcinha a não suportar os remendos. Os homens descalçavam os sapatos em simultâneo com as meias rotas no calcanhar de Aquiles e nos doridos dedos em sapatos apertados. As amantes não viam a cor das cuecas que só protegiam os testículos. As lojas de retalho tinham as montras entregues às moscas e baratas. A guerra, como um cancro sem controle, alastrava-se por todo o lado. E, à boca pequena, dizia-se: a independência trouxe a fome, a guerra e a morte.

VI

A noite não foi de todo tranquila para Marivate. A Queta, sempre atenta aos movimentos do marido, não se mostrou preocupada com a valsa executada pelo marido durante a noite, ao virar-se e revirar-se, vezes sem conta, na cama nada estreita, pois sabia-o sempre incomodado ante possíveis enigmas que procurava decifrá-los a seu jeito, sonhando ou postando-se na varanda durante largas horas em silêncio, ou perguntando, como fizera durante parte da noite, Em que tom a tua patroa da clínica evocou o meu nome, questão essencial no seu interrogatório, pois o tom podia denotar respeito ou desprezo, consideração ou inconsideração, ao que ela ficou boquiaberta, porque não se ativera aos detalhes durante a conversa, E a acrescer a inusitada questão o marido quis ainda saber do movimento das mãos, do brilho ou não nos olhos, enfim, procurava detalhes, queria da mulher pormenores que lhe escaparam na hora, pois encarar o convite como mais um que cairia na agenda das negas do marido sempre arredio em participar nas montras sociais de ostentação de riquezas desprovidas de sustentação e ao sabor da mendicidade, Mas desta vez é importante, Queta, não vês que esses tipos me querem tramar? Não entendo Mari, Querem te tramar como, Achas que um simples convite para uma festa alusiva à clínica é motivo de cabalas, Não estás a entender, eles não iriam pedir à toa a intermediação da colega da clínica, eles querem alguma coisa comigo, Coisa má é que não, Marivate, É provável que te queiram propor um lugar de responsabilidade, E isso é o quê, querida, Achas que é só o lançar de um tapete vermelho à minha pessoa, Atirar rosas à minha cara, ao professor de linguística bantu, ao tal que levanta fantasmas adormecidos sobre as matrizes bantu, o fulano que se bate pelo ensino bilíngue, o tipo que diz que o preto do interior, o coitado que irá esperar trinta a quarenta anos pela energia elétrica à sua humilde casa, deve assumir a sua cidadania com a língua dos seus avós a par com a língua oficial, Achas que esse defensor é bem visto por essa elite, perguntou sem se preocupar com a resposta, porque o que se assistia, naqueles instantes da noite em que o relógio caminhava para a meia-noite, ele de cuecas, com o lençol aos pés da cama e próximo do corpo da mulher com a costumeira camisa branca de noite torneando o corpo de curvas ligeiras e harmonizadas, divisando-se, por entre os botões, os pelos pubianos bem compostos no corte e penteados com o rigor feminino, os seios emproados e a lisura da pele nas axilas depiladas e esticadas pelos braços cruzados sobre a almofada onde a cabeça assentava e os olhos encaravam, com um misto de gozo e admiração, o marido que, como se quis dizer acima, não estava em momento de diálogo mas em pleno solilóquio, Palavra difícil que o latim legou à língua portuguesa e que o comum cidadão pouco se preocupava em reter e aplicar, ficando-se pela expressão, Está a falar sozinho quando em presença de um indivíduo com uns parafusos a menos na cachimônia, ou do tipo que o saber ancestral nos transmitiu ao dizer, de forma metafórica, em situações de desnorte que o indivíduo está perdido na floresta, o que não era o caso do Marivate, pois estava em pleno uso das suas faculdades mentais, e a palavra solilóquio condizia com o momento emocional, pois induzia a uma significação mais extensiva, uma solidão interior que o acometia naquele momento recostado com duas almofadas à cabeceira da cama, e olhando de frente ou de soslaio para a mulher enquanto dizia, Não minha querida, o que eles querem é matar-me à partida, Não perguntes como, Tu conheces-me há mais de quinze anos, e sabes que o meu palpite não falha, Queta, Mas no fundo não sabes o que é que eles querem de fato, Isso sei eu, Queta, É dar benesses que irão travar a minha língua e, depois, tal como um animal amestrado, seguir à risca as pegadas deles, Não te compreendo, Mari, tens defendido uma mudança de mentalidade, um olhar mais crítico, és, de forma genérica, um apoiante deste regime que se quer aberto, e quando os homens do poder se aproximam, ficas apavorado, acoitas-te no teu tugúrio interior e entras em delírio pessoal, Em delírio, não, Nunca fugi das minhas responsabilidades, Então tens medo de quê? Não respondeu à mulher. Puxou o lençol e cobriu-se até ao pescoço, dando costas à mulher que esboçou um sorriso meio trocista e, apagou as luzes.

Acordaram cedo. Ante o silêncio do Marivate, Queta evitou até a hora do pequeno almoço fazer comentários sobre a noite. Notava no marido o cansaço que o tocava em situações aflitivas, o bocejar constante, o andar indolente, a fala espaçada. Deixaram os miúdos ocuparem a casa de banho principal. Marivate preparou o café de despertar. Luísa, sempre pontual, tocou a campainha. Queta abriu a porta e dirigiu-se com ela à cozinha. O pessoal da casa sabia que às quartas era dia de carne. A novidade oscilava entre o caril de amendoim, um guisado ou uns simples bifes acompanhados de brócolis, repolho e feijão verde, prato que os miúdos olhavam de esguelha, pois não se sentiam saciados. Às segundas, quartas e sextas, treinavam basquete no clube de Desportos da Maxaquene, situado na baixa da cidade. E regressavam a casa esfomeados. Gostavam do caril de amendoim que a mãe espaçava na dieta, evocando questões de saúde que a família aceitava entre resmungos. Magudzo, o mais velho, já com quinze anos de idade, e com a tonalidade da voz a mudar para o grave, gostava de questionar tudo, dizendo querer ser como o pai: um professor independente, livre. Já o mais novo, com treze anos de idade, preocupava-se com a carta de condução e queria ser médico e ter uma clínica sua. Marivate, desde cedo, obrigou-os a ter o domínio de três línguas: o Changana, o Português e o Inglês. Dizia aos filhos ainda pequenos que as três línguas eram o tripé essencial na cidadania moçambicana: o Changana com a matriz cultural, o Português, como língua da unidade, e o Inglês como passaporte à cidadania global. Aprenderam a língua dos avós com o pai e a tia que aos sábados, na obrigatória visita à avó, os obrigava a falar na língua bantu. De princípio acharam o exercício chato, porque os colegas da mesma idade não entendiam nada das línguas nacionais e, os pais pouco se preocupavam em criar condições para que os filhos pudessem ter uma ligação com a língua ancestral, mas depois, já crescidos, começaram a achar graça ao horário que o pai estabeleceu de às segundas, quartas e sextas, a língua a veicular na casa era o Português, nas terças, quintas e sábados, falava-se Changana; aos domingos exercitava-se o Inglês que os miúdos aprendiam, como reforço ao programa curricular, na explicação semanal que um amigo zimbabueano dava às terças e quintas à tarde. As minhas sementes já floresceram, dizia Marivate aos amigos, quando se referia aos miúdos, Já vejo o caule despontando; sei que um é mais materialista, é sinal dos tempos que se abrem, outro é mais sonhador, diz querer ser escritor quando crescer, apesar de o ter avisado que essa carreira não dá para ser assumida como profissão no sentido material do termo, mas sim no sentido espiritual. A par dessa atividade, tens que ter uma profissão, filho, e a de professor é a que mais se adequa, em termos de tempo para exerceres a atividade de escritor.

— Mas posso ser jornalista, pai!

— Podes, ninguém te proíbe. Só que o jornalismo é, por vezes, um mau companheiro do escritor.

— Por quê?

— A mão torna-se leve, meu filho, as palavras vêm em catadupa e pensa-se estar em presença de um texto literário. Essa facilidade é enganosa.

— Não entendi.

— Vais entender mais tarde. Agora preocupa-te em ler e escrever os teus pequenos textos.

— A banda desenhada já não me basta.

— Eu sei. Há um livro que vais ler obrigatoriamente na escola secundária: o Nós Matámos o Cão Tinhoso, do escritor Luís Bernardo Honwana. Vais começar por esse.

— Por que é que o tipo mata o cão tinhoso?

— Vais saber isso no livro. E depois empresta-o ao teu irmão. Quero que me contem as histórias. E no teu caso quero o resumo dos contos.

— Não há problemas, meu velho.

— Já podes ir ao banho, Mari!

— Ah, ok, já vou, retrucou Marivate.

Estava longe, pensando nos filhos já crescidos e alheio à cidade já acordada e com as pessoas acotovelando-se pelos passeios do Alto-Maé, a caminho da Baixa ou do bairro Central. O transporte privado era dominado pelas carrinhas amarelas Peugeot que alguns antigos combatentes da luta de libertação compraram, em resultado dos empréstimos concessionados pelo Banco Popular de Desenvolvimento. Muitos, por desconhecimento e sem a vigilância do próprio banco, não se preocuparam com a manutenção das viaturas, e muito menos com a gestão das receitas que iam para os gastos supérfluos e o crescente apetite das amásias sem fim dos antigos guerrilheiros embevecidos com as facilidades que o dinheiro trazia. A Luísa aprontara já o pequeno-almoço quando Marivate se fez ao banho matinal. Aquele era o dia de dar um salto à escola dos miúdos, tal como sempre fazia de quinze em quinze dias. Era uma oportunidade de conversar com os professores, muitos deles antigos alunos seus, e saber do andamento das notas dos miúdos e da saúde do ensino secundário. A professora Estefânia, esposa do Agapito, era a diretora de turma do Kufeni; lecionava Biologia no ciclo secundário. Os filhos, na prática, não tinham grandes problemas no aproveitamento, excetuando os anos em que Magudzo enfrentara a Matemática, seu calcanhar de Aquiles; agora, ao optar pelas Letras, sentia-se dono e senhor e, para o gáudio dos pais, dava-se ao luxo de ser explicador dos colegas com dificuldades na disciplina da Língua Portuguesa e de História.

— Já vamos pai, disse Kufeni em língua Changana, permeada com termos em Ronga, dado que estas duas línguas foram-se miscigenando ao longo de gerações dos que se foram fixando na capital do país, zona ronga por excelência, mas cosmopolita na recepção de outros grupos que não se manifestavam abertamente nas suas próprias línguas, excetuando os vizinhos de Gaza, falantes de Changana, os de Inhambane, falantes de Bitonga e, ocasionalmente, o Chope, grupo que universalizou a timbila. Marivate não se preocupava com os purismos da língua, pois defendia uma abertura à entrada de termos e expressões de outras línguas, como elemento enriquecedor para a língua receptora, no caso o Changana, que os filhos falavam com tal desenvoltura que até os olhos da avó reluziam quando os recebia aos sábados e feriados, Eu estarei por lá entre as dez e as onze, conversando com os vossos professores, E assim fez, depois de tomar o pequeno-almoço, com a esposa que o aguardava à mesa, composto por chá, ovos e batata doce que ele acrescia ao xiquento, termo que em língua local designa os restos aquecidos do prato do dia anterior, muito em uso durante o matabicho.

— A Luísa entregou-me uma carta que estava na caixa do correio.

— É do Água Cheiro.

— Só podia, Mari.

— Desta vez foi rápido.

— Quer despedir-se desta narrativa epistolar.

— Durou séculos, Queta! Irão sobreviver as memórias; só que estas fogem do nicho que a carta carrega, da tia que escreve à sobrinha distante, contando as histórias da família, do pai com saudades do filho, chorando nas sinceras palavras que lhe vêem da alma, do namorado que se confessa à amada. A memória é mais elitista e seletiva nos fatos.

— Teremos, no futuro, como o Água Cheiro prognostica, uma relação epistolar mais efêmera, picuinha. A relação vai-se estender ao desconhecido.

— É o que a tecnologia aponta, neste fim de século. Esses telemóveis que vão surgindo, os Motorola e outros, já avançam com pequenas mensagens. O que será daqui a dez anos? Algo diferente, mas que se pode prever já: as cartas morrem e as mensagens vão crescer e multiplicar-se à dimensão mundial.

— Já tenho muita coisa para atender na vida, Mari. Ficam para ti essas elucubrações. Estaremos juntos no sábado?!

— Claro. O Furtado vai comigo.

— Não há problemas, Mari. Eu acerto com a Bela. Vemo-nos ao fim do dia.

— Certo, minha querida. Almoço com os miúdos e, mais tarde, darei uma volta por aí. Deixaste a carta no sítio de sempre?

— Na tua escrivaninha.

— Beijos.

— Outros.

E saiu com a pasta castanha e a bata branca ao ombro. Luísa apressou-se a fechar e a trancar a casa. Marivate afastou-se da mesa de jantar e dirigiu-se em passo lento ao escritório. Tentava afastar da mente a notícia que lhe chegara ontem. Já pensara o bastante. Queria relaxar, escrever ao amigo, telefonar ao Furtado, conversar com os professores da escola secundária Francisco Manyanga. Almoçar com os miúdos e, na companhia do amigo, dar uma volta pela baixa da cidade.

O chamado escritório tinha duas escrivaninhas, estantes abarrotadas de livros, esculturas em pau preto, em Psikeledane, esculturas feitas à base do tronco da mafurreira, em pedra sabão do Zimbábue, quadros de artistas plásticos amigos, como o Víctor Sousa, Noel Langa, Ídasse Tembe e o Samate Molungo, e uma cama para uma eventual visita à casa. As cortinas estavam corridas. Abriu-as e, com a luz a incidir-lhe no rosto, pôde observar a Mafalala assomando-se por entre os prédios erguidos à beira da estrada de circunvalação, hoje designada avenida Marien Nguabi, em homenagem a um chefe de estado da República do Congo Brazaville, como era hábito nos recentes estados africanos a troca de galhardetes através da toponímia das grandes cidades. E Maputo rebentava pelas costuras com topônimos de dirigentes africanos e do mundo comunista.

Meu Caro Marivate,

Não me poupaste em elogios. Mas avante. A tua última carta soa a uma confissão política. És aquilo a que chamo apolítico político. Recusas a política como profissão, mas ela vive em ti, está entranhada no teu ser. Sei, e acho que me permites esta inconfidência, que o passamento, em circunstâncias estranhas, do teu pai, marcou a tua vida adulta. Deixaste de ser aquele utopista encantado com os discursos da esquerda revolucionária. Hoje és mais pragmático. Ainda bem que não caíste num outro extremo. Acreditas que o sistema da separação de poderes, agregado ao respeito e garantia dos direitos e liberdades fundamentais dos cidadãos pugnados na carta-mãe são, per si, suficientes e encorajadores à mudança de mentalidades. Na minha modesta opinião, Marivate, as coisas não são tão lineares assim. Esqueces que estás em África. A distância que vai da legalidade à justiça é tão longa que nos perdemos pelo caminho. Continua a desconfiar, Marivate.

Eu estou perfeitamente claro da minha condição de preto, neste arquipélago perdido no meio do Oceano Pacífico. Não há ilusões. A luta pelos direitos que se foram conquistando pelos negros americanos desde os anos sessenta, não alteraram substancialmente a condição de preto. Onde quer que vás há sempre uma espécie de onda magnética que te sinaliza e te coloca na condição de preto, de inferior, de subalterno. A luta pela igualdade racial é um verbo presente, por vezes violento. Enquanto aí, meu caro, amanteigam a questão, e não enfrentam o touro pelos chifres. Dizem a todo o mundo que o povo moçambicano é pacífico, não violento, generoso, aberto ao mundo e mais blá-blá. Tudo blefe. A realidade salta à vista de toda a gente: áreas separadas, mundos compartimentados, culturas distanciadas. E como sempre, há pretos para colorir e encobrir as evidências. Com os anos que tenho por estas bandas americanas, não iria suportar esse mundo cínico e subalterno dos moçambicanos. Quando viajam em delegações coloridas (brancos, pretos, indianos e mestiços) todos são amigos, contam histórias inexistentes de vivência comum e até dançam a marrabenta, esse ritmo que se quis nacional. Mas é tudo mentira. Quando regressam, cada um vai para o seu mundo. E a realidade volta a ser a mesma de sempre. Não conseguem discutir os problemas de fundo. Estou em crer que esse defeito não vem do colono, mas dos "camaradas" da luta que foram sempre adiando os problemas de fundo em nome da unidade nacional. Foi a grelha de partida, como bem dizes, que não deu certo. Partimos da equação errada. E as soluções não são as mais desejáveis. E andamos à deriva. Um país não se remenda, Marivate. Um país busca soluções duráveis no tempo. E as soluções não assentam em ideologias de pacotilha, mas em crenças alicerçadas na realidade!

Estou a alongar-me. E como não quero apanhar esse teu vício de falar de política, agradeço a dica do siri siri. Deve ser um prato maravilhoso. Espero estar aí no início do novo milênio, por alturas em que o país provavelmente irá completar dez anos de paz, ou, na melhor das hipóteses, por alturas das eleições gerais. Daremos um salto à Ilha de Moçambique, esse santuário tão venerado por turistas e locais. Eu nunca tive uma queda especial para a nossa Ilha de Moçambique, o tal espaço cantado por Camões. Acho que a memória da ilha está lá, as pedras falam por si, a raiz bantu e árabe deram uma característica africana bem singular à ilha. A cultura portuguesa ficou-se nas pedras e na língua que flutua pela ilha falante de nahara, como bem disseste. Eu prefiro olhar para outros nichos culturais em risco de desaparecerem no quadro cultural moçambicano. A ilha vai recebendo os apoios que merece. Os outros espaços tendem a ser esquecidos. Será que a razão de tal alheamento tem a ver com espaços que não tiveram contato com a Europa, mantendo-se ainda incólumes ao contato com povos de outros continentes? Por vezes inclino-me a aceitar essa ideia. Os grandes apoios geralmente vão aos espaços onde a memória ocidental está presente, ainda que seja nas pedras dos fortes e nas igrejas e palácios coloniais. Concordo contigo: vamos fazer um périplo por esse norte do país. Estou ansioso em saborear o peixe do lago Niassa e os caracóis do interior de Cabo Delgado. Está anotado, irmão.

O abraço de sempre
Água Cheiro

Marivate dobrou as folhas da carta, colocou-as no envelope e, num gesto quase mecânico, juntou-a ao molho de cartas de Água Cheiro. Já eram nove horas e trinta minutos quando se despediu da Luísa.

A Estefânia, esposa do jornalista Agapito, tinha motivos de sobra para estar alegre, radiante. Logo que o diretor da escola a informou que recebera uma bolsa de estudo para a Universidade de São Paulo, no Brasil, não se conteve em si. Abraçou o diretor da escola, quebrando o protocolo não escrito, mas por todos seguido de não transparecer a emoção perante o superior hierárquico, mas ela, no calor da emoção, fez tábua rasa a essas práticas sociais inibidoras da alegria. Pediu de seguida a utilização do telefone da direção para ligar ao jornal. Queria falar com o marido.

— É do jornal? Posso falar com o jornalista Agapito?

— É só um minuto.

— É para já, senhor Diretor.

— Fica à vontade, professora. Compreendo o momento.

— Obrigada, Diretor. Que Deus o proteja!

— Há muito que aguardo pela proteção Dele.

— Sim, meu amor. Sou eu. Nada de funesto, querido. Só para te informar que o meu pedido de bolsa foi aprovado pelo ministério. Irei a São Paulo. Não, não, não é a Católica, a PUC, não! É a de São Paulo. O meu mestrado é em Ciências Biomédicas, querido. Ok. Festejamos mais logo. Beijos. Obrigada, senhor Diretor.

— Tu mereces, Estefânia. E o que é que vais perseguir no teu mestrado?

— Não sei ainda, Diretor. Análises Clínicas, talvez...

— Tens jeito de ficar encafuada em laboratórios.

— Gosto da área. E de dar aulas, também.

— Isso sei eu.

— Bom, Diretor. Agradeço a sua amabilidade.

— Não tem de quê!

— Um bom dia para si, Diretor.

— Bom dia para si também. Festeja. É uma grande prenda de fim de ano.

— É verdade.

E retirou-se do gabinete, pensando no sonho a realizar-se. Nunca saíra do país. Era chegado o momento de tratar do passaporte, e de outros documentos necessários e relacionados com a bolsa. E teria que telefonar aos pais, dando a boa nova. Sempre sonharam com a filha doutora, e agora com o mestrado e um provável doutoramento à vista, os pais ficarão satisfeitíssimos. Aquela amargura étnica da filha ter casado com um indivíduo do interior de Inhambane, falante de Matsua, uma língua secundarizada no tempo colonial, dada a baixa escolarização da população desse grupo etnolinguístico, de nada comparável com o natural da baía de Inhambane, um Bitonga puro, indivíduos da terra de boa gente como se dizia noutros tempos de assimilação, irá passar de uma vez por todas. Agapito de Sousa, nome de registro civil onde, propositadamente, se riscara o apelido linhageiro Ubisse, o mesmo que doce em literal tradução, por os pais quererem que o filho vingasse na escola, dos assimilados e brancos, que frequentou, concluído o ensino na missão católica onde da primeira à quarta classe ia orgulhosamente descalço.

O primeiro par de sapatos teve-o quando se matriculou no então primeiro ciclo preparatório, numa turma de brancos com pretos e mestiços à mistura, na então cidade da Maxixe, a segunda maior cidade da província de Inhambane. Teve a sensação de conforto nos pés e o andar de cabeça erguida, pois não tinha que se preocupar com os pequenos escolhos das ruas e ruelas do suburbano bairro Bembe, onde os moradores, majoritariamente, vinham das zonas interiores de Homoíne e Panda à procura de melhores condições de vida, dada a seca que devastava as zonas interiores da província. Vivia com o seu tio paterno, marceneiro de profissão. O ambiente na pequena cidade, os primeiros namoricos, as idas mensais à cidade de Inhambane, através dos barcos que sulcavam a baía, ligando as duas margens com histórias próprias, sendo Inhambane cidade, a mais antiga urbe, aquela que os portugueses apelidaram de terra de boa gente, apesar da notória islamização, por via das Comores, na população mestiça, mas que em muitos negros havia nomes pomposos a lembrar os nobiliárquicos nomes da monarquia portuguesa como António de Figueiredo, de Almeida, Coutinho, Arouca, e outros que tais. Apesar desta couraça assimilacionista de nomes, da islamização de parte da população, a matriz bantu saiu sempre a ganhar na língua e nos costumes que foram agregando outras culturas, outros significados. Ninguém se afastou da sua ancestralidade.

A culinária, das mais ricas da região sul de Moçambique, tem em Inhambane cidade o seu ponto máximo. E foi nesse ambiente entre Maxixe e Inhambane cidade que Agapito aprendeu a comer camarão, a degustar da matapa com caranguejo e a desligar-se do hábito de comer macacos e roedores. Com o governo de transição, a fronteira entre os assimilados e indígenas foi-se esboroando; o convívio entre os jovens passou a ser mais intenso. E Agapito conheceu a Estefânia numa tarde de domingo na marginal de Inhambane, local onde os jovens afluíam sem interesse de verem o radiante pôr do sol para lá da baía, mas com os olhos adolescentes à procura do par ideal. Agapito esmerava-se no trato, ainda que exíguo, da roupa. Os sapatos reluziam à distância, e o seu sorriso encantador completava o quadro idealizado pelas adolescentes. O governo de transição para a independência estava nos seus últimos meses, quando selaram o namoro com um beijo na altura em que o sol se afundava, vermelho de raiva, no horizonte. Dias depois, entregaram-se como voluntários de apoio à reunião do comitê central do movimento vitorioso na praia do Tofo. Nada sabiam de constituições, ou de lei-mãe, como se dizia nos intervalos do conclave que definiu o rumo de uma nação. Mais tarde, já com olhos de ver, Agapito rir-se-ia da constituição primeira da então República Popular. E dizia, aos próximos, que estivera a servir lanches e cafés aos combatentes pela liberdade. A Estefânia não se dera ao esforço de ler a constituição primeira e nem as que se seguiram, por entender que a sua inclinação ao estudo e dissecação de répteis e insetos era mais libertadora e reconfortante que os artigos insertos na constituição que ninguém cumpria. Não nasci para o mundo da especulação gratuita, dizia, ao querer contrapor-se ao marido que cedo se interessou pelo jornalismo, desdenhando o curso de professorado que a mulher seguiu com admirável dedicação.

— Soube agora que tens luz verde para o teu mestrado, Estefânia, disse Marivate, meio sorridente, abraçando a professora.

— A notícia corre.

— A bolsa é para o Brasil, Estefânia. Todos ambicionam conhecer aquele país irmão pela música, culinária, futebol e, para muito poucos, literatura.

— Esqueces do outro quesito, Marivate...

— Qual?

— Mulheres.

— Ah... certo. O teu marido já sabe?

— Acabo de sair do gabinete do diretor. Liguei para ele.

— Boa notícia.

— Nem tanto. Ele tem que aguentar com o júnior.

— Já é crescidinho.

— Onze anos. Aguenta-se.

— Os teus pais estão cá na cidade. E o Agapito aguenta-se na cozinha.

— Lá isso é verdade. Mas o que me preocupa, Marivate, são as constantes saídas do Agapito. Viagens constantes.

— Há sempre uma solução, Estefânia. Tu sabes que vivemos num continente onde a família alargada é a regra. Há sempre um primo ou sobrinho que possa fazer companhia. Qual a especialidade?

— Ciências Biomédicas.

— É do teu jeito.

— É a minha praia.

— Não te vou roubar mais tempo, Estefânia. Agora que as férias se aproximam, é altura de te despedires da escola. No teu regresso irás para um outro sítio. Se puderes ligar o mestrado ao doutoramento, melhor ainda. Nesta terra não se sabe qual é o dia de amanhã.

— Talvez tenhas razão. Mas há o marido, o filho.

— As opções não ficam pela metade, Estefânia. Tens que assumir o teu projeto até ao fim.

— Não sei se vou aguentar. O nosso mundo feminino tem ainda muitas barreiras.

— A tua geração está quebrando essas barreiras. Avança. Coloca os homens na retaguarda. Cumpre com o teu objetivo.

— Tens razão. Também é cedo para pensar nessas coisas. Vamos deixar o tempo correr.

— Decisão certa. Encontramo-nos ainda por aí.

— Teremos muito tempo para conversar. Cumprimentos à Queta.

— Serão entregues.

— Não queres saber dos miúdos?

— Estão bem.

— Sei.

E viu-o a desaparecer pelo corredor de acesso à direção e à sala dos professores em direção à saída. A arquitetura da escola Francisco Manyanga obedecia aos padrões do Estado Novo: colunas altas, um pórtico com imensos degraus e vastos corredores. Rivalizava, em termos de imponência com a outra que ficava na parte alta da cidade, agora chamada Josina Machel. A fotografia do patrono da escola, um antigo combatente cujo currículo os alunos pouco ou nada sabiam, erguia-se ao alto da frontaria da escola. Marivate desceu pelas escadas, atravessou a avenida Momade Siade Barre e entrou pelo passeio direito da avenida Ho Chi Min. Ia à Casa da Cultura da cidade capital. As nuvens começavam a fechar-se, indiciando uma pequena chuvada ao fim da tarde. Eram onze horas da manhã.

6

O problema que afetava parte da comunidade revolucionária branca tendia, gradualmente, a solucionar-se. As apostas que outrora fazíamos deixaram de ter a importância da fase crítica do desencanto da revolução. Nessa época as mulheres brancas rareavam na praça; e as apostas cresciam à sexta ou sábado, quando havia festa grossa na zona branca. Presumia-se que a companheira de fulano ou de beltrano iria mudar de casa. As apostas cresciam nas zonas dos pretos. Dizia-se que a fulana iria, à moda da terra, deixar à porta os vinte quilos na mala de despejo; outra optaria por se mudar de casa. Aos domingos e segundas, os poucos pretos que frequentavam as farras dos brancos traziam as notícias. Ao tempo, as suecas e holandesas e brasileiras com o estatuto de solteiras não campeavam na praça dos namoros e casamentos. Os irmãos brancos ainda tinham vergonha de dar um salto à metrópole dos pais e avós, depois dos descontrolados vitupérios à metrópole colonial, aos fascistas dos pais e avós, a categórica recusa da ancestral nacionalidade. Alguns reatavam disfarçadamente os laços perdidos; outros, ainda renitentes, tinham esperança na vitória da revolução; mas a maioria já se desfazia dos anteriores laços amorosos com as pretas e mestiças e, na esperança de melhor entendimento cultural, procuravam companhia dos seus.

A notícia corria pela cidade dos pretos que em cafés e bares carentes de tudo, sentiam algum dó pelos conterrâneos brancos privados de afeto. A roleta do fim de semana dava uma provisória alegria a uns, um estado de tristeza mórbida a outros. Ninguém sabia ainda da importância de psicólogos, sociólogos e antropólogos para análise da triste e dolorosa situação que os irmãos brancos passavam. O que sabíamos é que a ausência de amor era um campo aberto ao extremismo político e, na maioria dos casos, à boemia, ao desregramento.

Mas a política, o desnorte na governação, ainda era o grande petisco nos bares e tascas. A notícia da senhora de origem indiana que aproveitou uma inusitada paragem da comitiva presidencial em plena avenida 24 de Julho para, entre prantos desmedidos, solicitar ao prócere da nação a libertação do marido da cadeia, correu a cidade inteira. Ninguém compreendeu a atitude do maior da nação que, sem ouvir os seus subordinados diretos, ordenou ao ministro encarregue da justiça a imediata libertação do marido da senhora que não se dignou de explicar as razões do encarceramento do consorte. O maior da nação lavrou a sua sentença: libertação imediata do homem.

Semanas depois, em cerimônia pública ocorrida num dos bairros periféricos, foram fuzilados seis cidadãos nacionais, em resultado da condenação à pena de morte pelo Tribunal Militar Revolucionário. Com idades compreendidas entre os 21 e 31 anos, os réus foram acusados de contrabando de camarão e televisores; desvio de mercadorias num comboio em que um dos condenados era responsável; assassinato de um padeiro grego de profissão; e de pertença e colaboração com organização clandestina, rebelião armada e terrorismo. O Presidente do Conselho Executivo, responsável pela cerimônia de fuzilamento, argumentou o ato, dizendo que: "Nós somos um Estado que constrói a Paz, nós promovemos e defendemos a vida e a liberdade. Para isso, o Estado e a lei, por vezes, mandam retirar a liberdade ou a vida a um punhado, para proteger a vida e a liberdade da grande maioria. Quando as circunstâncias nos obrigam a fuzilar um assassino, um bandido, um ladrão ou candongueiro é porque estes atentam contra a vida de todo um Povo."

Como de entre os condenados estava um indivíduo de origem asiática que muito surpreendeu a população presente, o Presidente do Conselho Executivo fez questão de sublinhar a reiterada insistência de pedidos de clemência apenas para alguns dos réus (para não dizer um) na base da cor da pele e da riqueza. Disse que estes pedidos manifestam atitudes racistas, discriminatórias e de classe que só por si chocam violentamente com a Constituição da República Popular de Moçambique. Rematou o discurso, dizendo que a dor "reservamo-la às vítimas da exploração e humilhação, e nunca aos bandidos e ladrões!".

Eram dezessete horas quando o pelotão de fuzilamento executou a ordem do tribunal militar revolucionário. A multidão, incrédula e assustada com os tiros do pelotão de fuzilamento que se apresentou com a farda de cerimônia e respectivas luvas brancas, ainda foi obrigada a cantar uma canção revolucionária, enquanto os corpos eram envolvidos em mortalhas e depositados nos caixões de madeira de pinho alinhados nas traseiras de um caminhão das forças armadas. Dos presentes, ninguém levou à letra as últimas palavras do presidente do Conselho Municipal que disse, em voz tremida, mascarada num sorriso: "Que saibam explicar o que viram, sobretudo o seu sentido revolucionário."

Ninguém do topo se fez presente à cerimônia. Não tiveram coragem de sair na fotografia do ato que simbolizava a justiça revolucionária. Fecharam-se nas vivendas guarnecidas por militares e polícias, aguardando pelos relatórios. Os que não podiam dizer não, estiveram presentes: a população do bairro, funcionários públicos, professores, estudantes e outras faixas da população que se manteve na zona delimitada por polícias armados até aos dentes.

Da província do Niassa chegam notícias de arrepiar. Falhado o processo dos campos de reeducação, falhado o processo da chamada Operação-Produção — uma limpeza que se fez nas cidades aos indocumentados e desempregados e outros para povoarem e produzirem e, hipoteticamente, criarem riqueza na província menos populosa do país, mas rica em recursos minerais e agrícolas, eis que o prócere da Nação tira mais uma carta mágica da sua manga: vamos construir uma cidade com os antigos reeducados e os abrangidos pela recente operação-produção na zona erma mas rica em recursos agrícolas: Unango.

A imprensa ocupou as primeiras páginas com a genial ideia. Houve articulistas que vislumbraram uma cidade moderna, com largas avenidas e escolas e hospitais e serviços camarários e bombeiros e tribunais, a rivalizar com outras cidades. Outros avançaram com a ideia de uma verdadeira cidade do homem novo, uma cidade livre do crime, da prostituição, dos delinquentes, dos marginais, uma cidade que não se compararia com nenhuma outra, pois seria a primeira e única a ser erguida pela infalível visão revolucionária do nosso guia: uma cidade que não teria que herdar nada do colonialismo.

O que poucos sabiam, principalmente os fazedores da propaganda, era que a construção da cidade se faria com catanas, facas, enxadas e machados. Os reeducados pouco ou nada tinham como patrimônio. Muitos, por força da ordem que os desterrou, tiveram os documentos apreendidos e nunca devolvidos. Não eram cidadãos legitimados. Já não constavam na lista dos cidadãos da nação revolucionária. Foram riscados do mapa. Os mais recentes, os da operação-produção, não lhes interessava construir uma cidade de palhotas sem energia e água. Preocupavam-se em arranjar formas de regressar às famílias que nada sabiam sobre o seu paradeiro, pois foram compulsivamente detidos nas ruas e avenidas das grandes cidades por não apresentarem um documento válido de trabalho; outros, por inveja, foram chamados às sedes dos grupos de controle e mobilização da população e despachados em caminhões para o norte do país. A pátria deixara de ter valor para estes desapossados de identidade e cidadania.

Como em todas as medidas revolucionárias falhadas, a cidade a construir tornou-se uma miragem. Meia centena de casas de adobe, cobertas de palha, ruas enlameadas, agricultura de subsistência, e muita raiva contida. Os reeducados ostentavam um sorriso que ocultava todas as dores. Ninguém podia falar algo diferente e nem contestar. Desvalidos, andrajosos, descalços e enlameados, com um número assinalável de crianças sem direito a uma escola nas redondezas, porque a mais próxima distava a uns dez quilômetros, alimentando-se de feijão e peixe seco e farinha de milho, os construtores da cidade queriam esquecer o passado e mitigar as dores do presente. O futuro era uma miragem que a realidade subscrevia com letras garrafais. O conceito de cidade para o velho Macamo, homem que viveu nos subúrbios da então cidade de Lourenço Marques, trabalhando como estivador no porto e, em consequência, obrigado, logo de madrugada, a percorrer as silenciosas e iluminadas artérias da cidade de cimento, exceto a barulhenta rua do pecado, de nome real rua Joaquim de Araújo, em homenagem ao coronel responsável pelo planejamento da cidade, próxima do cais de desembarque de marinheiros sedentos de aventuras sexuais e de álcool consumido em terra firme, de modo a cambalearem em jeito dos passos trocados no tombadilho dos navios em dias de fúria do mar, era um espaço organizado, com ritmo próprio e uma vida intensa. Por dias, e não mais que uma semana, os marinheiros adoravam estar em terra firme, convivendo com as putas brancas, mestiças e pretas que a cidade de Lourenço Marques ofertava na já mencionada pequena rua Araújo, uma rua de não mais de seiscentos metros, mas cheia de cores no eletrizante neon das lâmpadas que fazia brilhar a alvura dos dentes das pretas sempre sorridentes nas minissaias e nas perucas e nos cabelos passados a ferro de carvão que deixavam, em momentos de transpiração, um cheiro a óleo de cozinha que os marinheiros, de tanto habituados aos odores do mar, confundiam com um perfume local. As luzes, o movimento, a alegria que contrastava com o pesado trabalho de estivador com sacos e sacos às costas, durante horas seguidas sob o olhar de doente de malária do capataz, seduziu o velho Macamo, à época jovem, alto e espadaúdo, levando-o a trocar o monótono e terrificante ofício de estivador pelo de porteiro nos cabarés da rua Araújo. Se a aposta deu certo em matéria financeira, em estabilidade no seu subúrbio laurentino, nome que levavam os habitantes de Lourenço Marques, foi um fracasso em termos de previsibilidade do futuro, pois o Macamo, de nome completo Ezequiel Saúl Macamo, não sendo um talento em técnicas adivinhatórias, viu-se desempregado com a chegada dos libertadores da pátria que o acusaram de fomentar a corrupção, chamando-o por um nome que nunca ouvira no seu reduzido léxico de língua portuguesa e que se grafara para sempre na sua memória: proxeneta!

Sem se despedir dos mais próximos, viu-se num dos campos de reeducação, numa província não conhecida, aliás não conhecia nada além da sua terra natal e a capital do país que passara a designar-se Maputo. Perdido nas impenetráveis matas do norte, Macamo continuou perguntando aos que chegavam ao campo se conheciam o significado real da palavra proxeneta, ao que respondiam negativamente, uns, outros, querendo-se aventurar na língua de Camões, iam arranjando significados que nada tinham a ver com a sua profissão de porteiro, e muito menos com a atividade lúdica, que a rua Araújo, no seu entender, oferecia a quem se entregava, Porque a vida deve ser alegre e não triste; os que me prenderam, os que me roubaram da minha família, só me deram tristeza. Nunca mais pude sorrir com o coração, hoje o meu sorriso vem da boca. Quando me prenderam, às cinco da manhã, à porta do bar luso, não me deram tempo de despedir dos meus três filhos menores e da mulher que amava. Hoje, passados oito anos, nada sei deles. Devem ter feito as minhas cerimônias fúnebres; jovem, cansada do luto, a minha mulher entregou-se obviamente a um outro homem, a um outro futuro. Devo existir vagamente na memória dessa família perdida. A minha casa no subúrbio deve ter outro registro.

Na cidade que teremos que construir, a cidade moderna de homens novos, conto com uma nova mulher e dois rapazes menores. Pouco sabem do meu passado e, para felicidade deles, nem lhes interessa saber donde vim e o que fiz. As pessoas leem-se pela voz e pelos gestos. Os laços vão se estreitando no contato diário. Na futura cidade não passamos de cinquenta famílias. A pequena cidade é chamada de aldeia de deslocados pelos nativos dispersos em outros aldeamentos que remontam ao tempo da guerra colonial. A palavra reeducado está a cair em desuso. Poucos a empregam, pois consideram-nos, e com razão, de deslocados. E somos. Não nos adaptamos a esta forma de concentração de gente em aldeamentos sem condições básicas de vida. A população autóctone, obrigada a concentrar-se em aldeamentos pela tropa colonial, pouco se adaptou às condições do aldeamento; com o tempo foram ruralizando-se, criando espaços secundários onde mais tempo passam cuidando das suas terras de cultivo, aqui chamadas machambas. A estratégia dos chefes da cidade de quererem juntar-nos nessa espécie de aldeamento que a independência deu o nome de aldeia comunal, visa mais o controle das pessoas do que a produção e o desenvolvimento. Todos, por atávica experiência, têm a noção que a população do campo não está fadada ao trabalho campesino coletivo no meio de tanta terra por desbravar. O que a população quer é o seu pedaço de terra, o cemitério familiar, o santuário aos defuntos, as suas árvores e os seus animais; da cidade que venha o sal, o óleo, o açúcar e os artefatos necessários à vida no campo. Assim foi desde há muito e será sempre. Ninguém aceita esta forma de vida forçada, todos querem a sua casa e a privacidade inviolada. Os mais jovens, os que vieram com a operação-produção, recusam-se a fixar residência nestas despovoadas terras, nestas casas de adobe e capim, nestas terras sem luz e sem água, neste rio de lama que se cola ao corpo em tempo chuvoso, neste fim do mundo. A maioria veio das grandes cidades, viviam em zonas suburbanas com deficitário acesso à água e luz, mas com o fetiche da grande cidade, as ilusões de um tempo feliz ao virar da esquina, entranhados no corpo e na mente. E jamais se adaptarão ao sonho dos da nação. Daí tentarem uma outra sorte na pequena capital da província. A cidade é tão pequena que são apanhados nas rusgas pelos polícias; mas a força da juventude grita tão alto que nós, sem esperança do futuro, vemos na energia dos jovens o elixir que nos falta. Mas não é fácil!

De princípio falou-se muito da futura cidade; tivemos algumas visitas, ofereceram-nos algumas enxadas e catanas e machados. Depois foram rareando as visitas. Os jornalistas começaram a perder interesse. Poucos acreditavam já na futura cidade. Eu que vivi na grande cidade capital, cedo me apercebi do embuste. E como não podia falar, limitei-me a sorrir, sem dizer sim nem não. Sei que uma cidade não se faz só com enxada e catanas e machados. Ao delimitarem os espaços onde iríamos construir as nossas casas, pouco nos deram à desmatação da floresta. Coube-me um espaço entre quatro árvores silvestres que não retive o nome. Aos outros indicaram umas pedras, uns troncos, uns arbustos. O meu grupo, a minha célula, como dizia, era composto por dez famílias. Com o tempo as famílias foram desaparecendo no meio do nada; entranharam-se floresta adentro, fugindo da futura cidade sem luz e sem água. Preferiram o interior desconhecido. Da minha célula sobramos dois. Tive que ocupar os espaços próximos de machambas de milho. Os locais projetados para o aeroporto, o hospital, a escola, o governo da cidade, os bombeiros, nunca saíram do seu estado natural. Na realidade, o vasto espaço que nos concederam, era a cidade dos pássaros.

Nós continuamos a ser camponeses sem grandes possibilidades de escoamento do nosso milho e feijão; continuamos a vender produtos na esburacada estrada de terra batida onde os veículos passam de hora em hora. O silêncio e a música da natureza trauteada pelos pássaros eram, para o nosso consolo, os únicos grandes companheiros que nos restavam nesta tão sonhada cidade do homem novo.

VII

Era o dia da conversa, do desregramento, do relaxamento, dos copos. Diferente dos outros, tinham a quinta em vez da sexta-feira como dia de convívio, da palavra solta. Reuniam-se religiosamente no restaurante bar Malepfu, o mesmo que barba, em alusão ao dono sempre de fato e gravata e com a barba religiosamente aparada, em contraste com o cabelo solto e desgrenhado; era um antigo preso político, dos primeiros destacados a abrir a frente de guerrilha urbana, muito ao estilo do Umkhonto we Sizwe, lança da nação em zulu, braço armado do ANC da África do Sul. A estratégia foi um fiasco e os guerrilheiros acabaram nas celas da polícia política portuguesa. Uns morreram, outros, não suportando uma possível castração às mãos dos algozes, foram delatando nomes e histórias inexistentes; e a minoria suportou, durante anos, o suplício de ser preso político sem direitos universalmente aceites. Malepfu ganhou o hábito de desgrenhar a carapinha nas idas e voltas pela exígua cela. Do hábito de andar de uma ponta à outra na exígua cela, ficou-lhe o vício de não conseguir avançar mais do que os exatos seis passos para frente e para trás quando aguardava, em espaços abertos ou fechados, por um encontro. Na altura da libertação, vésperas do golpe de estado de 25 de abril em Portugal, Malepfu não se emocionou como os demais presos políticos ante a abertura democrática que se avizinhava; preferiu seguir a cartilha do movimento em silêncio. Gesto que o safou da purga que os guerrilheiros vencedores encetaram anos depois da independência. Homem de poucas palavras e sorriso aberto, Malepfu dava-se com todos e, no diálogo com os mais jovens, evitava falar de política, encerrando liminarmente a conversa com o bordão de sempre: é complicado!

Sabendo que no xadrez político não passava de fauna acompanhante, Malepfu optou, durante a abertura econômica, pelos pequenos negócios. Dedicou-se à agricultura nas terras baixas do rio Umbeluzi e, na zona da Mafalala, bairro que o acolheu nos tempos da clandestinidade, abriu um restaurante-bar famoso pelos petiscos de dobrada e cabeça de vaca e de peixe.

O restaurante ficava à beira do asfalto a separar o bairro da Mafalala do bairro do Alto-Maé, exatamente na linha da antiga estrada de circunvalação que delimitava o subúrbio negro da cidade branca. O subúrbio negro continuava intacto e com muita gente de todas as etnias do país à procura de melhores condições. O dono do bar, o Malepfu em pessoa, passava as tardes recostado num dos cantos do restaurante, observando os clientes e recebendo, na mesa reservada, os poucos colegas da cadeia e amigos de ocasião. A todos cumprimentava com o mesmo sorriso que a barba apressava a ocultar.

O grosso dos clientes, majoritariamente jovens, dirigiam-se ao bar para jogar bilhares, novidade que a economia de mercado resgatara do esquecimento. Os mais adultos ficavam-se pelos petiscos e a cerveja e o vinho e a conversa do fim da tarde. O ambiente era compósito. Os que viviam na parte alta da cidade, juntavam-se aos amigos do Alto-Maé, da Mafalala, do Chamanculo e da Malanga, fazendo do Malepfu um ponto de referência dos encontros. Ao cair da noite, e por uma questão de segurança, afastavam-se da zona, procurando lugares mais seguros, bares mais aconchegantes. Era a hora de se transferirem para o bar Pilão que só abria ao cair da noite. O ambiente e a linguagem subiam de patamar e, sem se aperceberem, transmutavam-se na classe média em ascensão.

António Furtado era dos primeiros a chegar. Passava pela antiga casa da família, conversava com os vizinhos e amigos de infância, como o Preto Chibatana, expulso da escola primária por ter esbofeteado a professora branca que dissera, em plena sala de aulas, que o nome de Preto em dose dupla, era o demônio ao quadrado. Preto Chibatana passou a dedicar-se à caça de pássaros que vendia em gaiolas construídas por ele. Na sua casa de madeira e zinco, as gaiolas apinhavam-se no quintal, na sala, no corredor, no quarto e na varanda, chilreando dia e noite. O intenso gorjear dos pássaros dava à casa um conforto que a cidade de máquinas e vozes e gritos não oferecia a nenhum cidadão. Dizia-se que por entre o chilrear de pássaros, Preto Chibatana dedicava-se à venda de suruma, droga que na verdade consumia por, no seu entender, o levar a compreender a linguagem dos pássaros, É verdade, engenheiro Furtado, entendo-me com os pássaros, relacionamo-nos às mil maravilhas na linguagem que só nós entendemos; sou, na verdade, um homem de paz, a confusão que existe lá fora, as vossas guerras, as vossas ambições, não interferem na minha vida, nas nossas vidas; eu não mato os pássaros, eu dou-lhes outra segurança, Furtado, crio outros ambientes, outro modo de vida mais seguro. Aprisionando-os, tirando-os do seu habitat natural, Preto? Isso não, Furtado, eles sentem-se mais seguros nas gaiolas que no céu contaminado, melhor aqui que nas árvores armadilhadas para mitigar a fome, no desenfreado desbaste das árvores, nas queimadas descontroladas. É a tua verdade, Chibatana, É verdade, engenheiro, e Furtado não se alongava muito nesse fio de conversa, preferindo outros assuntos do bairro.

Outro amigo da infância do António Furtado era o mulato Cardoso, o dom Juan do bairro, o tipo que desde a infância pouco se preocupou em estudar, daí que na gíria digam que ele partiu o lápis muito cedo, preferindo dedicar parte do seu tempo à cultura física, através de treinos diários de fisiculturismo, para estar preparado para as incursões sexuais, atividade que assumiu como ofício da sua vida, atirando-se, logo após a independência, como o seu primeiro grande grito de independência, à alcova das mulheres carenciadas dos chefes totalmente entregues aos desígnios da revolução, ao bem maior da nação, descurando o básico, o princípio mais elementar da cartilha revolucionária: a satisfação das necessidades básicas. O mulato Cardoso remendava os erros e fraquezas dos camaradas, satisfazendo sexualmente as camaradas pouco dadas à militância verbal, mas devotas à militância sexual que o mulato Cardoso compartilhava com desvelo revolucionário, cumprindo com as metas estabelecidas, devolvendo aos rostos das mulheres o sorriso que rareava e, para sua alegria, o sempre necessário bom humor, principalmente nos momentos de crise alimentar onde todos resmungavam, o que não era o seu caso, porque deu-se ao luxo de introduzir no bairro da Mafalala o caviar, iguaria não só desconhecida mas pouco apreciada pelos que provaram as ovas do esturjão, porque a malta da Mafalala, os naturais da cidade capital, adoravam como pitéu a salada de alface com o peixe carregado de espinhos bem frito, a chamada magumba, ou o amendoim bem torrado da vizinha da esquina, em vez dessas pequenas ovas que os ricos degustam e os revolucionários dão aos gatos. Os mais letrados, os poucos amigos do Cardoso que suportaram a escola, fingiam saborear o caviar oferecido pela cooperação soviética não tanto pelo gosto, mas por sonharem com o alto patamar da culinária.

Com a abertura econômica, o alvo sexual do mulato Cardoso passou para as suecas e holandesas, fascinadas com o calor dos trópicos e com a simpatia dos locais; passara o momento do sexo pela comida, agora era pelo dinheiro, pelos dólares, pela roupa, pelo calçado e outros bens que o mulato Cardoso fazia questão de usufruir, sem se preocupar com as inúmeras propostas de casamento das cooperantes, encantadas com o desempenho sexual do poeta como o designavam na intimidade. O Cardoso não queria casar e nem sair do seu bairro da Mafalala, pois entendia que ao desligar-se do bairro perderia o vigor sexual e toda a sua identidade suburbana, Eu não estudei, Furtado, a única coisa que sei fazer é foder e, como sabes, isto tem o seu tempo, o motor vai estourar; e essas tipas querem levar-me para essas terras frias onde passarei a ser o empregado que leva o cão a passear pelo frio das tardes de neve, Já imaginaste?!.. Eu, homem da Mafalala, a andar com cães em parques e jardins?!... Não nasci para isso, engenheiro, prefiro ser o que sou, envelhecer na minha casa de madeira e zinco e viver das minhas memórias sexuais.

A mesa preferida ficava no canto oposto da reservada ao dono do restaurante. Furtado ocupou um lugar e pediu a cerveja de sempre, enquanto observava o ambiente e cumprimentava conhecidos. A tarde era ainda criança. Os que almoçaram no restaurante dirigiam-se já para os empregos, revezando-se com os clientes de profissões liberais e outros de ocupações duvidosas que ocupavam as tardes com o prazer de sempre: a fala, a conversa.

A existir uma ocupação excitante para o cidadão nacional fruir é, sem sombra de dúvidas, do campo à cidade, a conversa. Herdeiros diretos da tradição oral, sucessores de um modo de vida onde a oratura é a marca, o africano faz da fala, da oralidade, do discurso não registrado, o seu marco identitário. E os traços desviantes dessa postura, na modernidade, são extremados pelos políticos que acharam como maior atributo, a maior qualificação à atividade política não o estudo, mas o dom da oratória, a persuasão, a capacidade de encantar o "povinho", como a melhor ferramenta para aceder ao voto dito democrático à perpetuação de um mesmo grupo na esfera do poder, aparentemente legitimado por essa maioria da população camponesa ainda com fé na ancestral pureza da palavra dita.

Marivate e Agapito, cruzaram a entrada murada a separar a esplanada do passeio da avenida Marien N'gouabi, em animada conversa. O muro, de cerca de metro e setenta, dava uma certa privacidade aos clientes e, afastava o grupo de toxicodependentes que se faziam à Mafalala à luz do dia, alheios a qualquer recriminação policial.

— Estão bastante animados, disse Furtado, puxando por uma cadeira de madeira.

— Não sabes da novidade!

— Qual?

— O seu a seu dono.

— Há uma semana que não nos vemos, disse Agapito, sentando-se à mesa. Como sempre, fazia questão de cruzar as pernas, puxar levemente as calças pelos joelhos, de modo a que os sapatos reluzentes estivessem à vista de todos. Era um gesto mecânico. Gostava de sentir os olhares fugidios e curiosos, e aqueles que se retinham, por largos segundos nos sapatos, apreciando o brilho, admirando o zelo, o carinho que o dono dispensava, numa época em que os sapatos chegavam em jeito de donativos, já usados e vendidos em bancas improvisadas ou estiradas nos passeios, como se estivessem em montras de uma sapataria socialmente aceite como tal, obstruindo a passagem de pedestres que, às vezes, de forma descuidada, desatentos, desarrumavam a fileira dos sapatos, para a ira dos vendedores. Os sapatos do Agapito, e ele fazia questão de a isso se referir, não eram da calamidade, como era comum designar-se a roupa e o calçado oferecidos pela comunidade internacional, mas importados das grandes praças produtoras do bom calçado.

— Qual é a novidade?

— A minha esposa conseguiu uma bolsa para fazer o mestrado que tanto sonhava.

— E qual é o país?

— Brasil.

— Maravilha, Agapito. Prepara-te para assumir as lides domésticas.

— O que há de atenuante no nosso mundo doméstico é o serviço barato, adiantou Marivate, pagamos uma miséria aos empregados domésticos.

— Mas nós, os tais empregadores, recebemos outra miséria, retrucou Agapito.

— Não é isso que está em causa, o que quero dizer é que, diferentemente de outras latitudes, onde uma empregada doméstica é um privilégio para gente de média e alta burguesia, aqui damo-nos ao luxo de ter dois ou mais empregados com um salário de miséria. Por isso, Agapito, não terás problemas maiores com as lides domésticas. Aliás, as nossas mulheres pouco se fazem à cozinha. Têm uma empregada que lhes faz a honra.

— Tens razão...

— E a ti não te faltam capacidades de mexer a cozinha.

— Claro, anuiu Agapito. Os meus dotes culinários continuam em dia, meus amigos. Eu cresci lá para as bandas da Maxixe, em casa de um tio celibatário. O homem nunca quis ter mulher fixa. No falatório familiar dizia-se que o medo de não fazer filhos o retraiu. Mas são histórias da família. Durante os anos que lá vivi, tive a cozinha como uma segunda ocupação. E quem aprende a cozinhar a nossa matapa e a xima, tem a mão aberta aos pratos do mundo.

— Acredito, disse Marivate... Vamos lá pedir: cerveja para mim, vinho para o estiloso Agapito. Traz uma garrafa, enquanto pensamos o que vamos comer.

— A barriga já não permite grandes aventuras na cerveja. O vinho vai-se sorvendo. O meu companheiro no vinho deve estar a chegar.

— O Tembe é imprevisível, avançou Marivate, sem se dar conta que o homem já transpunha a entrada do restaurante. Era um homem alto, encorpado, como muitos naturais da zona mais a sul do país. Gostava de ter o cachimbo sempre à mão, dizendo ser importante para a sua atividade de consultor, como gostava de se intitular; o cachimbo dava-lhe maior presença e autoridade. Os novos-ricos gostam de aparências, dizia, quando o questionavam pelos fatos e camisas que trocava durante a semana.

Abandonou o emprego que tinha no estado, enveredando pela área empresarial onde, segundo as suas palavras, aconselhava o pessoal do poder a investir em áreas de fácil retorno de capital e a estabelecer parcerias com o grande capital, A nossa classe política acredita que perdeu bastante tempo com as ladainhas ideológicas, e chegou o tempo de enriquecer, seja a que preço for. E eu, Elias Tembe, perante este cenário de mudança de casacos, vejo na nova nomenclatura, a minha grande bolsa de valores. Afasto do meu círculo os de apetência doentia pelo dinheiro, aconselhando-os a ligarem-se aos paquistaneses que estão entrando com muita força no mercado interno. Os mais comedidos, os que ainda preservam a linguagem política de outrora, indico-lhes parcerias com gente ligada ao investimento na área da hotelaria e turismo, na mineração de ouro e pedras semipreciosas, áreas distantes do olhar da população. A pedra de toque está no mar, na grande extensão da nossa costa, no ouro do nosso futuro.

Quem souber investir nesses setores terá o seu capital assegurado. Não me meto muito na agricultura, apesar de a reconhecer como base para o desenvolvimento nacional. Não há dinheiro a sério a ser investido na agricultura. A agroindústria é ainda uma miragem, apesar dos novos-ricos correrem para a criação de gado, mais por ostentação do que pelo negócio. É uma pena num país tão verde como o nosso. Assim se apresentava Elias Tembe, filho do velho Tembe, exímio jogador de futebol do clube desportivo de Mahafil.

— Elias Tembe, filho do velho Tembe Estavam a falar de mim, disse, puxando pela quarta cadeira vaga. Vestia um fato castanho feito à medida, uma camisa branca e, como sempre, sem gravata. Não era amigo de gravatas. Sentia-se asfixiado com as gravatas no calor tropical. Preferia os fatos, ao modismo das roupas africanas. Os fatos tinham a mão do velho Lhongo, um renomado alfaiate da cidade, cujo ofício remontava do período colonial, época em que os assimilados faziam da vestimenta um elemento fundamental para a agregação aos valores ocidentais, acrescido da língua portuguesa aprendida no ensino primário de classes adiantadas e atrasadas, diferente do ensino primário de quatro classes do cidadão português branco, que os pretos tinham de calcorrear com sete/oito anos, começando uma primeira classe atrasada e outra adiantada, seguida de um segunda, terceira e quarta classes, em duas velocidades, atrasando propositadamente a escolarização dos pretos à obtenção da caderneta de assimilação, estatuto necessário ao acesso a empregos como enfermeiro, oficial de administração, de diligência, escriturário, escrivão e outros que os heróis da gesta nacionalista apelidaram, com a veemência revolucionária dos primeiros anos de independência, de profissões da pequena burguesia a desmantelar.

— Estávamos só a apreciar o teu fato, Tembe.

— É a marca do velho Lhongo. Os nossos pais faziam do fato um marco da assimilação, e eu, na continuidade, o fator de sucesso, a acomodação aos novos tempos. É preciso ler os sinais destes tempos.

— Não te importas com o desnível na apropriação da riqueza.

— Tu sabes, Marivate, que neste país nunca houve uma política de apoderamento real do povão. Deram-lhe a palavra, o discurso da igualdade e retiraram-lhes a comida, a roupa e o direito de dizer não. Agora, Marivate, tens o direito de dizer não, de gritares por tudo o que é canto, mas aquele pão, a riqueza ansiada, está em poucas mãos. E estará sempre.

— É a realidade, disse Agapito. Um dos meus hobbies, por acaso, tem a ver com o desenvolvimento. Ando a recortar notícias do jornal onde constam os valores de donativos às emergências, o apoio à saúde, educação, infraestruturas e outras áreas vitais ao desenvolvimento. Quero ver, dentro de vinte anos, o resultado desse apoio estrangeiro ao real desenvolvimento do país.

— O grande desenvolvimento que terás, Agapito, é na corrupção. A maneira como a classe política se aburguesa é o chamariz à institucionalização da corrupção. Esse dinheiro engorda os gestores das partes. Tanto à montante como à jusante.

— Eu não iria tanto a esses extremos, Marivate, retrucou Tembe.

— A ti, Tembe, interessa a superfície, o lado epidérmico da suposta criação da riqueza. Estás te marimbando para a grande maioria sofredora.

— Não te compreendo, Marivate. Numa hora defendes este regime, noutra rejeitas.

— Não é bem assim. O que defendo, neste regime, são as liberdades consagradas na constituição. Eu respiro outro ar, sinto, pela primeira vez, que estou na minha terra. Ontem sentia-me estrangeiro na minha própria terra. Havia os verdadeiros nacionais. E nós, a maioria, tínhamos que mendigar a nossa cidadania.

— Apesar dessa maioria ter tido a consagração na carta-mãe da nação, acrescentou Agapito.

— Claro, mas foram capturados pelos vencedores da gesta nacionalista. As palavras, mais que os atos, venceram. Eles tornaram-se regentes do povo. A felicidade foi atirada ao futuro dos filhos e netos. E os filhos estão aí, mais pobres que os pais.

— Eu não discordo, de todo, contigo, Marivate. Concordo com as tuas balizas. No meu caso, e dentro das liberdades propugnadas, fico-me pelo egoísmo do neoliberalismo. Preocupo-me com a riqueza que se vai criando. O lado distributivo não me compete a mim, Elias Tembe, pacato cidadão deste recanto do mundo. Quero ter a minha vida arrumada. Já me roubaram a juventude. Não quero ser atirado ao lixo como muitos que se enfileiraram pelas palavras adocicadas do poder então vigente.

— Na verdade, avançou Agapito, estamos todos na mesma trincheira. Sofremos e sobrevivemos à nossa resignada juventude. Esta abertura aos ditames que remontam da revolução francesa, a todos nos agrada. Discordamos em alguns detalhes.

— Detalhes que abrem atalhos diferentes no nosso percurso, apesar da amizade. O que é bom, pois aqui não há inimigos para os campos de reeducação e nem para ostracização social e política. É um pequeno grande passo.

— Claro. Vocês, por exemplo, já não precisam de esperar por orientações para realizar o vosso trabalho. Guiam-se pela vossa consciência. Mas eu, como jornalista de um órgão público, ainda dependo desses filhos da puta. Os de ontem e os de hoje. Eles ditam as regras editoriais.

— Mas tens alternativas, Agapito, avançou Tembe.

— Qual?

— Seres independente.

— Treta! Há três alternativas na nossa área: seres independente, de fato, e terminares como um jornalista assassinado; estares ciente de que a tua consciência tem um certo preço, ou entrares no jogo do governo do dia. Eu prefiro fazer o jogo dos homens do poder. Todos que compram o meu jornal sabem que o que escrevo tem excessivas doses de falsidade. Isso ao menos sossega-me a consciência. Não vivo o drama de uma falsa independência editorial.

— E vives a tua vidinha, avançou Tembe.

— Mais do que viver por viver, interessa-me este patamar onde posso observar o desenrolar da História, e ir anotando à margem, como faz Marivate.

— O ofício impele-me, Agapito.

— Mas não ao Furtado.

— Já sabia que as tuas setas iriam virar-se para a minha pessoa. Nem todos têm inclinação para anotações ou memórias. Há os que fazem por impulsos interiores, e outros por quererem deixar um legado. Eu não estou aí, Agapito. O que me preocupa agora é o meio ambiente, o problema do nosso futuro. Para nós é um não problema ainda, mas as consequências da não preservação baterão às nossas portas. Daqui a uma década dar-me-ão razão.

— É sempre bom termos futuristas no grupo, disse Elias. Aliás, a tua carreira induz-te a isso. Vamos comer. Eu vou para a dose de galinha.

— Eu para o porco, disse Agapito.

— Nós vamos para as espetadas, avançou Furtado, como que a acordar para a conversa do grupo. Esteve por algum tempo em silêncio, rememorando a conversa que tivera no dia anterior com o amigo Marivate, sobre o estranho convite. Nunca lhe passara pela cabeça que a alta esfera do poder político se preocupasse com o Adriano Marivate, cidadão concentrado em questões identitárias, áreas que a nova classe dirigente marginalizava, ficando-se apenas pela superfície, pelos atos oficiais onde a autoridade tradicional era chamada para a bênção dos espíritos ancestrais, para as rezas e oferendas a justificarem as primeiras páginas dos jornais dedicadas aos políticos nas inaugurações de estradas sem consistência, centros hospitalares e salas de aula com tetos a sucumbirem em cada chuvada.

— Não sei o que querem de mim, Furtado.

— A luz no fundo do túnel indica um convite à tua efetiva participação política.

— Não tenho o cartão vermelho.

— Hoje contorna-se isso. A questão que se mantém é simples: aceitarias um cargo público de grande alinhamento político?

— Não sou de cargos.

— Mas nota-se em ti uma preocupação latente.

— Não é tanto a preocupação com a minha pessoa, mas com o drama que os chamados intelectuais africanos se debatem entre o aceitar o caminho das grandes mordomias, ao aburguesamento, ou manter-se na mediania, ao nível inferior do salário-mínimo europeu. Este é, talvez, Furtado, o grande drama dos intelectuais africanos. Há os que não param para pensar, atirando-se de corpo e alma aos cargos. É um rebuçado envenenado. Tu entras no círculo e ficas enlameado por toda a vida.

— É o que te intriga?

— Não de todo, pois não há regra sem exceção; o que me inquieta, no fundo, é a grande dificuldade no entrosamento da esfera política com outros setores da sociedade.

— Estás a entrar no campo teórico, Marivate.

— Queria explicar...

— Não, não é isso. A questão de fundo é entre entrares e lutares por certos ideais ou ficares nessa margem confortável, mas incômoda ao mesmo tempo. Essa é que é a grande escolha, Marivate.

— Para te ser sincero, Furtado, ainda não me veio uma resposta clara à questão. Tudo anda enevoado.

— Eu já imaginava.

— Vamos manter em sigilo a nossa conversa.

— Tens um túmulo aqui.

— Sei.

— Estás um pouco distante, Furtado, asseverou Agapito, passando um lenço de papel pelos sapatos.

— Estava a pensar com os meus botões o porquê desta apatia face ao assassinato do jornalista.

— A morte perdeu o simbolismo e a reverência a que devíamos prestá-la, disse Marivate. A nossa guerra civil ceifou um milhão de vidas. E ninguém, nestes poucos anos de paz, foi capaz de erguer um monumento aos mortos sem sepultura digna. Somos especialistas em virar as páginas.

— É verdade. Passamos a vida a discutir se foi uma agressão externa ou um conflito interno, e esquecemo-nos que lutamos entre nós e perdemos entes queridos. O assassinato do jornalista, por mais mediático que seja, não toca o coração de milhares de cidadãos deste país, avançou Agapito.

— E não é o fato de ser branco ou azul, interveio Furtado, é a simples banalização da morte neste país. Comenta-se no dia fatídico e passa à História. Este país nasceu com a morte à ilharga.

— É a nossa verdade. Falemos de outra coisa, malta, mas antes celebremos, como sempre, o nosso relacionamento na diferença, como é moda dizer-se, disse Elias, levantando o copo de vinho.

Além de se destacar com o seu metro e noventa de altura, Elias Tembe era o único do grupo que vivia na zona alta da cidade, ocupando um apartamento com vista para o mar, em plena avenida Julius Nyerere, zona onde elevadores ainda funcionavam com a regularidade desejada numa cidade onde os inquilinos subiam e desciam dez a quinze andares por dia, em forçados exercícios. Os moradores, gente ligada à política e aos negócios, não eram propensos a conversa habitual entre vizinhos, e muito menos a essa forma que se lhes tornara estranha de cumprimentar ao jeito rural africano, onde a conversa, a uma certa distância, geralmente de quatro a dez metros, se alonga, passando em revista os assuntos do dia, a saúde e o bem-estar, as aulas dos filhos, os problemas do vizinho, o falecimento da tia, enfim, uma conversa de cinco a dez minutos, transformando o ato num ritual a que outros povos, de latitudes mais temperadas, nunca se deliciaram a ter, em plenas manhãs, por entre a cacimba, aspirando o ar puro, exercitando as cordas vocais, socializando com a vizinhança, estabelecendo um clima de paz e confiança, daí não terem um termo aproximado a palavra que o ato leva nestas terras do sul: dzungulisa.

Os moradores do prédio, querendo desligar-se do universo rural dos pais e avós, limitavam-se ao bom dia e boa noite, pouco ligando à saúde e o bem-estar do vizinho e muito menos às reuniões da comissão dos moradores, onde se faziam representar pelos empregados domésticos que se limitavam a perguntar pelo valor da contribuição a dar para a melhoria das condições do edifício. Estavam preocupados com outras reuniões mais frutíferas. Elias Tembe dava-se ainda ao luxo de cumprimentar e conversar, de forma cirúrgica, com este e aquele vizinho, por os conhecer na quase totalidade, devido aos imensos contatos encetados na esfera do poder do dia. Para além do apartamento, especulava-se, entre pessoas próximas, a existências de duas vivendas em regime de arrendamento, em seu nome, fato nunca aceite e nem desmentido, pois dizia com todo o à vontade, que no mundo de negócios tudo era possível, bastando para tal ser afável em matérias sociais, recatado nos assuntos políticos, e bastante reservado nos negócios. Saía-se bem no círculo do poder, ao evitar levantar questões, criar atritos, limitando-se, quase sempre, a tratar dos negócios e a ganhar chorudas comissões que regateava com sucesso.

Quando conheceu Agapito quis convencê-lo, dada a simpatia e o jeito que tinha em granjear amizades, a abrir uma empresa de comunicação, mas este declinou, afirmando não ter veia para esse mundo de grandes flutuações, principalmente neste país onde as elites sobrevivem a uma ou duas legislaturas; quando um presidente ascende ao poder, cria a sua elite, repesca alguns do passado e condena os restantes ao ostracismo; prefiro estar neste patamar de não proprietário de empresas e quejandos, Elias, Mas eu não tenho empresas por aí além, Agapito, as que tenho são de fachada, a qualquer momento declaro falência; agora, propriedades, sim, tenho-as bem seguras, São inclinações de cada um, Elias, eu não nasci para esse tipo de stress, prefiro a minha vidinha na imprensa, vou amealhando algum, e contento-me com o meu espaço de liberdade, Estás como os outros, enclausurados na vida acadêmica, reféns da palavra escrita, teses em debate, textos circulando, A vida é também feita destes pequenos grandes prazeres, Tens razão, dá até um certo gosto de estar convosco, ouvir as vossas ideias, sair do meu mundo de cifrões. É certo que não perfilhamos as mesmas ideias. Mas a troca de ideias é sempre salutar. E vocês que cirandam pelas ideologias de harmonização, prestam um contributo bastante valioso ao país. Pena os nossos políticos nada entenderem do debate de ideias; os gajos querem apressadamente mola. Fartaram-se de acenar positivamente para uma ideologia que não perfilhavam. Esses tipos são filhos de pastores protestantes!

— Essa é boa. Nunca havia pensado nisso.

— Vai pensando, Agapito.

Os funcionários públicos saíam por volta das 15:30 e, alguns, por hábito, iam beber um copo no Malepfu, antes de se dirigirem às suas casas nos bairro do Alto-Maé, Chamanculo, Mafalala, Central ou Polana, assim como à cidade da Matola onde o Furtado se deslocava quando se sentia em condições de dirigir; noutras ocasiões, quando o álcool já fazia os seus estragos no corpo, preferia dormir na casa da família na Mafalala, deslocando-se, já pela manhã, à cidade da Matola ou à universidade, na companhia do amigo Marivate que, nessa tarde aparentemente serena, diferente de outras tardes a sua eloquência se fazia ouvir, fingia estar em amena conversa com os outros, enquanto o pensamento procurava decifrar o enigma que o apoquentava desde o momento em que a sua esposa lhe fez chegar a notícia do convite à festa e ao provável encontro em privado com um alto dignitário da nação. O amigo notava o distanciamento no indisfarçável gesto de amassar a parte esquerda do lábio inferior. Era o gesto frequente quando se punha a decifrar os seus enigmas.

— Viva, Queta.

— Aló, chefona.

— Hoje não irei à clínica.

— Já imaginava.

— O teu marido aceitou?

— Com as reservas de sempre, Bela. Mas vai estar presente.

— Boa. Ele não vai arrepender-se.

— Mas o que lhe espera, Bela?

— Nem eu sei, Queta. Coisa de mal é que não será, querida. Cuida de tudo.

— Não te preocupes.

E desligou o telefone, já a preocupar-se com o marido. De princípio não levara muito a sério o convite, pois sabia que o marido, distante das mordomias, não constava na agenda dos políticos. Agora a insistência da Bela já a inquietava. O que reservavam para o marido? Passou a mão pelos cabelos e tentou não pensar. Bateram a porta.

— Entre.

— Bom dia, doutora.

— Bom dia. Ah, és tu, Estefânia!

— Estou a incomodar?

— Não, o teu marido disse-me que vinhas.

— O Agapito nem devia preocupar-se. Eu havia programado ir ao Hospital Central.

— Não te preocupes. Lá a fila é enorme. Aqui ainda temos tempo para uma conversa. Sei da tua bolsa.

— Vou ao Brasil.

— Depois de anos e anos no ensino secundário a aturar os nossos filhos, é altura de dares um salto, querida. Parabéns!

— Obrigada. Sabes, eu nada sei de viagens. A única que fiz foi até Nelspruit, aqui na vizinha África do Sul, para compras. Até dá vergonha dizer isso.

— Qual vergonha, querida. Todos começamos por algum sítio. E vais agora para um país imenso e rico. Não há melhor para tua área.

— Deus te ouça, dra., retrucou Estefânia no seu jeito muito particular de falar quando não estava no seu domínio. Baixava e desviava com frequência o olhar quando se dirigia a alguém distante do seu círculo de amizades. Só se sentia à vontade entre os seus ou em plena sala de aulas, interagindo com os alunos e dialogando com as células e micro-organismos e plantas e animais de que gostava conhecer, em profundidade, as vísceras. Essa inclinação, meio mórbida, no entender dos pais, vinha de miúda e do escarcéu que fazia, para o espanto dos pais, em querer matar galinhas e patos e se deliciar em anunciar, quer em Bitonga, sua língua materna, ou em Português, o nome das vísceras, levando o pai a afirmar que a filha só podia ter vocação para médica, pois de contrário seria uma assassina, pois nunca vira numa criança total alheamento ao sangue expelido em gorgolões nos pescoços quebrados das aves esperneando na agonia da morte. Parca em palavras, Estefânia gostava de se encantar com os seus silêncios, deixando para o marido Agapito a iniciativa de falar e fazer a sala quando as raras visitas se faziam à casa. Apesar de conhecer a Queta há bastante tempo, nunca foram próximas. O Agapito insistira que ela fosse ao gabinete da médica e recebesse as instruções necessárias para a viagem. E foi com alguma renitência que se fez ao gabinete da Queta.

— Não há muito a fazer para a tua viagem, Estefânia. O que se exige é a vacina contra a febre amarela. E temos tido crises de estoques. Convém apanhares a vacina quanto antes. E aí estarás livre.

— Não havia necessidade de te incomodar.

— Deixa pra lá, Estefânia. Vou indicar um médico que te irá encaminhar.

— Agradecida.

Enquanto Queta escrevia um bilhete, Estefânia olhou de relance a sala e voltou à sua posição. Trazia uma saia castanha à altura dos joelhos e umas sandálias de cabedal. Diferente de muitas que adoravam as tranças afro, umas para ocultar o parco cabelo e outras por mero gosto, Estefânia fazia questão de usar lenço, adereço que compunha em diversas formas e feitios, imitando o modo de uso das mulheres da costa norte. Durante alguns anos, por decisão superior, o lenço foi abolido para os funcionários, sob a absurda alegação de o adereço ocultar a falta de higiene de certas mulheres. Puro rebaixamento da condição feminina. Puro complexo de inferioridade cultural. Ostracização de uma marca cultural. Um insulto à vasta comunidade camponesa.

— Pronto, já está.

— Obrigada, respondeu a levantar-se. Já de pé e, com meios sorrisos.

Despediu-se. Saiu como entrou, silenciosa e com um sorriso rápido. De costas viam-se com nitidez as pregas da saia e o tímido avolumar das ancas. Queta abanou a cabeça logo que a porta se fechou.

No bar Malepfu a conversa animava. O número de clientes aumentava com o aproximar do fim da tarde. De tempos em tempos, um conhecido acercava-se da mesa e fazia um comentário sobre o recente assassinato do jornalista, dizendo, como outros, ser prática dos novos senhores do poder o recurso a estratégia já usada de utilização de esquadrões da morte.

— Essa malta está a cair no descrédito, disse Agapito.

— Eles importam-se?, perguntou Elias.

— Não lhes faz diferença, avançou Marivate. A questão de fundo tem a ver com a amnésia coletiva. Esquecemos rapidamente o passado.

— É a fome, Marivate, disse o Elias. A malta preocupa-se com a panela, com a refeição a seguir. Não há tempo de acumular reservas. A democracia não se constrói com fome. Vivemos o nosso neolítico. Não conservamos nada.

— Mas a dignidade, os grandes valores da cidadania não se vergam à fome.

— Em política não há dignidade, Marivate, adiantou Agapito, puxando as calças e coçando, ao de leve, a perna direita. Não estamos aqui a passar por cima de um ato bárbaro, do assassinato de um jornalista que pautou a sua vida por uma sociedade mais digna, sem esta vergonhosa corrupção que se está a instalar?

— É a vitória deles, os corruptos, Marivate, disse o Furtado. Inauguramos uma nova era: a era da corrupção generalizada.

— Eu não concordo com esse ponto de vista, retrucou o Elias. Sou de opinião de que ainda vamos a tempo de erguer os alicerces de uma sociedade aberta, plural e sem esse aterrador epíteto: corrupção.

— Poder, podemos, Elias. Mas donde virá a riqueza dos novos donos deste país?

— Queres colocar a todos no mesmo saco? Não achas que há pessoas dignas, pessoas que se destacam pelo seu empenho?

— Ninguém sai incólume desta nova cruzada, Elias. Todos, em grau maior ou menor, estão lá. E nós que fazemos do tráfico de influência o nosso modo de estar nesta sociedade, estamos lá, nesse saco sem fundo.

— Tira-me desse saco, Marivate, disse Furtado.

— Achas que não fazes parte?

— Estava a brincar. O edifício está a carcomer-se desde os alicerces.

— E qual é a solução, doutor, perguntou Elias com um deliberado sorriso.

— Implodir.

— Vai à merda.

— É para onde caminhamos todos, Elias.

Fez-se um pequeno silêncio. Nas mesas vizinhas falava-se de tudo. Começava-se pelo futebol, com incidência ao futebol europeu, sob a justificativa da má qualidade do desporto nacional, da falta de incentivo às camadas juvenis, da corrupção generalizada, ao compadrio da incompetência, enfim, um rol de argumentos a levarem o cidadão a ignorar, por completo, a realidade nacional e a acionar no televisor o canal estrangeiro onde a qualidade da matéria visionada é, supostamente, infinitamente superior à nacional, mesmo tratando-se de noticiários, porque os da terra eram demasiado alinhados, e daí o apetite masoquista de ver os canais de fora que pouco reportavam sobre a realidade do país, e quando o faziam era pela negativa, mostrando os conflitos, as guerras, os golpes de estado em países próximos e nada da vida quotidiana, dos esforços do cidadão comum em superar as suas dificuldades. O olhar do outro sustentava a análise da realidade nacional nos seus mais variados espectros. O país estava a leilão: a terra, os homens, as ideias, tudo estava à venda.

— Malta, não poderei acompanhar-vos ao Pilão. Tenho uma aula extra amanhã, disse Marivate, mostrando um semblante sério. A cerveja não começara ainda com esse seu efeito de acelerar a língua. E a noite já entrava.

7

Era manhã ainda quando ouvimos alguém gritando: aviões boers! Saímos precipitadamente da sala de estágio de professores e distribuímo-nos, anarquicamente, pelo vasto pátio arborizado. Dei-me por mim deitado de bruços, com o olhar esgazeado vagando pelo céu da cidade da Matola. Eram sensivelmente 9 horas da manhã. Um dia calmo, com as nuvens brancas, os chamados cúmulos, a não incomodarem o lento caminhar do sol já a brilhar. O calor manifestava-se na transpiração que a todos atingia, uns pelos sovacos, outros pelo peito e braços e a testa. Éramos cerca de cinquenta professores provenientes das capitais provinciais para um estágio pedagógico.

Estávamos todos dispersos. Recordo-me de ter visto um professor deitado à beira das escadas do edifício, totalmente exposto. Outros, quase todos, estavam protegidos pelas árvores. E numa clareira por entre as mangueiras, pude ver o tal avião mirage sul-africano voando a baixa latitude, como se viesse de um passeio. Tenho a sensação de ter visto o piloto branco sorrindo, enquanto nos observava como formigas desorientadas e acachapadas. Senti que o piloto ria-se da nossa pequenez, da nossa insignificância ante o monstro voador que passava sobre as nossas cabeças. E aí, aterrorizado, ouvi, de perto, o roncar dos mortíferos aviões afastando-se de nós. Um certo alívio, um sossegar de mãos trêmulas, um balbuciar de vozes, um ufff bem prolongado. Saímos dos nossos improvisados abrigos. Entreolhamo-nos e começamos a sorrir.

Imaginei aquele jovem piloto saindo da base, na altura em que mandava preparar um café, dizendo um simples volto já. E em escassos minutos sobrevoou o território alheio, lançou as bombas e, ufano, sem adversários à altura, saiu do nosso espaço aéreo e regressou à base, pensando no café que ainda devia estar quente.

Horas depois, soube que por falha técnica, linguagem comum nos militares em missão, bombardearam a fábrica de sumos ainda em funcionamento no país. Soube que houve mortos e feridos. Soube também que houve alguns disparos para o ar de AKM. O que não soube é que lições tiraram, os governantes, daquele ato de arrogância, daquela exibição do material bélico a anos de distância do exército a debater-se com fardas e logística e moral.

O que presenciei depois foi o aumento da agressividade discursiva, a fala política aumentou de tom, tornou-se ensurdecedora, inaudível. No seu canto de receptor passivo, a população pedia, em voz baixíssima, maior prudência para com o grande inimigo. Os governantes não ouviam, falavam, berravam, gritavam.

VIII

A casa dos pais de Marivate, no bairro do Chamanculo, era, como muitas da zona, de madeira e zinco; o cimento formava o chão da sala comum, dos três quartos, da cozinha e da casa de banho plantada no exterior, no exíguo mas confortável quintal onde uma frondosa mafurreira dava a desejada sombra em dias de insuportável calor.

Os filhos de Marivate, Magudzo e Khufeni, quando mais novos, faziam da árvore o brinquedo predileto, aventurando-se nos ramos mais consistentes, ou quebrando os galhos frágeis, ante o olhar recriminador da tia mais velha, a Sónia, conhecida por tia chata não só nas reprimendas às brincadeiras de risco, como no rigor que prestava à fala da língua nacional, evitando os exagerados empréstimos à língua portuguesa, ante o desvario dos miúdos, habituados a socorrerem-se desta língua, por ser a materna e de suporte na aprendizagem da língua dos avós, graças à metodologia do pai, diferente da da tia que não permitia o emprego de vocábulos em língua portuguesa, nos dolorosos mas aliciantes fins de semana obrigatórios que passavam com a avó, sempre a observá-los com os olhos lacrimejantes, a testa franzida, o olhar nostálgico, na larga varanda traseira, erguida, como toda a sapata, a mais de um metro do chão, de modo a evitar o alagamento da casa na época das chuvas que tornavam o bairro alagadiço e com grandes problemas de vazamento das águas, razão pela qual os colonos haviam optado pelo uso de latrinas móveis para o escoamento de dejetos. Com a independência, os novos dirigentes acharam desprestigiante o trabalho de recolha de dejetos humanos e, em seu lugar, não foram capazes de montar um sistema de drenagem. O problema estendia-se a outros bairros suburbanos, levando os habitantes, entre infindáveis lamúrias, insultos contidos, a conviver, em épocas de grande alagamento, com detritos naufragando em água mortas.

Fernando Marivate, pai da Sónia, Adriano, Albertina e Lúcia, oficial de diligências compulsivamente reformado do escritório de advogados, após a proibição do exercício da advocacia privada, medicina privada e outras atividades de marca burguesa a extirpar, viu diminuídas as suas rendas, no momento em que vivia num casarão arrendado na cidade da Matola, meses depois de se retirar da sua própria casa no periférico bairro do Chamanculo, devido à escassez de meios de saneamento. Tornara-se bastante áspero no trato das coisas da nação. Deixara de utilizar o tom sarcástico com que falava dos colegas e amigos que conhecera antes da guerra de libertação e os que com ele privaram nas celas da polícia política, passando a chamar-lhes analfabetos, mentirosos, gananciosos, e outras desbocadas palavras que levaram de registro, sua legítima esposa, a chamar-lhe a atenção na língua materna, empregando o universal adágio *a lirime ri dlaya a ñwini*, o mesmo que dizer a língua mata o seu dono, ao que Fernando retrucou, dizendo, em materna língua, *lw'a nga ni nomu a nga lahleki*, o que traduzido se diz Quem tem boca não se perde, E a dona Flora encolheu os ombros, dizendo, em sussurro audível, a *lwango ra yindlu ri tiviwa hi ñwinyi*, o mesmo que o teto da casa conhece o dono. Na verdade, Fernando Marivate não medira o alcance das suas palavras e nem a atenuante de ter sido um nacionalista dinâmico e um preso político acima de todas as suspeitas, pois tivera o concurso de renomados advogados a defenderem a causa com eco na imprensa escrita, o que levou a atenuarem a pena para dois anos de cadeia; os camaradas da independência passaram um borrão no currículo, e, ao cair da tarde de uma sexta-feira de céu ponteado de umas distantes nuvens brancas, ao volante do seu peugeot 504, a caminho da cidade da Matola, foi embater num caminhão militar que, de propósito, reduziu bruscamente a velocidade, levando a parte dianteira do peugeot a engolfar-se na traseira do caminhão militar. Outro carro militar que seguia, a curta distância, o veículo do senhor Fernando, parou no local do sinistro, mandou prosseguir o trânsito, recolheu os dois militares ao volante do caminhão e desapareceu da zona, deixando o senhor Fernando a esvair-se de sangue e sem socorro imediato. Quando os bombeiros chegaram, limitaram-se, com desusado esforço, a tirar o corpo por entre as chapas e os ferros amolgados, inerte, morto.

Marivate haveria de recordar, anos mais tarde, passada a poeira da emoção, cicatrizada a indelével ferida, repostos os trilhos da vida, aquele fatídico dia como o dia em que vira o primeiro cadáver da sua vida; um cadáver totalmente desconjuntado, E era o meu pai, porra! O homem a quem admirava a frontalidade, o homem que sempre nos ensinou a encarar a vida de frente, a saber que nas mãos do homem não nasce capim enquanto vive, o que em língua nossa se diz *mandleni ka munhu a ku mili byanyi loko a ha hanya*, esse homem foi assassinado de forma mais cruel, covarde, sem hipóteses de defesa, um tipo que dizia, Se esses filhos da puta têm coragem que me enfrentem, de caras, como homens, eu não andei a saltar de ramo em ramo, na floresta, escondendo-me do inimigo, enfrentei-os de frente nas celas da polícia política e no julgamento, E lutei como eles pela independência, não esta, isenta de direitos fundamentais, coartada do elemento fundamental na pluralidade de nações que a integram: o respeito pela diferença. Aí falhou-se, filho, por isso estudem, salvem o país da violência que a vai caracterizar! Essas palavras ainda ecoam nos meus ouvidos. E daquele dia em diante, nunca tive coragem de ir a uma cerimônia fúnebre, assistir um enterro, dar a volta ao féretro, cumprir os rituais da morte próxima. A imagem do meu pai estirado no asfalto e coberto por uma capulana cedida por uma desconhecida ainda ciente da dignidade que se devia prestar à morte, tocou-me profundamente. Tinha, na altura, dezoito anos.

Logo que soube da ocorrência, dona Flora mandou os dois filhos mais velhos ao local do sinistro e, numa voz embargada, mas firme, disse às filhas: arrumem a minha trouxa! Amanhã sairei desta casa e deste cimento que está a enlouquecer pessoas. Volto à minha casa no Chamanculo! Não quero receber ninguém no meu quarto! E trancou-se no quarto até ao amanhecer, altura em que se mudou para o Chamanculo, deixando os filhos a prepararem o velório, a receberem as pessoas próximas, a fazerem o protocolo que a morte obriga. À inevitável pergunta sobre a mãe, Marivate foi, em voz bem audível, peremptório: a mamã está muda.

E era verdade. Com a incomum altura das mulheres da região, e o peso das carnes a avolumarem as coxas e as nádegas, Dona Flora, com um andar sempre exuberante, deixou saudades aos que a conheceram na breve estada na cidade da Matola, por não mais emprestar aquela voz grave e profunda que se ouvia com agrado nas quase desertas missas dominicais. Era devota da igreja presbiteriana, tal como o pai, grande pastor e exímio tribuno nas sempre esperadas homilias em língua Changana, lá para Magude, sua terra natal, e zona distante dos olhares perscrutadores da polícia política que pouco ou nada entendia das metáforas na língua dos pretos. Na época os brancos espantavam-se por ver pretos lendo com tanta fluidez a sagrada escritura na língua que sempre acharam incapaz de traduzir os desígnios do Senhor. Eram tempos da meninice da Florinda, a filha do pastor que se encantou com o filho do auxiliar da administração do concelho, o jovem Fernando Marivate.

Depois de ordenar as filhas mais novas para fazerem a mala, e antes de se encerrar no quarto, dona Flora ainda circulou, em jeito de despedida, em silêncio, pela vasta casa, passando pela sala e cozinha, indo parar, por largos minutos, ao quintal onde ainda floriam as couves e o alface e o tomate e a cenoura que tratava com esmero. Não mais voltaria a viver em casas de alvenaria, e nem a vestir as coloridas saias compridas e vestidos e lenços de cores brilhantes, por ter jurado, dias depois, somente usar roupas pretas ou em tons escuros, em memória do marido. Na escolha das capulanas, panos tipicamente da terra, rejeitava liminarmente as de cores mais garridas, preferindo os tons sombrios, as cores compatíveis à solidão a que se submetera, não tanto pelo defunto, porque este a queria alegre e livre depois do seu passamento, mas em sinal de revolta contra os poderosos que tiraram a vida do seu marido pelo simples exagero no uso viperino da língua quando discordava de práticas nefastas à terra que tanto lutou e amou.

Ao aperceberem-se da ausência da dona Flora no dia das exéquias, as poucas ilustres figuras presentes deram-se conta do exagero nos terríveis e mortíferos métodos draconianos a que não tinham coragem de dissentir. Ficavam-se pela reverência e pelo medo. A mais notória ausência foi do Silvestre Muendane, companheiro de cela, amigo e colega na famosa escola de alvor, instituição vocacionada à aprendizagem dos indígenas com o objetivo de obtenção da carta de assimilação da língua e cultura portuguesas. Saíram da cadeia colonial na mesma altura e com a polícia política à alçada. Muendane, como enfermeiro auxiliar, conseguiu um lugar nos serviços sociais prestados aos bairros periféricos mais pobres; Marivate, na impossibilidade de exercer a sua profissão de oficial de diligências nos serviços públicos, teve um lugar garantido como oficial de direito num escritório de advogados. Com a formação do governo de transição, os dois seguiram caminhos diferentes, apesar da amizade que os unia. Marivate foi-se distanciando da política, preferindo pequenos serviços privados. Os encontros, apesar de irregulares, passaram a ser noturnos, porque Muendane temia que a relação o prejudicasse na sua militância ativa. Marivate compreendia o amigo, dizendo que os tempos que se avizinhavam eram os tempos do camaleão. Quem souber se adaptar ao meio, independentemente das suas convicções, irá sobreviver, Mas não é o meu caso, Muendane, eu sou um antigo preso político, Achas que isso tem alguma validade nos guerrilheiros da vitória, Depende, companheiro, Nessa variável, podes ter razão, pois depende da relação, próxima ou distante, com o camarada do gatilho; o teu papel como combatente, na clandestinidade, para a emancipação deste país, foi secundarizado, E eu não alinho com esses novos tiranos, déspotas, Cuidado com a língua, Que me matem, Muendane, eu já não tenho futuro! Custa-te calar e alinhar para o bem dos teus filhos, Se com a outra senhora não me calei ante os desmandos, vou-me calar na minha pátria já liberta? Ou temos a terra livre, ou temos novos tiranos! Esses gajos não te vão perdoar. Que se fodam!

O ritual de há anos mantinha-se inalterado: a meio das manhãs dos sábados, Marivate ia à casa da mãe com os rapazes e a mulher, em seus dias de folga. As irmãs mais novas, a Albertina e a Lúcia, também se faziam ao bairro da infância. A mãe, ao contrário de outros dias da semana, ia à cozinha com a empregada, sua fiel escudeira. Era o dia do prato da mamã. A matapa da casa do Marivate ficava para o jantar ou, em caso de a família se deslocar toda, cancelava-se o manjar, dando folga à Luísa.

Nesses fins de semana de família onde a língua franca era o Changana, com inevitáveis empréstimos ao ronga, língua da capital e arredores, a felicidade da mãe via-se pelo brilho dos olhos. Havia um fulgor próprio quando os netos a abraçavam e cumprimentavam, e ela acenava a cabeça com um sorriso que não denunciava os dentes ainda alvos e completos. A mesa era posta na varanda traseira porque a da frente, dada a altura da sapata, permitia que os vizinhos os vissem e acenassem e os cumprimentassem com o demorado ritual do dzungulisa a que deviam respeitar. Na parte traseira, a privacidade estava garantida pelo muro da vedação de cimento a uma altura proibitiva de qualquer intimidade com o vizinho das traseiras. O ambiente era tão informal que as conversas, de tão animadas, eram sempre salpicadas de humor. Evitavam falar de política, das pessoas do poder, dos governantes que ainda se mantinham no ativo, formulando políticas, aparecendo nos jornais, dando diretrizes na televisão, sempre com o cabelo pintado ou com os fios de cabelo branco bem alinhados, trajados de fatos clássicos, muito longe dos fatos de balalaica que tanto tentaram impingir como farda nacional dos alinhados à política do dia. Os irmãos sabiam que qualquer referência à gente do poder, levava ao entristecimento do rosto da mãe sempre atenta à fala e aos movimentos dos filhos agora crescidos e donos dos seus destinos. Magoava-lhe, no fundo, o fato das meninas não terem conhecido o altar do casamento, muito, no seu entender, por causa dos insultos a que a Sónia esteve sujeita no dia da apresentação do namorado; o pai, sem travões na língua, tratou de afastar o pretendente, um engajado militante de base das células do movimento de libertação, dizendo que a filha não estava para namorar com essa classe de gente, ela merecia outra classe de gente, pessoas estudiosas e não militantes de causas perdidas, juventude sem futuro, Esses não entram na minha família, vai procurar gente da tua laia, rapaz! E assim foi lançada a sina das meninas, acrescida, como sempre nestes trópicos, da falaciosa história do tratamento tradicional não cumprido que resultou na impossibilidade de as meninas poderem ter um noivo e procriar; essa é a maledicência dos que nunca quiseram bem à família Marivate, mas o filho, contrariando todas as crenças, está aí com crianças bem-educadas e feliz no lar que o pai bem abençoaria, pois tanto queria uma filha médica em casa.

Depois do repasto, a mãe, sentada na esteira e recostada à parede de zinco, contemplava os filhos dentro do silêncio interior assumido há mais de uma dezena de anos. Na verdade, os filhos já não sabiam se a mudez da mãe fora um ato voluntário e levado avante durante os penosos anos de guerra e mortes, ou se fora, de verdade, acometida por uma maleita que lhe retirara a fala, colocando-a nessa posição incapacitante de se comunicar com a voz e muito menos com os gestos, pois não era do seu domínio a língua gestual. Recusara toda a assistência médica. Quando tinha uma necessidade maior, comunicava-se com a filha mais velha, a Sónia, através de bilhetes com frases simples e concisas, como, vai comprar uns comprimidos para as dores de cabeça, Não te esqueças dos meus pensos, Sonhei com os meus netos, pergunta à mãe se estão bem, e assim por diante, reduzindo ao mínimo a comunicação. Os filhos, de tanto insistirem, por várias artimanhas, para que daquela boca materna saísse uma frase ou uma interjeição, simples sons vocálicos de admiração, alívio, apelo, dor, dúvida, espanto, nada conseguiram. Manteve-se muda desde o fatídico dia do sinistro. O único momento de certa frescura nos gestos e no sorriso, deu-se precisamente na transição entre a primeira e a segunda república, quando aliviou o luto, passando a usar alguns tons brancos entremeados de cinza. Os filhos notaram uma certa leveza, um repentino rejuvenescimento da mãe. Já se permitia sair de casa e ir ao mercado comprar as verduras ou deslocar-se à casa das filhas ou do filho, percorrendo a pé a avenida Irmãos Rubi, observando os prédios em declínio, a proliferação dos vendedores informais, os chamados dumba nengue, o mesmo que dizer confia nas pernas, sempre em estado de alerta em relação aos fiscais municipais que nada fiscalizavam, mas extorquiam os vendedores que tentavam fintar a fome e o desemprego.

A subida da avenida era, para a sua idade, relativamente íngreme, mas a dona Flora calcorreava-a com naturalidade. Parava, sempre que ia à casa do filho, em frente ao bar Tijuca, um bar já destituído da memória, que encorpava nos tempos em que os jovens pretos filhos de assimilados, frequentando as classes mais adiantadas dos liceus, sentavam e conversavam, no regresso das aulas, ao cair da tarde, entre piadas sobre o futebol e o fado, para despistar olhares curiosos, sempre com um copo de cerveja laurentina, acompanhado de amendoim e tremoços, o bar dos jovens rebeldes dos subúrbios, à entrada da Irmãos Rubi, avenida que levava, em sentido descendente, aos bairros dos negros. A conversa de fundo dos jovens girava, principalmente, sobre a guerra de libertação e os movimentos emancipatórios do Quênia do Jomo Kenyatta, do socialismo africano do Modibo Keita do Mali, do poeta da negritude, o Leopold Senghor do Senegal, do mualimo, o professor Nyerere da Tanzânia e a sua ujamaa, o socialismo baseado na vida comunitária africana; temas que o jovem Marivate, neófito nas tertúlias da Tijuca, mas apadrinhado pelos mais velhos, por ser filho do grande nacionalista Fernando Marivate, o defensor dos valores nacionais, confidenciava à mãe, pouco preocupada com essas matérias da política e de África, pois já lhe bastava o sofrimento e o ostracismo a que estivera votada quando o marido, preso por defender ideias emancipatórias, a deixara só e doméstica, para cuidar dos quatro filhos que conseguiram continuar com os estudos na precariedade da vida suburbana, graças à silenciosa solidariedade dos pobres que partilhavam o pouco que tinham, lutando para que os filhos abrissem outros horizontes no futuro. Coerente com os seus princípios religiosos, a mãe recomendava o filho a prestar pouca atenção a essas conversas subversivas, Não te metas nesses assuntos, vê o que o teu pai trouxe para nossa casa, Ainda temos polícias à paisana rondando por este bairro, Estuda, cuida do teu futuro, filho!

Especada em frente da Tijuca, indiferente aos olhares inquiridores dos transeuntes, totalmente presa ao passado, dona Flora sorria. Ninguém se dava conta que o sorriso da dona Flora, essa idosa mulher de porte ereto, de excessivas carnes a transbordarem das coxas e das nádegas, se devia a profunda e revigorante satisfação que lhe percorria o corpo. Daquele bar, daquela Tijuca sem memória (a memória trancou-se nos que a viveram), saíram, nos tempos das ideias incendiárias, muitos jovens que voluntariamente abandonaram os estudos e entregaram-se ao movimento de libertação já vitorioso, enfileirando-se, após esforçados treinos, na polícia, no exército e nos futuros serviços secretos. Eram os homens novos. O filho, mais conservador, distanciou-se da euforia dos novos tempos. Alinhou na educação. Foi traçando o seu percurso de professor. Será que ouviu a mãe ou seguiu os cáusticos discursos do pai, contrário à interrupção dos estudos?, O país faz-se com saber, filho, e não com remendos, Hoje podes ser válido, mas amanhã serás uma peça descartável! Continua com os teus estudos, dizia, repetidamente, ao filho já decidido a continuar estudando. Se quiseres, entra no seminário que te coloco em Roma e seguirás os teus estudos em Filosofia, Direito ou lá o que quiseres, mas não te entregues a esses gajos!, esses tipos não pensam no futuro, o presente embebedou-os, sentenciava o pai.

Passados os breves minutos de rememoração no passeio defronte ao bar Tijuca, e ante a súbita e passageira perplexidade dos habituais clientes entretidos em matar a lazeira, a dona Flora, revigorada pela triunfante memória, seguia o seu caminho, sempre com passo decidido e altivo. Por essas épocas de maior claridade política, ela gostava de assistir a alguns programas de variedades da televisão, a novidade tecnológica aglutinadora de pessoas nos subúrbios carentes, mas recusando-se, terminantemente, a acompanhar os telejornais e outros noticiários. Não queria ver certos rostos.

Marivate habituou-se à mudez da mãe. E quando juntos, ele demorava-se ao colo, ouvindo os batimentos do coração e tentando decifrar o que ia na mente da mãe, nos infalíveis encontros de sábado, quer chovesse ou fizesse sol. Sabia que o presente dela circunscrevia-se aos filhos e netos, a quem emprestava o sorriso e o fulgir dos olhos irradiando sossego e felicidade. Adorava a nora, sempre esmerando-se em medir a tensão da sogra e a cuidar das dietas e da medicação para a tiroide. Estando presente, a dona Flora gostava de passar a mão pelos cabelos da Queta, demorando-se na zona do pescoço. Era nesses momentos, quando a família se reunia, que o mundo exterior deixava de interferir no sossego da família Marivate. E foram esses instantes de sossego no bairro de Chamanculo, que Marivate filho compreendeu a acertada decisão da mãe de se arredar da grande vivenda arrendada, de se afastar dos vizinhos que gradualmente se metamorfoseavam, adquirindo as cores da identidade ideológica com inevitáveis tiques de superioridade, do gradual distanciamento da base social. A mãe não quis viver no meio da farsa, das genuflexões sem sentido, da uniformidade no coro da obediência. Bastou-lhe ver a mudança operada no amigo do marido, o Muendane, transformado num cadáver vivo, sem voz própria, sempre com medo de ofender os superiores, ele que se atirou à luta nacionalista em pé de igualdade com os vencedores da gesta, hoje feito marionete, um títere sem dignidade no xadrez da nação. A dona Flora afastou-se do demônio do cimento, da alienação, da vestimenta coletiva que os igualava superficialmente, pois no interior de cada um fervilhavam interesses inconfessos, ambições desmedidas, egoísmos desmesurados. Preferiu o seu subúrbio, a zona de origem, lá onde as raízes se tonificaram, onde a solidariedade ainda é presente, e onde a dignidade dos filhos se arreda da constante conspurcação do tempo político presente. Era no aconchego da mãe que Marivate ganhava forças e luzes para enfrentar os escolhos da vida. A mãe era a memória, a memória que o segurava.

— Vou ter que vos deixar cedo, mamã. Hoje tenho um jantar no serviço da Queta, disse meio surpreendido com a frase jantar no serviço da Queta. Não disse festa. Por quê? Foi um ato controlado? Estaria a querer mentir à mãe do verdadeiro objetivo que o levava a deixá-la recostada à parede de zinco? Estaria a mudar?

Enquanto os homens da empresa alugada para os serviços da festa se esmeravam no vasto jardim com vista para a baía, Bela, com um ar sério, conferenciava com o marido na enorme sala de estar da casa. A decoração da sala comum obedecia, em total conformidade com os decoradores, aos padrões europeus. Cores claras e alegres, a condizer com o vasto e sereno cenário que as envidraçadas janelas, a toda altura da parte frontal da casa, propiciavam à baía de Maputo: o sereno mar azul, navios fazendo-se ao porto, alguns iates dirigindo-se à pequena ilha da Xefina, e outros fundeados à distância do olhar da praia, gaivotas sobrevoando as águas de um azul florescente na tarde que crescia sob o sol refletindo-se com menor intensidade nas águas mansas daquele entardecer de sábado. Sentada no amplo sofá que lhe permitia divisar a enorme sala de jantar para doze pessoas, a cozinha aberta, ampla, gourmet, Bela, ainda com o vestido usado na manhã aquando das últimas compras, tinha o dedo apontado para o marido. Notava-se que conversavam há uns bons minutos. O marido, aparentando uma certa calma, tinha os cotovelos assentes nas costas do sofá. Trazia um casaco desportivo e uns tênis que pouco se prestavam à ginástica. O olhar dela era sentencioso. A voz alteava-se:

— Não quero a tua puta na minha festa, Teodoro!

— Ela é uma simples secretária, querida.

— Não venhas com merdas. A tua putice é fora da minha casa.

— Não vamos discutir, Bela.

— Ainda bem. Vou receber pessoas bem colocadas e não quero que vejam a tua vergonha. Aliás, eles já sabem das tuas merdas. E quero-as lá fora!

— Já tens as ideias feitas...

— Claro, homem... E não faças essa cara de sonso para mim. Conheço-te, Teodoro!

O marido repousou o rosto entre as mãos, tentando sorrir. O esforço foi em vão. A voz da mulher manietava-o. Na presença dela sentia-se inibido, inferiorizado. Qualquer tentativa em sair da clausura redundava num inteiro fracasso. A presença dela esmagava-o.

— Quero que te portes à altura, Teodoro.

— Conheces-me, querida!

— Se te conheço!

— Quem virá dos grandes?

— Essa é a minha agenda, Teodoro.

— Entendido.

— Vou tomar um banho.

— Vou sair por uns instantes.

— Trata de afastar as moscas, Teodoro. Eu não mordo, devoro!

O marido não respondeu. Viu-a, rindo-se, levantar-se do sofá e caminhar para as escadas em direção ao andar superior. Tinha um passo bamboleante, dengoso, mas firme e triunfante nos saltos altos. O chão de madeira envernizada não a atemorizava. Tinha tudo sob controle. Sabia, de há muito, que o seu jovem marido estava nas suas mãos. Isso tranquiliza-a e, no íntimo, excitava-a, libertava-a. Sentia-se vitoriosa. Teodoro desviou rapidamente o olhar e reteve-se, por momentos, nos quadros de Malangatana e Chichorro, seus pintores de eleição. O Malangatana apresentava rostos sombrios, doloridos, distantes, a corresponder, talvez, à fase negra que passara, a mando superior, como burocrata numa província nortenha; ele que sempre se assumira artista, vira-se compulsivamente a realizar trabalhos de mobilização; o quadro do Chichorro era o lado oposto: cores vibrantes e alegres, a fazer emergir os ritmos das violas nas alegres noites suburbanas. Teodoro não se ateve a esses detalhes, limitando-se a apreciá-los superficialmente, de forma a afastar a voz dominadora da mulher que ainda ressoava aos seus ouvidos. Pegou nas chaves do carro, entrou pela porta da garagem, deu um sinal ao ajudante de campo e fez-se à estrada. A sua mente, o seu corpo, a sua energia, impeliam-lhe aos braços da Denise, sua secretária, sua amada, sua amante. Amar-se-iam, de verdade? Não lhe interessava se era amor ou paixão, importava-lhe perenizar o presente, abolir o futuro, esquecer o passado. Tinha a seu dispor três horas de tempo. Sorriu. A tarde caminhava para o ocaso.

— Antes de ir ao jantar na casa do ministro, irei passar pelo jornal, Estefânia.

— Queres que te deixe na redação?

— Não vai ser preciso. O Chico vem me buscar.

— Privatizaste o homem.

— Paga a empresa, querida. Para que é que vamos gastar o nosso combustível?

— É a caminho da casa dos meus pais. Nós vamos lá jantar.

— Sei. E devia estar convosco, mas sabes que não posso, Estefânia.

— Sei.

— Dormem lá?

— De princípio não. Mas vai depender de ti. Regressas cedo, queres que te vá buscar quando o jantar terminar?

— Não será necessário. Apanho uma boleia. E espero estar em casa por volta das 23h. O miúdo?

— Está a jogar à bola com os vizinhos.

— Um dia destes ainda me vem com a perna partida.

— Ele adora futebol.

— A questão não é adorar ou gostar, Estefânia. O problema está nos campos dos bairros. Agora que privatizam tudo, há oportunistas aproveitando-se dos espaços de lazer dos miúdos e não só. Os campos de terra batida estão a desaparecer. Todos procuram o documento de uso e aproveitamento da terra. Querem fazer negócios. E por tuta-e-meia os funcionários e alguns chefes facilitam a vida desses pilhantes. Os miúdos já não têm espaço para o desporto. Brincam nos passeios e nas estradas. Já viste o perigo?

— Sei do perigo. Mas não seremos nós a mudar.

— Temos que alertar.

— Só vamos passar a vida a ladrar.

— É preferível a ficar calado.

— Queres comer alguma coisa?

— Tens algum petisco especial?

— Arranja-se sempre.

E foi à cozinha. Trazia um vestido de casa, desses que as mulheres, de tanto uso, reservam para o espaço caseiro: vestido comprido, desbotado, sem mangas. O apartamento, espaçoso, com três quartos, duas casas de banho, sala de estar e de jantar separadas, situava-se na fronteira entre os bairros do Alto-Maé e Mikadjuine. Agapito não sabia ao certo se estava num ou no outro bairro, apesar de geograficamente se situar no Mikadjuine, bairro cada vez mais degradado, com casas e prédios de dois a quatro andares com grandes problemas de infiltração, ausência prolongada de água na canalização, paredes lascadas, tinta a ruir, fossas entupidas. Agapito teve a sorte de calhar num prédio de três apartamentos ligeiramente conservados, graças ao apoio entre vizinhos na pintura exterior e na manutenção da motobomba que permitia a água circular pelas torneiras de todo o prédio. O vizinho do primeiro andar, indivíduo de meia-idade e de origem indiana, dono de lojas de comércio a grosso e a retalho, tinha um domínio incomum das línguas faladas no sul, por causa do avô, proprietário de casas de comércio pelo interior, que fizera fortuna na comercialização do milho, amendoim, castanha de caju e outras matérias primas. Os filhos e netos, seguindo a inevitável tradição das castas, foram acumulando experiências na arte de bem comprar e vender. Jardanás, seu vizinho, como bom comerciante, era confidente do mestiço Ferraz que ocupava o andar térreo e sobrelotava o enorme espaço traseiro da garagem e dos quartos dos empregados, com carros avariados dos clientes. O prédio era conhecido como o prédio da garagem do Ferraz. Agapito e o Jardanás não se preocupavam com a oficina, o óleo de motor alagando o chão da garagem, o roncar dos carros, a conversa destravada dos mecânicos, dado o compromisso do Ferraz em garantir a manutenção dos carros dos vizinhos e a segurança do prédio, garantida por quatro guardas a revezarem-se em turnos de dois. Os carros do Jardanás e da Estefânia tinham a sua vida útil assegurada.

A vida entre os vizinhos do prédio era de grande cordialidade, apesar de Agapito ter começado a notar o gradual distanciamento de Jardanás. Era o capital a ter os seus efeitos: se antes, no tempo dos pais e avós, a aproximação aos pretos e à sua cultura era fundamental na transação comercial, agora o capital começava a internacionalizar-se. Os interesses de Jardanás extravasavam as fronteiras nacionais, entravam em espaços que exigiam outros passaportes, outras nacionalidades, outras línguas. Este nosso vizinho, dizia à mulher, vai ser o primeiro a abandonar o bairro. Vai-se mudar para outras zonas onde a sua comunidade tenderá a agregar-se e a prosperar melhor. É a lei do capital, Estefânia. Disso nada entendo, Agapito; sei que os dois filhos mais velhos estão estudando em Durban. Os mais novos confidenciaram ao nosso filho. Tenho razão, disse para os seus botões. Era a migração do capital, novas relações estabelecendo-se. Não era ele, pessoa física que se transferia, era o capital que o movia, que o transformava. A língua não era mais o Changana ou Chitsua, mas o Inglês. E os fatos começaram a avolumar-se: demoradas ausências em viagens de negócios, transferência dos filhos menores para uma escola privada com o ensino em Inglês, viagens da mulher para Durban, sob alegação de acompanhar os filhos, contratação de um motorista privado, encontros noturnos com parceiros de origem indiana, e a língua hindi a despistar qualquer entendimento.

— Qual é a surpresa, Estefânia?

— Água e sal de cabeça de peixe.

— Vou ter saudades tuas.

— Por causa da comida?

— Não só, mas, acima de tudo, da tua entrega à casa, à família.

— Há os que me chamam conservadora, pouca aberta ao mundo, às novidades.

— Amo-te assim mesmo, Estefânia. Adoro os teus silêncios, esse teu aparente afastamento deste mundo cada vez mais selvagem. Somos, no fundo, dois conservadores.

— Tu adaptas-te facilmente. É o teu caráter.

— És a futura cientista, amor. Precisas de silêncios, de espaços reservados.

— E o meu marido na gandaia.

— Sabes que não é bem assim. E beijaram-se sofregamente. Os corpos enlaçaram-se. As mãos, feitas serpentes coleando, deslizavam pelos corpos. Os seios estremeceram com o calor das mãos serpeando as dunas. As unhas dela picaram com maior vigor as costas do marido. Os lábios atiraram-se ao pescoço. A campainha tocou.

— Caralho!

— Deve ser o miúdo, disse ela, e recompôs-se, sorrindo.

As mesas, cobertas de toalhas brancas, espalhavam-se pelo jardim iluminado; ao centro, um estrado montado a propósito para dança e o DJ ensaiando músicas da atualidade; a dona pedira músicas românticas, entremeadas de músicas nacionais de qualidade, Não quero barulheira na minha casa, a música tem que condizer com o ambiente, afirmara ao contratar o DJ. Sobre o estrado luzes fluorescentes. A baía, refletindo a luz lunar nascente, parecia beijar o jardim, as vivendas sobranceiras à baía calma e tranquila. Pela marginal, os carros passavam à velocidade de passeio. Os convidados iam chegando. Bela (num primeiro momento) e Teodoro, vestidos a preceito, iam recebendo os convidados. Eram dezenove horas.

8

No dia que tive em mãos o boletim de voto, o meu primeiro boletim, e exerci o direito de escolher o presidente para o país e o partido a governar, fui acometido de uma estranha sensação. Senti, naquela mistura de alegria e ansiedade, que o exercício democrático a que me sujeitava estava já inquinado de vícios. Ao sair da sala de voto, e observando a enorme fila de votantes conversando e rindo e discutindo, dei-me conta da legitimação de uma nova trapaça. O meu voto, acrescido a outros milhares de votos, servia à legitimação no poder de uma vintena de indivíduos. No momento não tive tanta clareza, a ideia redemoinhava na mente, mas a certeza desenhava-se ao longe, titubeante, na tela da memória, como o momento da validação de um grupo no poder por muitos e muitos anos. Não importava o peso ideológico, o projeto de sociedade, o bem-estar coletivo, mas a manutenção no poder, o jogo de alianças, a compra de consciências. Sob a batuta de poucos, o grupo reproduzir-se-ia com uma celeridade nunca vista, porque o gene luciferino, poder e glória, poder e dinheiro, foi, desde os imemoriais tempos, apetecível à alma humana.

Confidenciei a um amigo de ocasião, a minha inquietação ao sufrágio, dizendo que o ato levantaria, doravante, o pano que encobriu, desde a aurora da independência, as diferenças regionais e os grandes apetites pelo poder. Não se tratava de assumir a alternância, como característica do exercício democrático, mas o jogo, no mesmo grupo partidário, do agora sou eu, amanhã és tu. O que importava para tal era desqualificar o outro, o estranho que ousasse concorrer ao predestinado bolo. A política esvaziava-se do seu verdadeiro conteúdo: o serviço público.

Até certo momento não me preocupei tanto com as inquietações que, por vezes, afloravam-me na mente. Como muitos, quis acreditar na mudança, na carta magna que abracei, na constituição democrática abrindo os horizontes da liberdade, do livre pensamento e do supremo direito de dizer não. Quis acreditar. Quis relevar certas práticas contrárias ao texto normativo, acreditando serem erros de percurso, escolhos a ultrapassar. Mas os constantes atropelos foram dissipando as incertezas. E quando me dirigi, pela segunda vez, à mesa de voto, o desapontamento era enorme. Vi, a caminho da mesa de voto, centenas de jovens comemorando a folga em barracas e bares e restaurantes. Em muitos denotava-se um certo cansaço, resultante da noite em branco ou mal dormida. O voto não lhes interessava. A política, de tão recente na agenda, era ostracizada. O argumento, simples mas aterrador, era o de as cartas estarem já viciadas.

Na minha assembleia de voto havia gente de meia-idade, um número elevado de mulheres, jovens engajados, funcionários públicos a quererem a marca da tinta no dedo, e alguns com o semblante carregado. A estes a tendência do voto, o sinal a constar, estava já marcado nos rostos sombrios.

IX

Caro Água Cheiro,

Acabei tendo uma semana terrível. Tive, durante noites, a sensação de o mundo desabando sobre mim. Na verdade, surpresa minha, não devia ter sido acometido por tais sentimentos. Pensei sempre que o meu percurso de adulto não se abalaria com coisas triviais, no meu entender, mas a realidade, Água Cheiro, transcendeu-me.

Há dias, sábado passado, houve uma festa de arromba na casa da proprietária da clínica onde a Queta presta serviços. A senhora, de nome Anabela, está casada com um ministro da nova vaga de políticos. O pretexto da festa era um aniversário da clínica, mas na verdade foi um ato exibicionista da nova elite, uma oportunidade de fazer chegar os serviços à massa endinheirada e, no fundo, nos bastidores, entre quatro paredes envidraçadas, num escritório no terraço da vivenda, foi reservado o meu encontro com uma alta figura da nomenclatura. Mas até lá, aconteceu o ritual, a festa de iniciação, o rito de passagem.

Durante a semana que antecedeu à festa, a Queta, incrédula, foi a mensageira do estranho convite; insistiram na minha presença, dizendo que uma alta figura queria falar comigo. O que me deixou, de princípio, boquiaberto foi a escolha do momento e do local: uma festa e a casa de um ministro aparentemente distante do caso. Depois, à medida que os dias se aproximavam, dei-me conta que o local e o momento faziam todo sentido, na medida em que o assunto iria ser tratado num espaço informal e, a não concretizar-se, seria mera efabulação de possíveis especuladores. A curiosidade em tentar saber o que os movia foi suficiente para aceitar o convite. Pedi que o meu amigo Furtado me acompanhasse.

Nunca havia estado numa festa dos nossos nababos. A casa de três pisos, vista do amplo jardim virado para o mar, é, a todos os títulos, suntuosa. Não faz parte das casas herdadas do tempo colonial. É uma vivenda nova, amplamente envidraçada no andar térreo e superior. O sol, a emergir todo vermelho da baía, na zona da Costa do Sol, deve dar um brilho desusado à cor branca da casa, ao verde do jardim e ao azul da piscina refulgindo ao céu azul.

Quando chegamos, já ao entrar da noite, pude ver, no jardim cuidado por mãos profissionais, luzes brotando da terra, como ilhas de fogo. As mesas espalhavam-se pelo espaço aberto do jardim, os convidados, em número superior a cem, vestidos a rigor alguns, outros, habituados ao ambiente, vestidos com roupas leves, próprias para o calor da época das chuvas, conversavam, de pé, sentados, num à vontade, desfrutando as bebidas servidas a gosto. Tirando uma ou outra personagem sem grande relevo na administração pública, não divisei, ao longo do jardim, as tais altas personalidades do estado. Pensei que estivessem ainda por chegar, mas os carros protocolares estacionados ao longo do carreiro que levava à garagem indiciavam o contrário.

Estavam algures, pensei. E tinha razão, pois viria a testemunhar a presença de tais altas personalidades acomodadas, no último piso da casa, mais próximo das estrelas.

O Furtado e o Agapito, em mesas diferentes, ambientaram-se rapidamente ao meio onde o Inglês, o Francês, o Alemão e o Português eram línguas francas. O Russo, outrora veicular na classe dominante, fora arredado do espaço da nova elite. As línguas nacionais estavam aprisionadas nas consciências embevecidas com o luxo de pedinte, pois poucos se atreviam, em momentos de euforia, a desenlaçar expressões idiomáticas das ancestrais línguas. Aqui e ali, como espécies raras, via-se um branco e um indiano, entre a maioria preta e mestiça, brindando, falando e rindo. O país real, o país da progressiva miséria, das assimetrias, da mendicidade, estava nas gavetas, nos montões de papéis aos credores, nas intermináveis equações para o desenvolvimento que sempre tarda.

O marido da Bela, o jovem ministro Teodoro da Silva, recebeu-nos com calor, dizendo, entre outras baboseiras, que lia com muita sofreguidão (foi o termo usado) textos meus sobre a importância das línguas bantu na identidade nacional. Limitei-me a sorrir e a agradecer o desperdício de tempo, de tão precioso a alta figura, em ler os meus textos em alguma imprensa, ao que, sagazmente, ripostou dizendo haver sempre tempo para se dedicar à alta cultura. E, mudando de conversa, falamos de banalidades durante os breves minutos que a Queta demorou na cavaqueira com a patroa.

A impressão que o ministro me deixou foi a de um jovem arrivista ciente das fragilidades da classe política tradicional. E o que me irritou nele, foi o sorriso sempre presente perante quem se aproximasse, denotando uma simpatia forçada; O seu aspecto chique, a contradizer com o austero visual do político tradicional a que nos habituamos é que granjeia alguma simpatia nos jovens. Além disso, há o desusado fascínio pelas notícias que dão conta do seu trabalho; A aliança com o Agapito (este prefere a palavra contrato), revela-se perfeita: o trabalho do ministro ocupa, invariavelmente, duas vezes por mês, a segunda ou a terceira página do matutino da praça; segundo o Agapito, o ministro pedia, encarecidamente, que não o colocassem na primeira página porque esta é do líder e dos que lhe são próximos. Bastava-lhe as páginas interiores. Estas pinceladas revelam o caráter do jovem ministro.

É provável que me perguntes se há, de fato, ambições políticas nesta geração de políticos — desculpa a redundância. Acredito que não, pois a sobrevalorização da vertente econômica leva a que as apetências de ordem material se sobreponham a tudo. O espírito hedonista está a assenhorear-se do país. Ninguém fica impune a esta maleita. A promiscuidade é de tal ordem, Água Cheiro, que não sabes onde termina o espaço público e começa o privado.

À nossa mesa estava um casal de médicos a exercer funções na organização mundial de saúde. O marido fora, em tempos, um grande dirigente no ministério que tutela a saúde. Os grandes voos políticos que dele se esperavam goraram-se, agora anda pelo terceiro mundo, como um caixeiro viajante moderno, aviando novas receitas às endêmicas doenças que abalam o hemisfério sul. Quiseram travar conversa em Inglês, mas ripostei em Português, com umas pinceladas proverbiais bantu. A Queta ainda aturou uns minutos em Francês, mas viram que o terreno não era propício a tais empreitadas linguísticas. Ficamo-nos pelo Camões que já fazia bem à saúde da nação.

— Achas que o ensino bilíngue trará resultados palpáveis?

— Depende da posição que estiver em relação aos pontos cardeais.

— Não entendi.

— Para uns é benéfico, para outros é indiferente. Os vossos filhos quantas línguas falam?

— Duas.

— Alguma bantu?

— Nenhuma.

— Acham que estão completos?

— Como?

— Com quê é que se identificam?

— Bem... É complicado. Vimo-nos à nora em alguns países, principalmente nos de colonização anglo-saxônica. Os miúdos sofreram bullying. Mas o Inglês é o passaporte internacional.

— Eles precisam de uma morada.

— É verdade.

— O Português por si só não basta.

A Queta mudou de conversa, enveredando pela medicina e os cuidados preventivos em África. A diplomacia dela salvou-me. Concentrei-me na carne estufada. O vinho que, como sempre, era, majoritariamente, português e sul-africano que Furtado tanto apreciava, por conhecer, como poucos, as diferentes castas do vinho austral, reconfortou-me. Por comodidade e um veio umbilical, escolhi o Dão, um vinho tinto bem encorpado.

À hora da sobremesa, Bela chegou-se à mesa e convidou-me a entrar na mansão que não deixei de elogiar, por ser, de fato, bela, ao que ela, num jeito emotivo, apressou-se a dizer que a casa fora por ela idealizada e que nada tinha a ver com o Estado, é minha, fruto do meu suor, Não assumem em conjunto o patrimônio, perguntei, Não, não, cada um tem o seu, E entramos no elevador que nos levou ao terraço onde mais de uma dezena de individualidades, a nata do poder executivo e partidário, se refestelava com uísques e vinhos e gins e charutos e cigarros e cachimbos. Não vi, no meu atento olhar boêmio, a nossa cerveja, a bebida social. Tudo o que se apresentava pertencia a outra esfera. De prata as facas, os garfos, as colheres; de cristal os copos reluzindo à luz do luar; da mais requintada porcelana portuguesa os pratos em repouso depois da fausta refeição.

O espaço, largo, ocupado por cerca de uma vintena de personalidades, tinha uma vista deslumbrante para a baía de Maputo. A lua, a cortar as águas, chegava ao terraço com o seu brilho natural. Ao redor das paredes de meia altura irradiavam luzes em tom azul a suavizar o ambiente dos convivas deliciando-se com as bebidas servidas por jovens mulheres vestidas de saias curtas e justas a delinearem os corpos dengosos. Os casacos repousavam nos recostos das cadeiras aveludadas. Conversavam, riam, sorriam, bebiam e aspiravam com redobrado prazer o ar do poder, o gozo de ter um país nas mãos. Por entre sorrisos dirigidos aos dirigentes amigos e conhecidos e confidentes, Bela encaminhou-me para uma pequena sala totalmente envidraçada, e parca em mobílias: uma escrivaninha, um amplo sofá, uma cadeira de descanso, uma mesa de centro, uma estante com livros de ocasião e garrafas de bebidas secas, um computador, uma pequena geleira e o mar à vista.

Ao receber-me simulou um gesto de se levantar. Lançou um sorriso cortês e indicou o espaço à sua esquerda, na vasta poltrona, para me sentar. Sem me perguntar, a Bela fez questão que me servissem uma taça de vinho. Trazia uma túnica ao estilo que Mandela popularizou.

A surpresa e a curiosidade que estas personalidades despertavam desvaneceu-se com o tempo. De tanto estarem nas cadeiras do poder ou em seu redor e nada fazerem, o brilho de outrora empalideceu, a áurea que trouxeram dos tempos da luta esvaneceu; os corpos encaneceram, as carnes tornaram-se flácidas, as rugas instalaram-se teimosamente nos rostos e nos braços: a morte instalara-se na vida destes homens. O dia e a noite, a miséria e a riqueza, a máscara e a realidade, o vazio do ser, entrosam-se. Uma dualidade litigiosa persegue estas personalidades ávidas de sangue novo para fertilizarem as decadentes veias. Querem a todo custo manter-se ao leme.

Não direi o nome da personalidade, mas é das mais gradas figuras do mundo da política. À medida que falava sentia dó da pessoa. Fui apercebendo-me que a longa permanência no poder exaure o indivíduo intelectualmente, torna-o solitário, uma solidão que o leva a estar sempre à espreita pelos cortinados entreabertos das janelas protegidas das mansões e apartamentos do poder. Muitos carregam o pesado e inútil fardo de não terem outra atividade fora da política. Não sabem fazer mais nada na vida. A gestão do país confunde-se com eles. As decisões mais importantes da terra passam pela peneira central, pelo crivo censório destes senhores do grande feudo que é a nação.

A abertura econômica levou-os a enveredarem, com uma insaciedade doentia, aos negócios privados com o indecoroso respaldo do erário público, do tráfico de influências e do silêncio de todos. Levam a política, com todos os seus desmandos, à economia privada. E a desgraça está à vista, Água Cheiro.

O nosso tempo de conversa, o tempo do monólogo do chefe durou cerca de dez minutos. Disse ter conhecido o meu pai durante a noite colonial; e, para minha surpresa, que é familiar, distante, da minha mãe. Afirmou ter um respeito profundo pela minha família, lamentando, de coração, que certos dirigentes não tenham compreendido, na altura, a visão do meu pai sobre o país e o direito à diferença. Mas o tempo presente é de reconciliação e de espaços para a juventude – designação desenquadrada em termos etários ao que comumente se diz juventude. Perorou sobre a realidade política, os desafios do país, sempre com a tônica na mudança. Acompanhei a preleção do chefe, abanando a cabeça em sinal de respeito à instituição que representava e não à pessoa.

À medida que falava, várias imagens me ocorreram, mantendo-se sempre à tona o olhar distante e inquisitivo da minha mãe quando o presente independente era tema. Mantive-me calmo e, para o meu espanto, sorrindo, às piadas a despropósito. Fez referência ao meu trabalho, elogiando o empenho do grupo de linguistas à introdução do ensino bilíngue, no meio de contrariedades misturadas com complexos de inferioridade e ignorância. A rematar, e com um sorriso conciliador, propôs-me um lugar de proa na governação, dizendo não ser necessário responder de imediato, pois tinha quinze dias, tempo suficiente de consultar a família, Aliás, o professor tem uma encantadora esposa, para além de ser uma conceituada médica que muito nos tem servido, É de grande fortuna para si, professor, disse, com visível admiração. E ficamos nas banalidades. Quando Bela entrou, como se já soubesse do tempo cronometrado, ele passou o cartão de visitas da secretária particular, dizendo que podia ligar à vontade. Despedimo-nos cordialmente.

A conversa no terraço estava animada. As moças de serviço abeiravam-se já aos ouvidos dos chefes, sorrindo e aumentando a visibilidade das coxas quentes e jovens. O ambiente tornara-se informal.

Satisfeita e sorridente, Bela quis, discretamente, saber se a conversa havia corrido bem, ao que respondi ter sido boa e, já no andar térreo, fez questão de me mostrar partes da casa: a sala ampla, a cozinha de grandes dimensões, as casas de banho, e o escritório onde quis que visse as estantes repletas de livros. Sem os tocar, pude notar pelas lombadas a virgindade dos livros e o estado assético do chamado escritório de trabalho. Enojou-me.

No exterior, no vasto jardim, a conversa e a dança animavam a noite. A música, serena e romântica, levava os casais a enlaçarem-se lubricamente; a linguagem deixara a solenidade protocolar e baixara de patamar; as cadeiras afastavam-se das mesas, as senhoras trocavam os saltos altos por sapatos mais cômodos, o fumo dos cigarros evolava pelo jardim, desaparecendo, depois, com a suave brisa do mar que refrescava o ambiente. Furtado estava em amena conversa com duas senhoritas visivelmente encantadas com o seu melífluo discurso. Talvez falasse dos encantos e desencantos de uma América de sonhos, talvez explicasse as consequências do apartheid no tecido social sul-africano. Agapito estava na mesa do ministro Teodoro, em conversa aberta e informal. O casal dividira-se: a Bela ficara no terraço, com os seletos convidados, e o Teodoro responsabilizava-se pelos convidados da parte térrea da casa. Agradava-lhe a cena, pois sorria a todos os que a ele se acercavam, atendendo aos mais variados pedidos. Gostava de ser popular.

A Queta, linda como sempre, aguardava-me com alguma ansiedade. Não me fez perguntas de imediato. Servi-me de um copo de vinho. Dançamos duas a três músicas em silêncio. O par da nossa mesa, para minha alegria, juntou-se a um outro casal. A noite corria, serena. Observei o cenário faustoso e, com um sorriso forçado, virei-me para a minha mulher, e disse, com um ar cansado:

— Vamos.

— Vamos. Deixa só despedir-me da Bela.

— Ela está no terraço, entretida com os outros convidados.

— Está bem.

E depois saímos em direção ao carro. Já na estrada, em plena avenida Eduardo Mondlane, ela perguntou, em tom suave:

— Como é que correu?

A resposta, Água Cheiro, saiu-me com uma naturalidade nunca sentida:

— Estes tipos são especialistas em castrar pessoas.

— É?

— É...

O AUTOR

UNGULANI BA KA KHOSA (nome em tsonga de FRANCISCO ESAÚ COSSA) nasceu em Inhaminga, distrito de Cheringoma, província de Sofala, Moçambique. Professor de carreira, exerceu funções importantes em Moçambique como as de Diretor do Instituto Nacional do Livro e do Disco, Diretor Adjunto do Instituto Nacional de Cinema e Audiovisual de Moçambique e Secretário-Geral da Associação dos Escritores Moçambicanos (AEMO).

Durante a década de 1990, foi cronista assíduo de vários jornais.

Tem forte vínculo com a cultura brasileira, tendo participado de vários eventos culturais e acadêmicos no país como FlinkSampa (São Paulo/SP), Afrolic (Recife/PE), FliPoços (Poços de Caldas/MG), FliParaíba (João Pessoa/PB); Universidade de São Paulo (USP - São Paulo/SP) e Universidade Estadual de Campinas (Unicamp - Campinas/SP).

Obras do autor

1987: *Ualalapi*. Maputo: Associação dos Escritores Moçambicanos.
1990: *Orgia dos loucos*. Maputo: Associação dos Escritores Moçambicanos.
1993: *Histórias de amor e espanto*. Maputo: INLD.
2002: *No reino dos abutres*. Maputo: Imprensa Universitária.
2005: *Os sobreviventes da noite*. Maputo: Texto Editora.
2008: *Orgia dos loucos*. Maputo: Alcance Editores.

2009: *Choriro*. Lisboa: Sextante Editora.
2012: *O rei mocho*. Maputo: Escola Portuguesa de Moçambique.
2013: *Ualalapi*. Belo Horizonte: Nandyala.
2013: *Entre as memórias silenciadas*. Maputo: Alcance Editores.
2017: *Cartas de Inhaminga*. Maputo: Alcance Editores.
2018: *Gungunhana*. Porto: Porto Editora; Maputo: Plural Editores.
2025: *Assim não, senhor Presidente!* Maputo: Alcance Editores.

Edições da Kapulana

2016: *O rei mocho* [Contos de Moçambique, v. 1].
2016: *Orgia dos loucos* [Vozes da África].
2018: *Gungunhana: Ualalapi e As mulheres do Imperador* [Vozes da África].
2025: *Assim não, senhor Presidente!* [Vozes da África].

Destaques e prêmios

1990: Grande Prémio de Ficção Narrativa, com *Ualalapi* (1987).
1994: Prémio Nacional de Ficção, com *Ualalapi* (1987).
2002: Um dos 100 melhores romances africanos do século XX: *Ualalapi* (1987).
2007: Prémio José Craveirinha de Literatura, com *Os sobreviventes da noite* (2005).
2013: Prémio BCI de Literatura, com *Entre as memórias silenciadas* (2013).
2018: Ordem de Rio Branco, "Grau de Comendador", concedido pelo governo brasileiro, através do decreto de 18 de abril de 2018, pelos 30 anos de carreira literária, iniciada com a publicação de *Ualalapi*, em 1987.
2024: Prémio Literário Guerra Junqueiro - Lusofonia 2022, pelo conjunto da obra.

fontes	Gandhi Serif (Librerias Gandhi)
	Open Sans (Steve Matteson)
	Frank Ruhl Libre (Yanek Iontef)
papel	Capa: Supremo Alta Alvura 250 gr/ m2
	Miolo: Avena 80 gr/ m2
impressão	ColorSystem